Maxence Fermine

Le Palais des Ombres

Michel Lafon

118, avenue Achille-Peretti – CS 70024
92521 Neuilly-sur-Seine Cedex

www.michel-lafon.com

À la femme de mes pensées,
sans qui le diable ne serait rien.

La lucidité est la blessure
la plus rapprochée du soleil.
René Char

– 1 –

Journal de Nathan, 1960-1961
Lundi 26 septembre 1960

Je crois me souvenir que tout a commencé par l'arrivée d'une lettre.

C'était une fin de matinée d'automne ombragée, avec un ciel tourmenté dans lequel les nuages et le vent formaient une symphonie macabre promettant une violente tempête pour l'après-midi. Déjà, l'orage approchait par-delà le pont Louis-Philippe, et bientôt les premiers éclairs tombèrent du ciel en cascades de lumière sur le toit de l'église Saint-Gervais. Un rideau de pluie recouvrit l'horizon, plongeant la rue de l'Hôtel-de-Ville et le quartier du Marais dans un bain d'encre noire. Paris est une ville engageante lorsque le soleil l'illumine, sans doute l'une des plus belles au monde, mais c'est peu dire qu'elle est de sinistre présage quand l'orage y gronde. On se serait cru soudain plongé dans la culasse de l'enfer.

J'étais dans mon arrière-boutique, assis devant mon établi, occupé à confectionner une nouvelle marionnette – je crée et vends marionnettes, masques de carnaval et figurines de théâtre de poche depuis une dizaine d'années – lorsque Émile Latour, le facteur, fit irruption dans la cour au milieu d'une bourrasque de vent et frappa au carreau. Je sursautai car au moment où son visage apparut derrière la fenêtre un éclair déchira le ciel. Un vacarme assourdissant de tôle froissée dévala la pente d'un toit.

Un bref instant, j'aperçus la face violacée du facteur écrasée contre la vitre, un visage marbré, couperosé et livide comme celui d'un mort dans un linceul de lumière. Sous le coup de la surprise, je lâchai la figurine que je tenais à la main et sentis mon cœur s'affoler dans ma poitrine. La marionnette chut sur l'établi, squelette de bois désarticulé, les yeux tournés vers le plafond. Latour disparut quelques secondes avant de réapparaître planté sur le seuil de la porte de service, ses habits trempés de pluie, le ventre barré d'une sacoche pleine à craquer de courrier à distribuer. Là, il se mit à souffler comme un bœuf, me regarda avec ses grands yeux de veau, puis, comme on s'adresse à un supplicié auquel on vient apporter la nouvelle de la grâce ou de la condamnation à mort, annonça d'une voix d'outre-tombe :

– Nathan, j'ai une lettre pour toi.

Je relevai la tête, faisant mine d'être étonné. D'ordinaire, Latour se contentait de déposer le courrier dans la boîte aux lettres sans perdre de temps à me rendre visite. S'il faisait ce détour par la cour, c'était pour une raison précise. Soit il avait soif, soit il avait un pli particulier à me remettre en mains propres. À moins qu'il ne s'agisse des deux.

– Une lettre ?

– Oui. Ça doit être important car c'est ton père qui t'écrit.

Cette fois, mon étonnement fut réel.

– Mon père ? Tu es bien sûr de ne pas te tromper de destinataire ?

Émile Latour, après avoir fouillé dans sa sacoche aussi ventrue que son estomac, en extirpa une enveloppe de couleur beige qu'il me tendit comme une preuve.

Je m'emparai de la missive sans un mot. Je la tournai dans tous les sens, l'inspectai, la soupesai, la reniflai. Le facteur avait dit vrai. Cette lettre de mon père m'était bel et bien adressée :

Nathan Thanner
7, rue des Barres
75004 Paris

Au dos de l'enveloppe, l'adresse de l'expéditeur écrite à l'encre rouge faisait comme une tache sombre sur l'enveloppe.

Hugo Thanner
4, rue de Lesseps
75020 Paris

C'est avant tout cette signature, comme un trait de sang séché, qui me fit frémir. Mon père ne m'avait pas envoyé de courrier depuis des années.

Bien qu'il fût mon géniteur, je n'avais gardé aucune relation avec Hugo Thanner, ne serait-ce qu'épistolaire. Depuis la mort accidentelle de ma mère, un drame qui remontait à vingt-huit ans, je n'avais guère eu de nouvelles de lui. J'avais trois ans au décès de ma mère. Foudroyé par cette disparition, mon père avait préféré confier mon éducation à mes grands-parents maternels, ne s'occupant de moi que de loin en loin, puis plus du tout. Sans doute voulait-il, par ce geste, éloigner le plus possible de lui ce petit homme qui lui rappelait trop sa défunte épouse. Au fil des années, nous avions fini par nous perdre de vue et ne plus nous revoir, excepté à l'occasion de quelques enterrements durant lesquels il ne pouvait dissimuler très longtemps le malaise qu'il ressentait en ma présence.

Vingt-huit années passées sans pratiquement se fréquenter ni se connaître, à vivre sans se préoccuper du sort de l'autre. Voilà la raison pour laquelle cette lettre ne m'inspirait guère confiance, car j'avais l'intime conviction que toute demande émanant d'une personne aussi infréquentable que mon père ne pouvait qu'être synonyme d'ennuis. J'étais même résolu à renvoyer le facteur à ses obligations et à ses tournées, avec ce pli de mauvais augure qu'il venait de me mettre sous le nez, à le jeter dehors comme un malpropre et à reprendre mon travail, soucieux de ne pas perturber ma tranquillité. Mais on ne se débarrasse pas du passé aussi facilement qu'une liste de commissions oubliée sur un coin de table. Alors je regardai Émile Latour droit dans les yeux et murmurai :

– C'est bien « lui ».

Planté devant moi, le facteur mourait d'envie que je l'ouvre en sa présence. Grand passionné de littérature, Latour avait lu tous les livres de mon père.

À son grand dam, je ne lui procurai pas ce plaisir. D'un geste détaché, je la posai sur l'établi, parmi les outils, les pots de peinture et les morceaux d'étoffe dont je me servais pour confectionner mes marionnettes. Ensuite, comme si de rien n'était, et avant même qu'il puisse ouvrir la bouche, je procédai au rituel que nous avions instauré entre nous. Je pris sur l'étagère au-dessus de l'établi une bouteille de prune à moitié entamée, deux verres que je remplis à ras bord, et en offris un au facteur. Émile Latour me regarda sans oser proférer la moindre parole. Après avoir trinqué, chacun siffla l'eau-de-vie cul sec en jaugeant l'autre du coin de l'œil. À un moment, n'y tenant plus, il finit par me demander d'un air trop désintéressé pour être sincère :

– Tu ne désires donc pas savoir ce qu'elle t'annonce, cette lettre ?

– Plus tard, répondis-je en m'essuyant la bouche du revers de la main. Ce ne doit pas être bien important.

– Tout de même, le courrier d'un écrivain, ça pèse lourd dans la sacoche d'un facteur…

– Pour toi, peut-être. Mais moi, je ne dois rien à personne. Surtout pas à mon père. Je te l'ai dit, j'examinerai tout cela en temps voulu.

Dépité, le préposé des postes comprit qu'il ne saurait rien de plus. La mine basse, il inspecta le fond de son verre, lampa l'alcool jusqu'à la dernière goutte, se passa la langue sur le bord des lèvres et me jeta un regard désabusé.

– Je te ressers, Émile ?

– Non, ce ne serait pas raisonnable. J'ai encore ma tournée à finir. Et puis, on dirait que la pluie s'est un peu calmée, conclut-il en jetant un œil par la fenêtre.

Comme je ne le retenais pas, il posa son verre sur l'établi, regarda une dernière fois la lettre, lâcha un soupir, puis referma sa sacoche et me salua en portant la main à son couvre-chef.

– À la prochaine, Nathan. Tu me raconteras !

– C'est ça. À la prochaine.

Encore hésitant, il traîna des pieds jusqu'au seuil, se retourna encore, me lança un regard désolé en secouant la tête et, profitant de l'accalmie, se résolut enfin à partir. Je me retrouvai alors bien seul dans mon arrière-boutique, avec pour toute compagnie une lettre dont je ne savais que faire.

Même débarrassé de la présence importune du facteur, j'hésitai longtemps à l'ouvrir. Je faillis même la détruire sans la décacheter, tenté de la livrer aux flammes du poêle qui ronronnait à côté de moi. Je crois que j'avais déjà soulevé le couvercle et saisi le tisonnier. Le feu crépitait au-dessus d'un lit de braises incandescentes. Un geste et tout partirait en fumée. Mais, je ne sais pourquoi, au dernier moment, je renonçai. Cette lettre, après tout, me brûlait les doigts. Même après tout ce temps, après toutes ces années. C'était comme une invitation, un appel, auquel je ne pus résister. Les hommes sont comme cela. On leur offre un cadeau empoisonné, une bombe à retardement, et eux ne voient que les jolis rubans autour. Pas ce qui se cache à l'intérieur et peut ruiner une vie. Bien souvent on fabrique soi-même le fiel qui nous empoisonnera.

La mort dans l'âme, je sortis de l'arrière-boutique en refermant soigneusement la porte derrière moi pour éviter que le vent et la pluie ne s'y engouffrent, traversai la cour à vive allure sous l'averse qui avait repris de plus belle et rejoignis mon appartement. Là, dans la chaleur de la cuisine, je m'assis derrière la table de chêne qui me servait tout à la fois de bureau et de coin repas, m'emparai d'un coupe-papier et, d'un geste peu assuré, ouvris le pli, sans trop savoir ce que j'allais trouver à l'intérieur. Je jetai un œil inquisiteur dans l'enveloppe et saisis entre mon pouce et mon index une feuille blanche pliée en quatre, un de ces papiers au grain épais qu'on peut se procurer dans les meilleurs magasins de la rue du Pont-Louis-Philippe. Je la défroissai avec lenteur et commençai à lire. Au fil de la lecture, les mots, les phrases, les sons se mélangèrent dans ma tête jusqu'à former un tourbillon dans lequel je finis par me noyer.

Mon cher Nathan,

Cette lettre te réserve trois surprises. La première, c'est que tu ne pensais sans doute pas recevoir de nouvelles de ton père après toutes ces années de silence passées chacun de son côté, sans même avoir cherché à savoir ce que l'autre était devenu. Nous n'avons jamais su nous parler. Je devine que tu t'attendais à tout, sauf à recevoir une missive de ma part.

La deuxième, c'est que lorsque tu recevras cette lettre, je serai mort. Ne cherche pas à en connaître la raison ni les circonstances, ce serait trop long à t'expliquer, et puis cela ne regarde que moi. Chacun, sur cette terre, est libre de son propre destin. Simplement, il faut te faire à l'étrange idée que c'est un corps déjà froid qui t'écrit. Bientôt, je serai sous le marbre d'une tombe à l'intérieur de laquelle tout ce qui demeure de moi va lentement retourner à la poussière et au néant. C'est ce que j'attends depuis longtemps, et sans doute d'autres avec moi, aussi je sais que tu te consoleras vite.

La troisième, c'est que je te fais un cadeau avant de partir, sans doute pour compenser mon rôle de père fantôme. Je te lègue ma demeure près du cimetière du Père-Lachaise. Je te lègue le Palais des Ombres.

Dans cette maison, au 4, rue de Lesseps, j'ai passé la moitié de ma vie, la plus cruelle et la plus difficile. C'est sans doute elle, ma véritable tombe, car ses murs renferment bien des secrets et des mystères sur mon existence. Si tu veux apprendre à mieux me connaître, il te faudra les élucider et, pour cela, t'armer de patience et de courage. Mon passé est une énigme dont la clé est cachée dans cette demeure.

La première chose que tu as à faire, c'est de te rendre à mon enterrement. Cela ne sera sûrement pas une partie de plaisir, mais je crois que tu parviendras à surmonter ce moment douloureux. Rassure-toi, mes obsèques sont déjà organisées. Elles auront lieu le mardi 27 septembre à 15 heures, au cimetière du Père-Lachaise. Ainsi te sont épargnés bien des tracas auxquels sont confrontés ceux qui apprennent soudain la mort d'un proche.

Ensuite, dès que tu auras fini de lire cette missive, tu prendras rendez-vous chez mon notaire, Me Fauche, qui t'exposera l'étendue de ma succession et les conditions que tu dois remplir pour devenir mon héritier.

Cependant, je dois te prévenir que si tu acceptes cet héritage, à savoir ce palais de courants d'air où j'aurai vécu jusqu'à mon dernier souffle, tu dois aussi en accepter les ombres. Cette maison a une histoire, comme un être vivant. À toi de la découvrir et de l'apprivoiser.

Je te connais peu, mais tu es mon sang et je sais que tu ne me décevras pas.

Je te souhaite bonne chance sur la route du Palais des Ombres.

Pardonne-moi de procéder de la sorte, mais je ne peux agir autrement. Même mort, je reste un père encombrant. À mon âge, on ne se refait pas.

Que l'ange te garde à défaut de moi.

Hugo Thanner

Cette lettre avait de quoi surprendre. Elle était aussi claire que sibylline. À l'image de mon père. Sa lecture me plongea dans un abîme de souffrance que je croyais avoir quitté depuis l'enfance. La perte de ma mère et l'abandon de mon père. Pris d'un vertige, je m'effondrai sur la table.

– Mon Dieu ! Même mort, tu continues à me tourmenter !

À cette heure précise, Hugo Thanner était bel et bien mort, et moi un orphelin.

Connaissant le diable d'homme qu'il avait été, je pressentais que ma vie était sur le point de changer. Radicalement. C'en était fini de la douce tranquillité que je m'étais créée. Je relevai la tête et découvris mon visage dans le miroir accroché au mur. Il me parut d'une dureté incroyable, le chagrin semblait avoir apposé sur mes traits un masque de cuir. Cette lettre m'avait blessé, assommé, détruit. Il est déjà si difficile d'admettre l'évidence de la mort, encore davantage lorsqu'elle vous est annoncée ainsi, aussi froidement.

Et pourtant, je ne savais plus que croire. Avec mon père, il fallait s'attendre à tout. Cet homme sans affect, tout au long de sa curieuse existence, avait toujours eu un rapport étrange avec la mort. Il semblait prêter davantage d'intérêt aux disparus qu'aux vivants, d'où le choix de son métier. Faire resurgir les ombres au scalpel de l'écriture. En outre, il avait toujours vécu de manière secrète et fuyante. Pourquoi, cette fois encore, lui accorder un semblant de crédit ?

S'il disait la vérité, de quoi était-il mort ? Pourquoi ? Dans quelles circonstances ? Était-il possible de planifier ses propres obsèques ? Cela paraissait relever du délire, mais mon père était capable de tout. De se donner la mort comme de mettre en scène sa sortie.

Je décidai donc, tel saint Thomas, de voir pour croire. Nous étions le 26 septembre, la veille de l'enterrement.

Après y avoir introduit la lettre, je refermai l'enveloppe, la rangeai dans un tiroir du buffet de l'entrée comme pour m'en ôter la vue brûlante, puis je pris un verre dans le placard au-dessus de l'évier et me servis un peu d'eau fraîche au robinet de la cuisine. Je bus d'un trait, afin de laver l'amertume qui me desséchait la gorge. Laver les crimes du passé. Laver le sang et les larmes. Laver à grande eau les souvenirs et les ombres.

J'entendis les pas de ma voisine du dessus résonner sur le plancher du premier étage. Sans doute avais-je crié trop fort et lui avais-je fait peur. Livide, je quittai la maison sans un bruit, traversai la cour et retournai dans mon arrière-boutique. Là, encore fébrile, je m'assis devant mon établi et saisis d'une main peu assurée le petit personnage de cire et de chiffon que j'étais en train de fabriquer lorsque le facteur avait troublé mon labeur.

C'était une figurine peinte de rouge et de noir, avec un sourire carnassier et deux petits yeux moqueurs. La marionnette d'un diablotin de mon petit théâtre de poche. Elle m'échappa des mains sous la stupeur.

Le pantin ressemblait étrangement à Hugo Thanner.

– 2 –

Mardi 27 septembre 1960

Le lendemain, je compris que rien ne me serait épargné lorsque, à peine sorti de la maison, les ennuis commencèrent à pleuvoir sur moi comme une giboulée de mars. Sans doute par négligence de ma part ou peut-être en raison de mon trouble causé par l'arrivée de cette nouvelle funèbre, j'avais totalement oublié que tout le quartier se préparait pour la kermesse d'automne prévue pour le dimanche suivant.

Dans notre communauté de commerçants et d'artisans, ces festivités s'apparentent à un moment de liesse générale, un carnaval de réjouissances auquel personne n'a l'idée de déroger. À cette occasion, j'avais l'habitude de monter mon petit théâtre de poche, et de donner, devant mon magasin, un spectacle de marionnettes inspiré de contes et légendes, tout cela pour la plus grande joie des enfants et des promeneurs.

Autant dire qu'en ce début d'après-midi je n'étais pas seul dans la rue des Barres. Au milieu des chars qu'on apprêtait, des estrades et des stands qu'on installait à grand renfort de scies et de clous, et parmi les étendards de couleur accrochés aux fenêtres, ma mine sombre qui accompagnait ma tenue d'enterrement ne passait pas inaperçue.

Pour couronner le tout, il s'était mis à pleuvoir ; le sol, humide, devenait glissant comme une patinoire. Avant que je comprenne comment, je me retrouvai affalé le long du trottoir, juste en face de *La Chope*, le café de Youri.

Youri était une grosse baderne pesant plus d'un quintal, avec des cuisses énormes et des yeux, ronds comme des billes, incrustés dans un visage porcin boursouflé par l'excès de charcuterie, de boisson et de suffisance. Il avait les doigts boudinés, le verbe haut et le sang vif. Il portait des bretelles, une épaisse couche de gomina dans les cheveux et fumait des Gitanes Maïs. Sa femme, une maritorne qui sentait l'ail, la sueur et le rance, avait la réputation de voler les clients sur leur monnaie et de couper son vin et sa limonade avec de l'eau. Pour masquer la puissance de ses effluves corporels, elle s'aspergeait d'eau de Cologne bon marché. Elle passait l'essentiel de ses journées derrière son comptoir à se gaver de pastilles Vichy, tout en se pâmant d'extase devant des romans-photos qui lui offraient la romance idéale qu'elle ne vivrait jamais. Autant dire un beau couple de Thénardier qui ne m'aimait guère, et le faisait savoir.

Planté devant moi, jambes écartées et poings sur les hanches, Youri ne m'épargna pas la médiocrité de ses pesantes moqueries.

– Eh bien, en voilà un qui ne tient pas plus debout que ses marionnettes !

Des éclats de rire secouèrent l'assistance. Je relevai la tête et aperçus toute une foule de visages connus ou inconnus qui se moquaient allégrement de moi. Parmi eux, je crus reconnaître la trogne de l'épicier, du boucher, du cordonnier. Au-dessus d'eux, le sourire aux dents jaunies de Youri les dominait tous par sa bêtise et sa vantardise.

Je finis par me relever et les toisai l'un après l'autre de toute ma superbe. Mais je devais avoir bien piètre allure, car ils rirent de plus belle. Tel un coq monté sur ses ergots, Youri continua à me fustiger :

– Tu devrais te regarder dans un miroir, Nathan. On dirait que tu viens de voir le diable !

Les rires reprirent de plus belle. Je tentai de rétorquer, mais la lutte était inégale. J'étais seul au bal des cyniques, face à une ribambelle de moqueurs dont Youri se targuait d'être le maître de danse.

– Il est facile de se gausser d'un homme à terre.

– Toi aussi, tu te fiches bien des gens avec tes marionnettes. Ton spectacle ne vaut pas tripette !

Nouveaux rires. Mais cette fois-ci, je ripostai du tac au tac :

– Cela vaut mieux que de voler les gens comme tu le fais avec ta piquette coupée à l'eau et ton whisky frelaté !

Cette fois, personne ne rit de cette pique et le visage du bistrotier devint cramoisi.

– Tu me traites de voleur, toi, le saltimbanque ? Tu ferais mieux de déguerpir avant que je me fâche !

Youri fit mine de retrousser ses manches et de prendre la pose d'un boxeur prêt à étendre son adversaire *illico*. Mais je fus plus adroit que lui et, d'une phrase, l'envoyai au tapis :

– Je ne me suis jamais battu de ma vie, et ce n'est pas aujourd'hui que je commencerai, surtout le jour de l'enterrement de mon père !

Youri et tous les autres en restèrent stupides, ce qui leur allait bien puisque, après tout, là était leur nature profonde. Je retrouvai un peu mes esprits, réajustai ma veste et repris mon chemin comme si rien ne s'était passé.

*

* *

– Où cours-tu comme ça ? me demanda Leibniz, le limonadier du quartier, que je croisai au volant de son fourgon Citroën, une cigarette aux lèvres et le sourcil en bataille. Tu n'installes pas ton stand de marionnettes ?

– Plus tard. Je dois d'abord me rendre au cimetière du Père-Lachaise.

– C'est loin, le Père-Lachaise, et le temps est capricieux. Monte ! C'est sur ma route.

La voix de Leibniz était si catégorique que je décidai d'obtempérer avant qu'il ne se fâche tout rouge. L'homme, un peu borné, n'aurait pas compris que je refuse son invitation, aussi m'installai-je à ses côtés. Je refermai la portière et la camionnette démarra poussivement, produisant une horrible pétarade. L'habitacle, imprégné de sueur et de tabac froid, dégageait une forte odeur de renfermé qui me souleva le cœur. J'étais aussi à l'aise dans cette guimbarde qu'un homard dans une marmite d'eau bouillante. Le limonadier avait une tête qui ne me revenait pas, une tête de betterave avec un teint d'endive. Il ressemblait davantage à un repris de justice en cavale qu'à un – honnête – artisan membre de la corporation des livreurs de boissons. En même temps qu'il conduisait, il me dévisageait de côté sans jamais cesser de tirer sur son mégot en émettant d'horribles bruits de succion. Parfois, la cendre de sa cigarette tombait sur son chandail sans que cela ne l'émût outre mesure. L'homme semblait concentré sur sa conduite. La route, défoncée par endroits en raison des travaux boulevard Henri-IV, requérait une patience et un contrôle que, visiblement, il ne possédait plus. Après un gymkhana entre les voitures roulant au ralenti et les Vespa qui nous doublaient à toute allure, Leibniz parvint enfin à sortir de l'embouteillage dans lequel nous étions embourbés et finit par franchir la place de la Bastille en maugréant. Alors que l'on remontait la rue de la Roquette, il alluma une nouvelle cigarette, en aspira une bouffée qu'il recracha aussitôt en volutes de fumée blanche droit sur le pare-brise.

– Qu'est-ce que tu vas faire au cimetière ? Ne me dis pas que c'est pour te promener au grand air ! Surtout par ce jour pluvieux.

– Non, ce n'est pas pour ça.

– Alors pour quelle raison ?

– Je… Je dois me rendre à un enterrement…

– Un enterrement ? Bigre, quelle partie de plaisir !

Après un laps de temps pendant lequel je tentai de recouvrer un semblant de sérénité, j'ajoutai cette précision en bafouillant :

– Je… je me rends à l'enterrement de mon père…

Leibniz freina si sèchement que mon front heurta le tableau de bord. Je hurlai de douleur et portai la main à mon visage. Un hématome aussi gros qu'un œuf de pigeon y enflait à vue d'œil. Quant à Leibniz, il était retombé si lourdement sur son siège que je crus un instant que les essieux de la voiture allaient lâcher.

– Ton père ? Mais c'est affreux !

Si j'avais évoqué l'enterrement du grand rabbin en personne, Leibniz n'aurait pas été plus ému. Ses mains se crispèrent sur le volant, il soupira longuement comme un soufflet de forge et, le visage violacé, il se tourna vers moi :

– Je... Je suis désolé. Toutes mes condoléances.

Comme je restais de marbre, le limonadier, tout à sa confusion, sombra dans le mutisme. Lui non plus ne l'avait pas connu, même s'il semblait plus tourneboulé que moi. Le reste du trajet s'effectua dans le silence le plus total, et bientôt nous arrivâmes à hauteur du cimetière sur le boulevard de Ménilmontant.

– Voilà. Je te laisse ici, dit enfin Leibniz. Sois courageux, surtout.

Je le remerciai, ouvris la porte latérale et m'extirpai du véhicule. Par chance, il s'était arrêté de pleuvoir. Je tâtai mon front et fus surpris par la grosseur de l'hématome. Je devais ressembler à un boxeur sortant du ring. Mon chauffeur m'adressa un petit signe de la main auquel je répondis, puis il démarra en trombe et s'engagea aussitôt sur le boulevard de Charonne rejoindre son dépôt, rue d'Avron.

Je crois que j'avais déjà la nausée bien avant de parvenir au cimetière et d'avoir à affronter mon père. Même s'il n'était plus qu'un cadavre, un être exsangue, un corps sans vie, j'appréhendais ce passage obligé.

J'avançai avec lenteur jusqu'à la porte du cimetière. En ce début d'après-midi d'automne, il n'y avait pas âme qui vive. Seul un corbillard attendait près du porche. À l'arrière, se trouvait un cercueil de couleur noire.

– Vous êtes de la famille du défunt ? me demanda le rabbin en se présentant à moi.

L'homme avait fait irruption au moment où je m'y attendais le moins. Perdu dans la contemplation du cercueil, je ne l'avais pas entendu approcher. Sa voix de stentor me fit immanquablement sursauter.

– Je suis Nathan Thanner, son fils.

Le rabbin me dévisagea, étonné. Mon hématome ne devait pas vraiment plaider en ma faveur. Sans doute croyait-il que je venais de me battre, juste avant de me présenter à l'enterrement de mon père. Je n'eus pas la force de lui expliquer l'origine de cette bosse qui me défigurait. Le rabbin devait certainement en avoir vu d'autres.

– Je suis de tout cœur avec vous, me lança-t-il enfin comme une bouée de sauvetage dont je ne savais que faire. Attendez-vous d'autres personnes ?

– Non. Pas pour ma part.

– Très bien. Dans ce cas, nous allons pouvoir commencer.

Le rabbin me tendit une kippa que je m'empressai de mettre sur la tête. J'eus l'impression de retourner en enfance lorsque mon père venait me chercher le jour du Grand Pardon et que nous marchions main dans la main sur le chemin de la synagogue. Les deux employés communaux qui attendaient près du corbillard nous emboîtèrent le pas et nous entrâmes dans le cimetière avec les premières rafales de vent.

– 3 –

Aussi étrange que cela puisse paraître, le cimetière du Père-Lachaise était l'un de mes lieux préférés à Paris. Je m'y rendais autant pour y déposer des pierres sur la tombe de ma mère que pour arpenter ses allées où je faisais parfois de longues promenades. Avec ses quarante-quatre hectares, c'était le plus grand parc de la ville. On y trouvait le tombeau d'écrivains et de musiciens célèbres, de rescapés de l'holocauste et de toute une foule d'inconnus dont j'imaginais les vies. J'avais une prédilection pour les mausolées des hommes de lettres : Musset, Balzac, Proust, Nerval, Radiguet ou Wilde, à qui je rendais quelquefois visite comme s'il s'agissait là d'amis disparus. L'allure spartiate de leur dernière demeure contrastait avec la puissance de leur imaginaire. Et pourtant je ne doutais pas que, d'une manière ou d'une autre, tous leurs personnages étaient enterrés avec eux, afin de mieux leur tenir compagnie dans l'autre monde.

Ce n'est pourtant pas parmi ces allées verdoyantes où fleurissaient les tombes que le rabbin me conduisit, mais dans un tout autre endroit : le carré juif.

La visite à la chambre funéraire fut l'une des expériences les plus troublantes de ma vie. Elle avait été édifiée à l'endroit le plus reculé du cimetière, dans un bâtiment de pierres meulières aussi glaciales qu'un gigantesque caveau. Suivant le rabbin, j'entrai à pas feutrés dans une sorte de grande chambre froide au milieu de laquelle trônait le long cercueil de bois sombre que les employés communaux venaient d'installer. L'un d'eux en ôta le couvercle. J'avançai en tremblant et soulevai le voile qui recouvrait son visage. Vêtu de blanc, il semblait dormir du sommeil du juste, les mains jointes sur le ventre et les yeux clos. Ses ongles étaient d'une blancheur étonnante et son visage paraissait de cire, tel celui d'une de mes marionnettes. Il portait une barbe taillée et de fines moustaches. N'était la présence du rabbin et des deux fossoyeurs qui donnait à cette scène une réalité macabre, on aurait pu croire qu'il allait se réveiller à tout instant. Mais l'homme était tout ce qu'il y avait de plus mort. Nul doute, il s'agissait bel et bien de mon père. Hugo Thanner, pour une fois, ne se jouait pas de moi.

Je m'approchai de la dépouille et tendis ma main vers son visage, comme pour en éprouver la véracité, mais à la dernière seconde, je retins inexplicablement mon geste. L'homme avait gardé son air inquiétant. Même mort, il me terrorisait. J'avais devant moi un étranger.

Malgré mon appréhension, l'émotion me submergea et je versai la première larme de cette journée placée sous le signe du deuil. Je sanglotai comme un enfant qui vient de comprendre ce que signifie vraiment la mort. Puis, après m'être essuyé le visage avec mon mouchoir, je rebroussai chemin et quittai les lieux sous le regard compatissant du rabbin et de son fils qui avait commencé la lecture des Téhilim.

Mon père me réservait une dernière surprise. Je n'étais pas seul à me rendre sur sa sépulture, comme je l'avais cru de prime abord. Une vingtaine de personnes, qui, visiblement, n'étaient pas là par hasard, suivaient la cérémonie funèbre. Dans ce maigre cortège, au milieu de crânes dégarnis et de petites vieilles au teint blafard que je voyais tous et toutes pour la première fois, je remarquai particulièrement deux individus. Un homme vêtu comme au début du siècle et une femme blonde, élégante et racée.

L'homme, dès qu'il se rendit compte que je le regardais, se fondit dans la foule et disparut. La femme, quant à elle, ne bougea pas. Plutôt grande et élancée, vêtue d'un imperméable de couleur beige assorti à ses escarpins, d'un chapeau lui recouvrant une partie du visage et affublée de lunettes noires, elle attendait devant le caveau de famille des Thanner. Un lieu triste et noir où je retrouvai le nom de ma mère inscrit sur une stèle de pierre :

Rebecca Thanner, née Zyzek
1901-1932

Je m'approchai du caveau et adressai une courte prière à l'adresse de ma mère, me demandant si elle était enfin heureuse que mon père la rejoigne. Au fond de moi, je savais que rien n'était moins sûr, ces deux-là s'étant perdus de vue depuis trop longtemps pour pouvoir se retrouver en toute sérénité par-delà la mort.

Comme je levai les yeux, la femme blonde me dévisagea et inclina la tête. Je vis qu'elle pleurait derrière ses lunettes noires. Je lui rendis son salut, intrigué. Elle sortit de son sac à main un mouchoir de flanelle avec lequel elle sécha ses larmes, puis détourna le regard. Je songeai à ce proverbe yiddish que mon père aimait à répéter, et dont je n'avais jamais vraiment saisi le sens jusqu'à ce jour : « L'homme fait des projets et Dieu rit. »

Les fossoyeurs entrèrent en scène avec leurs grimaces de tragédiens. Ils sortirent le cercueil du corbillard, le portèrent jusque devant la tombe et le firent lentement descendre dans la fosse. Ceux-là avaient dû être acteurs avant de jouer leur petite comédie des cimetières. On aurait juré qu'ils étaient grimés à la manière d'un vaudeville, et qu'ils avaient fait leurs armes dans la compagnie des pleureuses, ces femmes louées pour quelques pièces afin de faire croire aux morts qu'on les regrette déjà. Je ne pouvais pas leur en vouloir : leur métier était bien difficile et, à force de fréquenter des cadavres, ils n'étaient peut-être plus tout à fait vivants.

Nous nous rassemblâmes tous autour du cercueil et le rabbin commença son laïus, évoquant la vie du défunt, sa piété, sa foi et sa bonté, alors qu'il ne savait probablement rien de lui, rien de rien, puisqu'il n'avait jamais dû le rencontrer de toute son existence. Mais pour lui un mort restait un mort, arguant du fait qu'une fois passé outre-tombe, sa vie dans l'au-delà commençait. Tout cela était d'une hypocrisie écœurante : mon père n'avait sans doute plus mis les pieds dans une synagogue depuis des décennies, et je savais qu'il se moquait de la religion comme d'une guigne. Les fossoyeurs faisaient mine de pleurer, l'inconnue, elle, versait de vraies larmes, le cortège de petits vieux accompagnait le rabbin de leurs chants, quant à moi j'attendais avec impatience que cessât cette mauvaise farce.

Heureusement, la cérémonie ne s'éternisa pas. Une fois la prière terminée, le rabbin lut le kaddish, la prière des morts puis, tour à tour, chacun se rapprocha de la tombe, jeta trois pelletées de terre sur le cercueil. Déjà, nous nous dispersions un à un.

Le rabbin se rapprocha de moi lorsque, en signe de deuil, je déchirai un pan de ma chemise à même ma peau. D'un air compatissant, il posa sa main sur mon avant-bras, comme pour tenter d'atténuer la douleur qui sourdait dans mes veines, puis relâcha son étreinte et repartit plein de la dignité de son rôle. Les fossoyeurs, sans même attendre que nous quittions les lieux, avaient déjà commencé à remplir la tombe de terre. Cette fois, ils n'arboraient plus leur mine triste d'enterrement et, s'ils grimaçaient encore, c'était dû à l'effort physique que réclamait le maniement d'une pelle et d'une pioche.

Je restai seul face au caveau familial. C'est à cet instant précis que la femme blonde s'approcha de moi et posa délicatement sa main sur mon épaule.

– Je suppose que vous êtes Nathan.

Je me tournai vers elle, un peu surpris par la familiarité de cette inconnue.

– Oui. Comment le savez-vous ?

Je passai ma main sur mon visage et sentis qu'enfin mon hématome diminuait de volume. Sans doute devais-je être un peu plus présentable.

– Ce n'était pas difficile à deviner. Vous lui ressemblez. Hugo m'a beaucoup parlé de vous.

Elle retira sa main, ôta ses lunettes et je découvris un regard d'un bleu aussi pur qu'un saphir, ainsi que des traits d'une troublante beauté. Cette femme devait avoir près de quarante ans, mais faisait beaucoup moins que son âge.

– Je me nomme Judith Weintraub.

Son nom ne m'évoquait rien. Je la dévisageai alors avec insistance avant de lui demander :

– Vous connaissiez donc mon père ?

– Autant qu'une femme ayant partagé les cinq dernières années de sa vie le peut, me dit-elle sans détour.

J'écarquillai les yeux de stupeur. Cette créature avait donc été sa dernière compagne. Le goût de mon père, ours mal léché, pour les femmes raffinées m'avait toujours laissé pantois. L'attraction qu'il exerçait sur elles, plus encore… Celle-ci avait la tête de la victime idéale pour ce genre d'emploi. Belle et innocente. Quelles raisons avaient décidé une telle beauté à partager la vie d'Hugo Thanner pendant cinq longues années ? Il avait vingt ans de plus qu'elle. Appartenait-elle à cette catégorie de femmes qui se moquent de l'apparence physique et des écarts d'âge dans un couple, ce qui était pourtant encore sulfureux pour nos années soixante ?

– Je suis désolé mais votre nom ne me dit rien.

– Cela n'a aucune importance. Moi je sais qui vous êtes, c'est le principal.

Une rafale de vent s'engouffra dans l'allée du cimetière et balaya tout sur son passage, la poussière, comme les mots et les souvenirs. Judith frissonna.

– Si nous allions boire un verre ? me proposa-t-elle. Il y a non loin d'ici un charmant café qui sert des chocolats chauds et des tartines. Je commence à avoir froid et je meurs de faim…

– Une autre fois peut-être, éludai-je. J'ai eu un petit accident en venant, prétextai-je en désignant ma blessure au front, et cet enterrement a fini de me laisser exsangue…

– Comme c'est dommage, je comprends. Une autre fois ? J'avais quelque chose à vous remettre et qui vous revient de droit… Un cadeau de votre père…

Cette fois, elle avait fait mouche. Bien que perplexe, j'étais pris dans ses filets :

– De quoi s'agit-il ?

– Vous le saurez en acceptant l'offre, je ne saurai vous le donner en un lieu si triste…

Je réfléchis un instant, plein de circonspection. Qu'avais-je à perdre ? Ma curiosité l'emporta.

– Allons donc fêter la mort de mon père, fis-je d'une voix blanche. Mais je vous préviens que, dans mon cas, un chocolat chaud ne suffira pas !

– Ils ont un excellent cognac.

– Va pour un cognac.

Puis, tout en me tendant une main délicate aux doigts longs et effilés, elle ajouta :

– Je suis heureuse que vous le preniez ainsi.

Elle me saisit le bras et nous empruntâmes l'allée, sous l'œil égrillard des fossoyeurs.

À la grille d'entrée du cimetière, le regard courroucé du rabbin nous surprit en pleine conversation. Persuadé que nous partions en goguette juste après un enterrement, le vertueux et sage homme en eut le souffle coupé. Connaissant le goût de mon père pour la provocation, cela n'aurait pas été pour lui déplaire.

– 4 –

La brasserie de la rue de Bagnolet dans laquelle m'emmena Judith était accueillante, les tables propres et bien dressées, et le bistrotier plus avenant que cette grosse baderne de Youri.

Boiseries en acajou et lampes à tige de cuivre, banquettes vertes au cuir élimé et tables en noyer patiné, juke-box et Scopitone : elle avait un charme désuet et moderne à la fois. Il n'y avait pas grand monde à cette heure de l'après-midi, à part deux ou trois habitués accoudés au comptoir, quelques personnes occupant les premières tables à l'entrée, ainsi que le patron et sa femme juchés derrière le bar. Judith choisit une banquette tout au fond de la salle, à l'abri des regards.

– Je me sens comme chez moi en ce lieu, me confia-t-elle.

Elle posa ses coudes sur la table, au-dessus de laquelle une magnifique lampe projetait sur son visage un rai de lumière orangée. Sur le mur, une gigantesque mosaïque représentant une nymphe allongée dans l'herbe tendre nous servait de toile de fond.

Derrière le zinc, le patron servait des rasades de vin blanc aux habitués et sa femme riait aux éclats de leurs bons mots. Judith lui fit un signe de la main et l'homme sortit bientôt de son repaire, son torchon sur l'épaule.

– Vous désirez ?

À leurs regards, je vis qu'ils se connaissaient. Judith commanda un chocolat chaud et un cognac, ainsi qu'une assiette de tartines, de beurre et de confiture d'abricot. Ce qui constituait, j'en conviens, un étrange goûter.

– Vous venez souvent ici ? demandai-je à Judith une fois le bistrotier reparti derrière son comptoir.

– Cela m'arrive deux ou trois fois par semaine, toujours seule. Hugo, vous devez le savoir, ne sortait presque jamais de chez lui.

– Je peux l'imaginer, à la rigueur, quant à le savoir c'est une autre affaire. Nous ne nous voyions plus depuis des années.

– C'est vrai, admit-elle. Veuillez m'excuser… Vous saviez tout de même qu'il habitait non loin d'ici ?

– Bien sûr. La maison qui ressemble à un manoir du début du siècle, rue de Lesseps.

– C'est cela. Vous la connaissez ?

– Je n'y ai jamais mis les pieds. J'en ai juste entendu parler… en mal.

– Il est vrai que c'est un lieu inquiétant en été. Et effrayant en hiver.

Elle reprit alors, comme pour se justifier :

– Je n'y ai jamais vécu. Pour plus de liberté, j'ai toujours gardé mon petit appartement rue de Charonne.

Une question me brûlait les lèvres :

– Comment est mort mon père ? m'entendis-je demander d'une voix que je ne reconnus pas.

Judith m'adressa un regard gêné. Elle se pencha vers moi et me confia les lèvres pincées :

– Il… Il s'est donné la mort en avalant du poison. Du moins, c'est ce que le médecin a pu constater. Hugo l'avait prévenu par courrier de son geste. Il s'agit donc d'un suicide.

– Quel poison ?

– Je n'en ai aucune idée.

– Pour quelle raison a-t-il agi de la sorte ?

– Je n'en sais rien… Vous savez, depuis quelque temps, il n'allait pas très bien… La dernière fois que je l'ai vu, il semblait hagard, totalement déboussolé… Dépressif… Ceci explique peut-être cela…

Rien de bien étonnant. Ainsi mon père avait-il succombé à la folie qui le rongeait depuis toujours. C'était prévisible.

– Si ce n'est pas indiscret, pouvez-vous me dire comment vous l'avez connu ?

Judith esquissa un sourire.

– Oh ! Rien de bien original. J'avais lu toute son œuvre et, un jour, il y a cinq ans de cela, je l'ai rencontré par hasard dans une librairie du quartier où il déambulait entre les rayons. Son regard perdu m'a touchée. J'ai eu l'audace de l'aborder et de lui parler de ses livres.

– Je vois. Vous étiez l'une de ses admiratrices, même s'il n'en possédait plus beaucoup, surtout d'aussi jeunes que vous.

– Si vous voulez. Il a eu la bonté de me donner son adresse, à tout hasard. Comme c'était à cinq minutes à pied de chez moi, je n'ai pas hésité longtemps. Une semaine après notre première rencontre, je sonnai à sa porte. Sans prévenir. Il ne m'a pas éconduite, bien que ce soit son habitude dans ce genre de situation. Nous avons bu un thé ensemble, et le courant est passé. Votre père, visiblement, était dans un bon jour. Le reste, je vous laisse l'imaginer…

– Je vois très bien. Et ensuite ?

– Ensuite, je suis venue rendre visite à votre père deux ou trois fois par semaine. Parfois le matin, parfois l'après-midi, mais jamais la nuit.

– Pourquoi donc ?

– Je ne sais pas. Le jour, cette maison était déjà assez lugubre, je crois que je n'aurais pas aimé passer une nuit entre ses murs. Au risque de paraître idiote, elle m'a toujours semblé hantée… Il y a des bruits bizarres, des ombres qui se profilent sur les murs, des traces de pas dans le gravier de l'allée…

Un frisson lui parcourut l'échine et je me doutais de ce qu'elle avait dû endurer dans ce manoir glacial où ne venait jamais personne. Elle m'adressa un sourire gêné, puis, après que le patron nous eut apporté la commande, avoua à voix basse :

– Vous savez, votre père était un homme étrange.

– Je veux bien vous croire sur parole.

Judith trempa sa cuillère dans sa tasse et touilla le chocolat de longues secondes.

– À la fin de sa vie, il n'avait plus toute sa tête.

– C'est-à-dire ?

Un regard hésitant, puis elle m'avoua comme à regret :

– Il pouvait rester des semaines entières sans sortir de chez lui et sans parler à personne.

– Charmant programme…

– De plus, lorsque j'allais lui rendre visite, il avait parfois des crises violentes et entrait dans des colères épouvantables. Il s'emportait souvent contre une tierce personne à qui il promettait les flammes de l'enfer pour avoir ruiné sa vie.

– Savez-vous de qui il parlait ?

– Hélas, non. Il n'a jamais prononcé le moindre nom. Tout au plus évoquait-il le diable.

– Cela n'a pas dû être drôle tous les jours.

Judith acquiesça.

Je continuai sur ma lancée :

– Écrivait-il, au moins ?

Mon père n'avait rien publié depuis longtemps, mais je savais qu'un véritable écrivain ne pouvait s'empêcher de noircir des feuillets, même dans le plus grand secret.

– Pas lorsque j'étais là. Il disait pourtant s'atteler chaque nuit, depuis des années, à un grand roman. Je n'ai jamais pu en lire une seule ligne. Chaque fois que j'évoquais le sujet avec lui, ne serait-ce que pour me rendre compte de l'avancée de son travail, il observait un refus catégorique et m'interdisait même l'accès de son bureau. Il prétendait que dévoiler un manuscrit avant qu'il ne soit tout à fait terminé était le plus sûr moyen d'attirer sur lui le malheur.

Je bus une gorgée de cognac comme pour stimuler mon esprit. Ainsi mon père était superstitieux, ce qui ne me surprenait guère, même pour un sceptique de son espèce. Lui-même se qualifiait d'athée mystique.

– Dans ce cas, s'il ne vous apportait que des tracas et se montrait impossible à vivre, pourquoi être restée avec lui si longtemps ?

– Parce que je l'aimais. Et qu'il me fascinait.

– Amour ou fascination ?

La femme au regard bleu azur observa un temps avant de déclarer :

– Je crois que l'amour n'est qu'un miroir dans lequel se reflète l'admiration qu'on porte à un être cher… Je sais, cette phrase grandiloquente peut sonner un peu creux, mais elle n'en traduit pas moins le fond de ma pensée.

C'était une belle réponse et elle me suffisait. Judith Weintraub avait succombé à l'écrivain et non à l'homme qui, lui, était resté épouvantable si tant est qu'il ne le soit pas devenu encore un peu plus.

– Voilà une sentence qui mériterait publication, dis-je sur un ton flatteur.

Elle but quelques gorgées de son chocolat, puis le silence s'installa entre nous, aussi pesant qu'une chape de plomb. Après une deuxième gorgée de cognac, je trouvai les mots pour rompre la glace :

– Vous êtes différente de ce que je m'étais imaginé.

Cette remarque sembla l'amuser. Les traits de son visage se détendirent tout à coup et elle retrouva cet éclat de beauté et de jeunesse que j'avais décelé en elle dès le premier regard.

– Qu'imaginiez-vous ?

– Que vous étiez comme lui… Un peu étrange… Bizarre… Un peu folle aussi…

– Qui vous dit que je ne suis pas comme cela ? Vous me connaissez à peine.

– J'en doute. Votre regard n'est pas empreint de folie, comme l'était celui de mon père. Vous m'avez l'air d'avoir les pieds sur terre et ne passez sans doute pas l'essentiel de votre temps à écrire jusqu'à vous essorer l'âme.

Comme elle semblait mal à l'aise, j'en profitai pour faire glisser la conversation sur la véritable raison de ma présence dans ce café.

– À propos, que vous a-t-il laissé pour moi ?

Judith posa sa tasse sur la table et me dévisagea de ses grands yeux couleur du ciel.

– Vous êtes curieux de le savoir, n'est-ce pas ?

– Oui. Il y a si longtemps que je n'ai plus reçu de cadeau de mon père.

Elle fouilla dans son sac à main et en retira un objet qu'elle me tendit comme une précieuse relique.

– Tenez. Elle est pour vous.

Je saisis l'objet et découvris avec stupeur qu'il s'agissait d'une petite clé en fer de couleur noire, l'une de ces clés anciennes qui permettent d'avoir accès aux serrures d'un autre temps. Sa taille était minuscule, tout comme la finesse de son ouvrage. Dans l'anneau, en guise de porte-clés, on avait glissé une lanière de cuir usée jusqu'à la trame. Assurément, cet objet n'avait pas été forgé hier et avait l'air bien plus vieux que nous ne l'étions tous deux.

– Hugo me l'a fait parvenir par la poste juste avant de se donner la mort. En stipulant que je vous la remette en mains propres si j'étais amenée à vous rencontrer. C'est chose faite.

– À quoi sert-elle ?

Je contemplai la clé et caressai la lanière de cuir avec un plaisir non dissimulé, comme attiré par la puissance d'un talisman maléfique.

Judith, d'un geste de la main, fit tinter les bracelets qu'elle portait au poignet et répondit sur un ton évasif :

– Je ne le sais pas plus que vous. Hugo ne l'a pas précisé. Simplement qu'elle devait à tout prix vous revenir.

Un peu décontenancé, je demandai :

– À quoi peut donc me servir une clé si je n'en connais pas la serrure ?

La jeune femme prit son temps avant de répondre :

– Tout cela, c'est à vous de le découvrir.

Un long silence pendant lequel je passai machinalement la lanière de cuir autour de mon cou, puis Judith ajouta :

– De toute manière, vous en saurez beaucoup plus lorsque vous vous rendrez dans la maison. Elle vous revient de droit, n'est-ce pas ?

– Je dois d'abord aller chez le notaire chargé de la succession pour en obtenir le sésame. J'ai d'ailleurs rendez-vous demain.

Après avoir mordu dans une tartine recouverte d'une épaisse couche de beurre et de confiture d'abricot, la jeune femme reprit :

– À votre place, j'irais sur les lieux aujourd'hui.

– C'est bien ce que je compte faire dès que j'aurai fini ce cognac ! Voulez-vous m'accompagner ?

Judith s'assombrit.

– Je suis désolée, mais je ne crois pas que j'y retournerai un jour. Il y a là-bas trop de souvenirs… Une angoisse permanente plane entre les murs. Rien que l'idée de me trouver devant sa façade me donne des frissons.

– Cette maison est donc vraiment inquiétante ?

– Oui. Son salon de magie et ses satanés automates me donnaient la chair de poule lorsque je pénétrais dans cette pièce.

– Quels automates ?

Judith observa un instant de silence et éluda :

– Vous verrez bien lorsque vous en posséderez les clés.

Cette maison la terrorisait. Inutile d'insister.

– Ne prenez pas cet air ombrageux. Cette maison me terrifie, c'est vrai… Mais ce n'est pas une fatalité, et peut-être parviendrez-vous à en déjouer les pièges et à l'apprivoiser.

– Je verrai bien…

Il était temps de changer de sujet.

– Et vous, qu'allez-vous devenir ? Je veux dire, mon père vous a-t-il laissé quelque chose ?

– Ne vous en faites pas pour moi. Hugo a pensé à moi de son vivant, me léguant une collection de tableaux qui devrait me permettre d'assurer mon avenir.

– Je ne le savais pas collectionneur…

– Détrompez-vous. C'était un homme qui savait faire de bons placements. Ces tableaux ne valent pas tous une fortune, mais durant les dernières années de sa vie, il a fait quelques bonnes affaires grâce à un marchand d'art avisé qu'il considérait d'ailleurs comme son seul véritable ami. Certaines toiles de Raoul Dufy se sont révélées très rentables à la revente. Le marchand d'art possède une petite galerie à Montmartre. Son nom est Benjamin Tatz.

– Benjamin Tatz, dites-vous ? Je le connais. Je l'ai rencontré une ou deux fois il y a très longtemps. Je ne l'ai pas revu depuis au moins dix ans.

– Le temps n'est rien. Allez lui rendre visite, il pourra peut-être vous apprendre quelque chose sur votre père, ou sur l'usage de cette clé.

– Après tout, pourquoi pas. Avez-vous son adresse ?

– Il possède un hôtel particulier au 19, rue des Abbesses.

Je notai cette précieuse information sur un bout de papier.

– J'irai le voir dès que possible.

Après avoir fini mon verre de cognac, je scrutai avec attention le visage de la femme que j'avais en face de moi.

– Vous me troublez, m'avoua-t-elle, un peu confuse. Je vous l'ai déjà dit, vous lui ressemblez tellement ! Au propre comme au figuré. Lui aussi était toujours à dévisager les gens comme s'il allait leur voler leur âme.

– Dans ce cas, me voilà rassuré. Je suis bien son fils légitime.

– Pourquoi ? Vous en doutiez ?

– Il faut toujours se méfier de la parole d'un écrivain… En attendant, je suis curieux de savoir à quoi peut bien servir cette clé.

– Qui sait ? fit Judith en me prodiguant son plus beau sourire. Peut-être le découvrirez-vous plus tôt que prévu.

– Ou peut-être jamais. Question de chance.

– La chance n'a rien à voir dans cette affaire. Cela dépendra entièrement de votre ardeur.

– Dans ce cas, permettez-moi de douter de ma réussite. J'ai toujours eu peur des ombres…

J'étais loin d'être impatient de me confronter au passé de mon père et vivais plutôt dans l'appréhension de cette découverte.

Nous restâmes ainsi quelques secondes à nous contempler en silence, nous avions beaucoup de choses à apprendre l'un sur l'autre. Il était bientôt 18 heures, et Judith avait encore mille choses à faire.

– Je dois partir, dit-elle. Merci pour le chocolat et les tartines. J'ai été heureuse de vous rencontrer.

– Moi aussi. À bientôt, j'espère.

Elle me lança un salut de la main, puis sortit du café. Au-dehors, le ciel s'était assombri et le froid s'était fait plus incisif. Sans doute les prémices du long hiver à venir.

*
* *

Je quittai le café quelques minutes après le départ de Judith. Tâtant la bosse que j'avais au front, je sentis qu'elle avait réduit de moitié. Je palpai du bout des doigts la clé ancienne que je portais désormais autour du cou et, d'un pas décidé, remontai la rue de Bagnolet en direction de la rue des Pyrénées. Peu après l'impasse Suez, je bifurquai sur la gauche et soudain la maison surgit devant moi. Sa vision me foudroya. Je tombai aussitôt en arrêt devant la beauté glacée du Palais des Ombres.

La demeure d'Hugo Thanner semblait dater d'un autre siècle. Elle ressemblait à une miniature de cathédrale gothique venue du fond des âges avec ses deux tourelles à l'est et à l'ouest de l'édifice, sa façade recouverte de vigne vierge et ornementée de gargouilles à tête de démon, son toit en ardoises mangées de mousse et de lichen, sa charpente à colombages, ses hautes fenêtres et ses deux chiens assis. Exposée depuis des années aux atteintes du temps, elle était encore belle, quoique inquiétante à plus d'un titre. Perdue au milieu d'un parc boisé, elle dénotait dans le paysage et semblait sortie tout droit d'un livre d'images pour enfants.

Tout en elle était arabesques, spirales, volutes, enroulements. Elle avait une allure végétale. Le plus surprenant était qu'elle paraissait vivante. Comme si elle possédait une âme.

Abasourdi, statufié, je restai un long moment à contempler derrière la grille cadenassée ce décor d'une autre époque. Cette maison préservée du progrès et de la marche du temps était à l'image de mon père : mystérieuse, ténébreuse et solitaire.

Je frissonnai à l'idée de devoir y revenir bientôt car ce serait comme entrer dans un tombeau fermé depuis des millénaires.

– 5 –

Mercredi 28 septembre 1960

Le lendemain matin, encore troublé par les émotions de la veille, je me rendis chez le notaire avec lequel j'avais rendez-vous, non sans avoir avalé au préalable deux cafés corsés pour me donner du courage.

Horace Fauche avait pignon sur rue. L'entrée principale de son étude donnait sur la rue de Rivoli, mais on pouvait y accéder également par la rue du Temple. Je choisis d'emprunter cette seconde entrée, beaucoup plus discrète. Je traversai une cour sombre, m'engageai dans un large corridor et entrai dans l'immeuble. L'homme avait ses bureaux au deuxième étage. Je gravis les marches d'un escalier de marbre recouvert d'un épais tapis rouge, et me trouvai bientôt devant une lourde porte de chêne sur laquelle était apposée une plaque de cuivre portant cette inscription :

Horace Fauche, notaire
Détenteur des minutes de Me Evariste Fauche
L'étude est ouverte du lundi au vendredi,
de 9 à 12 heures et de 14 à 18 heures

Une employée, sans doute clerc de notaire, à qui je déclinai mon identité, me conduisit alors dans un bureau capitonné encombré de dossiers volumineux, et me fit asseoir dans un large fauteuil de cuir.

– Je préviens Me Fauche de votre arrivée.

Elle sourit, s'éclipsa et referma la porte.

Quelques instants plus tard, un homme déboula dans la pièce comme une furie et, après m'avoir broyé la main, prit place dans le siège en face de moi. C'était Horace Fauche. Un homme mince, sec, froid, au nez aquilin et au regard de rapace qui vous scrutait sans cesse jusqu'à vous mettre mal à l'aise.

– Monsieur Thanner, enchanté ! fit-il d'une voix faussement enjouée.

– Bonjour maître, merci de me recevoir, répondis-je, peu assuré.

Le notaire, nerveux, les yeux chafouins cachés derrière des bésicles cerclées de fer, n'y alla pas par quatre chemins. À peine assis, il entra dans le vif du sujet :

– Bien, passons à la succession, je vous prie. Monsieur Hugo Thanner, et cela me semble bien normal, vous a couché sur son testament. Avant d'aller plus loin, acceptez-vous l'héritage ?

Un peu pris au dépourvu, je me mis à bafouiller :

– Cela dépend. S'agit-il d'un solde actif ou passif ?

– Actif, cher monsieur.

– Dans ce cas, j'accepte.

Le notaire prit acte de ma décision en hochant la tête de haut en bas.

– Bien entendu, pour que l'acte prenne effet, il faudra patienter quelques semaines, le temps que je solde les comptes de votre père et que je prélève les frais inhérents à la succession.

– Je viens surtout pour la maison, dis-je. J'ai cru comprendre que j'en héritais…

– En effet, acquiesça Me Fauche en dodelinant de la tête. Avant toute chose, je dois vous prévenir que j'ai reçu tout récemment, de la part de votre père, deux clauses suspensives à inclure à cet héritage…

– Je vous écoute…

Ouvrant un dossier de couleur orange, l'homme s'empara d'un feuillet et commença à lire à une vitesse prodigieuse :

– « Dévolution successorale. Testament de monsieur Hugo Thanner. D'après un acte authentifié et déposé le 21 octobre 1958 en l'étude de maître Horace Fauche, monsieur Hugo Thanner lègue à monsieur Nathan Thanner, son fils légitime, un bien immobilier sis 4, rue de Lesseps, Paris 20e, d'une valeur estimative actuelle de deux cent mille francs. Ce bien, auquel s'ajoute le mobilier, comprend deux niveaux et un terrain de mille mètres carrés.

« À cet effet, en contrepartie du montant des frais de mutation et des frais de succession qui seront prélevés par maître Fauche sur son compte en banque n° 0016 22 43 38 de la Banque nationale de Paris, après son décès, la maison lui revient de droit. À la première condition que l'héritier désigné ne recède pas ce bien avant une décennie… »

– C'est-à-dire ? demandai-je, un peu surpris.

– Que vous n'êtes pas en mesure de revendre votre bien. Du moins, pas avant dix ans.

– Curieuse condition. J'avoue que j'avais songé à l'éventualité de m'en débarrasser au plus vite si d'aventure la maison ne me plaisait pas, mais je suppose qu'il est impossible de la discuter.

– Hélas non. Il s'agit là de la dernière volonté du défunt. Cela rendrait le testament caduc.

– Je garderai donc la maison au moins pendant ce temps-là…

– Très bien.

Le notaire se replongea dans son dossier, tourna quelques pages, s'éclaircit la gorge et ajouta :

– La seconde clause est plus particulière…

J'étais de plus en plus attentif.

– « À la seconde condition que l'héritier désigné accepte de reprendre à son compte et en son nom propre les termes d'un contrat établi entre les éditions du Diable, représentées par monsieur Justin Balmat, et monsieur Hugo Thanner, contrat établi par les deux parties le 17 octobre 1951… »

– Justin Balmat ? Je le connais un peu. Il était l'éditeur de mon père. De quel contrat s'agit-il et en quoi me concerne-t-il ?

Le notaire releva la tête et me dévisagea, visiblement mal à son aise.

– Je n'en ai aucune idée. Tout ce que je puis vous dire, c'est que vous avez rendez-vous avec ce M. Balmat dès ce soir. Il m'a contacté suite au courrier qu'il a reçu, et tient à vous voir au plus vite. Il sera certainement plus disert que moi sur ce sujet.

Me Fauche me tendit une carte de visite sur laquelle étaient inscrits un nom et une adresse en proche banlieue.

– Il vous attend chez lui aujourd'hui à 19 heures…

Après tout, j'étais désormais l'ayant droit de mon père. Il était donc légitime d'entrer en relation avec son éditeur. Ce contrat ne devait pas être bien important. Sans doute de la paperasserie à signer.

– C'est d'accord. Va pour dix ans. Et va pour cette seconde clause. J'irai voir Balmat et reprendrai les termes de ce contrat…

– À la bonne heure ! J'attendrai toutefois confirmation de l'éditeur pour officialiser cet héritage.

– C'est comme si c'était fait, répondis-je avec aplomb.

Le notaire opina du chef et poursuivit sa lecture du testament jusqu'à la dernière ligne. Lorsqu'il eut terminé, il m'annonça :

– Les charges et l'entretien de cette demeure vous incombent à compter du jour de l'acceptation de l'acte.

– Cela me paraît tout à fait normal. La contrepartie de ce don qui me vient du ciel, je suppose.

– Du ciel ou des enfers… siffla Horace Fauche entre ses dents serrées.

Pourquoi le notaire employait-il soudain un ton si inquiétant ? Sa dernière phrase sonnait comme un avertissement.

– Elle est donc en si mauvais état ?

Horace Fauche sembla hésiter quelques secondes.

– Cela n'a rien à voir avec des travaux de réfection que, somme toute, requièrent toutes les vieilles demeures. Vous pourriez entreprendre des travaux pharaoniques, lui donner les atours de la chapelle Sixtine que vous ne trouveriez pas le moindre locataire pour y habiter à l'année.

– Puis-je savoir pour quelle raison ?

Horace Fauche se redressa, me jeta un regard d'inquisiteur et m'annonça à voix basse :

– Elle a mauvaise réputation.

Comme je restais muet, il continua sur sa lancée :

– Tous ceux qui ont vécu entre les murs du Palais des Ombres s'y sont suicidés, ont disparu dans de mystérieuses conditions ou, à tout le moins, sont devenus fous.

Le notaire, content de son petit effet, me regarda pâlir avec un plaisir non dissimulé.

– Aussi vrai que le cimetière qui lui tient lieu de paysage est peuplé d'âmes en errance, cette demeure est maudite. Je me devais de vous prévenir avant que vous ne déposiez votre griffe au bas de cette page.

J'étais un peu décontenancé, certes, mais cette confession ne faisait que redoubler mon intérêt.

– Tant pis. Je croiserai peut-être des fantômes dans les couloirs du Palais des Ombres, mais vous avez piqué ma curiosité. Et puis, une maison hantée près d'un cimetière, c'est plutôt compréhensible. Je suis prêt à prendre le risque de devenir fou à mon tour. Où dois-je signer ?

– Vous m'avez l'air bien sûr de vous, monsieur Thanner. J'espère que vous ne commettez pas un regrettable impair.

– L'avenir nous le dira, cher maître.

L'air chafouin, Horace Fauche me tendit une feuille où j'apposai ma signature. Puis il rangea l'acte dans le dossier orange et extirpa un trousseau de clés du tiroir de son bureau.

– Voici le sésame qui délivre l'entrée de cette demeure. Désormais, monsieur Thanner, cette maison et vous êtes liés pour dix années, voire l'éternité…

*
* *

En rentrant, je croisai ma voisine du dessus qui descendait l'escalier. Hannah Stein était professeur de musique au conservatoire et, pour joindre les deux bouts, elle donnait également des cours de violon à domicile. À part cela, je ne savais rien d'elle, si ce n'était qu'elle était charmante.

Elle avait noué ses longs cheveux noirs à l'aide d'un ruban doré et portait un manteau rouge qui se mariait merveilleusement avec le feu de ses yeux sombres. À la pâleur de mon visage, elle comprit qu'il s'était passé quelque chose.

– Eh bien, Nathan, que vous arrive-t-il ? On dirait que vous venez d'apercevoir un fantôme…

– Je viens d'hériter d'une maison.

– Et c'est cela qui vous met dans un tel état ?

– On la dit hantée. Elle appartenait à mon père qui vient de mourir. Je me suis rendu à son enterrement hier.

Hannah, peinée, s'approcha de moi et posa sa main sur mon avant-bras, tentant de me réconforter.

– C'est terrible. Je ne savais pas… Toutes mes condoléances…

– Je vous remercie.

Elle hésita puis me dit avec une douceur infinie :

– Si vous avez besoin de réconfort ou de parler, vous savez où me trouver.

– J'y songerai si j'en ressens le besoin, répondis-je.

– À plus tard, Nathan.

– Bonne journée à vous, Hannah.

Elle m'adressa un ultime sourire puis disparut dans la cour. Je me retrouvai seul dans le couloir de l'immeuble.

Ce midi-là, en déjeunant assis à la table de la cuisine, je pensai aux événements récents qui me causaient un profond émoi. La veille, j'avais enterré un père que je n'avais guère connu, et aujourd'hui, je devenais propriétaire d'une maison qui m'avait tout l'air d'être maudite. Deux tremblements de terre.

La vie est bien étrange, songeai-je, dire que de l'amour à la mort, il n'y a que deux lettres qui changent…

– 6 –

Le soir même, comme me l'avait conseillé Me Fauche, j'allai chez Justin Balmat.

L'ancien éditeur habitait en périphérie de Paris, à Saint-Mandé, face au bois de Vincennes et au lac Daumesnil. Comparable à un petit château, cette ancienne demeure bourgeoise était si vaste que tout un régiment de l'armée napoléonienne aurait pu y loger sans se gêner aux entournures. Deux niveaux de deux cents mètres carrés composaient cet édifice qui m'évoquait un vaste hall de gare d'où ne partirait aucun train et où ne viendrait jamais aucun voyageur. Un jardin à la française occupait les trois quarts du terrain, où Balmat ne se rendait plus guère que les soirs d'été pour de longues promenades sous la lune. Le reste était à l'avenant. Une grande allée de graviers soigneusement ratissée, deux rangées de cyprès taillés avec délicatesse, un bosquet de buis où nichaient les moineaux, quelques clématites qui, au printemps, prenaient une belle couleur bleu de Prusse. Seul bémol, une fontaine de marbre rongée par la moisissure où ne coulait plus qu'un mince filet d'eau jaunâtre sur un lit de sanie. Un vrai palais d'empereur romain décadent, à quelques encablures de la ceinture de Paris, ce qui constituait un luxe rare, même pour un éditeur à la retraite.

Cependant, Justin Balmat vivait dans un royaume d'ombres et de solitude où ne demeuraient que les souvenirs d'un faste passé. Les journaux racontaient que l'homme, devenu misanthrope depuis la mort de sa femme, ne recevait presque plus personne. Il sortait très peu, ne se rendait plus guère en ville que contraint et forcé, renonçant le plus possible aux invitations et fuyant les mondanités comme la peste. Balmat se contentait de passer les longues journées d'été et les nuits sans fin d'hiver enfermé dans son bureau à noircir du papier. Je ne savais trop ce qu'il écrivait dans le secret de cette alcôve, mais tout portait à croire qu'il rédigeait ses mémoires. En cinquante ans de carrière dans le monde de l'édition, il avait vu bien des choses et croisé bien des personnages : écrivaillons, imposteurs, pisse-copies, plagiaires, contrefacteurs, faussaires, apologistes, polémistes, élégiaques, tragiques, gribouilleurs, gratte-papier, quelques hommes de lettres et tout de même un ou deux génies. Quant aux êtres humains, rien n'était moins sûr…

« L'humanité, voilà un concept utopique, avait-il confié à un journaliste qui l'avait interviewé. Cela fait belle lurette que je ne crois plus en l'homme… Au loup, peut-être… La nature de l'homme est de voler, d'usurper, de subtiliser, d'escamoter, de spolier, de dépouiller ou de tuer son prochain, mais jamais de l'aimer… »

Un point de vue aussi acide sur la condition humaine donne forcément matière à raconter. La vérité comme les mensonges. Les regrets comme les remords. Les péchés comme la rédemption. Écrire était pour lui un acte purificateur. Justin Balmat, à force d'encre, lavait son âme que l'arrogance et la morgue des hommes dans ce qu'ils ont de plus vil avaient longtemps souillée.

La grille de la propriété à peine franchie, je constatai que l'éditeur, en dépit de son âge, n'avait rien perdu de sa superbe. D'un seul coup d'œil, il pouvait anéantir son interlocuteur.

Contrairement à ce que l'on racontait de lui, Justin Balmat n'était pas assis derrière la fenêtre de son bureau, penché sur le cahier qu'il remplissait de ses souvenirs, mais debout sur le perron de la maison, fier et droit dans son costume de velours noir.

Le visage émacié, l'œil clair, la moustache fine et luisante, il avait le regard fixe d'une statue de commandeur. Le temps qu'il me fallut pour remonter l'allée de gravier, il resta, stoïque, à me toiser. Ce n'est que lorsque je me retrouvai planté devant lui, comme un arbre sans racines, que son visage se détendit quelque peu.

– Je vous attendais, mon cher Nathan.

– Me voici, monsieur Balmat.

Nous ne nous serrâmes pas la main, ni même nous saluâmes de la tête. Entre nous, ce genre d'effusion aurait sonné faux.

– Entrez. J'ai à vous parler. De choses graves, du moins je le crois… À propos, toutes mes condoléances, ce qui vous arrive est terrible…

– Monsieur Balmat, je vous en prie, épargnez-moi toutes ces politesses… Je n'ai pas revu mon père depuis dix ans et, en trente et une années d'existence, il ne s'est jamais préoccupé de moi. Il n'est pour moi qu'un mauvais souvenir.

Je n'étais entré qu'une seule fois dans la demeure de l'éditeur. Après l'enterrement de sa femme, Balmat avait ouvert les portes de sa maison aux personnes qui avaient suivi le cortège, et ainsi la plupart des auteurs de son écurie s'étaient retrouvés dans le grand salon autour d'une collation, dans une ambiance funèbre que n'aurait pas reniée un croque-mort. Tout ce que les éditions du Diable comptaient de belles plumes était réuni pour un dernier hommage à feu Mme Balmat. Un gage de soutien à l'homme qui était, pour quelque temps encore, l'un des plus illustres éditeurs de Paris. J'accompagnais alors mon père qui, pour l'occasion, avait revêtu son plus beau costume noir et sa mine de tragédien qu'il savait si bien adopter lorsque les circonstances l'exigeaient.

Je me souvenais de tout avec une infinie précision : une immense pièce dallée de carrelage noir et blanc semblable à un vaste échiquier, de grandes baies vitrées habillées d'épais rideaux de serge, des reproductions de tableaux de maîtres qui ornaient les murs, des meubles de belle facture, des bibelots, des statues, de la vaisselle, de l'argenterie… Il n'en restait plus rien, si ce n'étaient quelques fauteuils élimés et tapisseries délabrées ainsi que des cartons entassés au milieu de la pièce. Un monte-en-l'air semblait être passé là faire son marché. Percevant mon malaise, mon hôte s'interrompit dans le lissage de sa moustache et prit les devants. D'un geste désinvolte qui devait excuser l'indigence de son mobilier, il répondit à ma muette interrogation :

– Ne soyez pas étonné de ce désordre. Ce n'est pas que je déménage, mais, comment dire ?… À l'aube de devenir octogénaire, j'ai décidé de mettre en vente certaines choses… Et je commence par les plus anciennes. Les reliques du passé. Tout cela me pèse.

– En quelque sorte, risquai-je, vous tentez d'alléger votre conscience.

Balmat esquissa un demi-sourire qui se changea très vite en grimace.

– En quelque sorte... Même si j'ai bien peur que ma conscience ne soit jamais vraiment allégée du poids de ses tourments... À mon âge, on a beau perdre la mémoire, il est impossible de tout oublier. Il y a parfois des souvenirs qui prennent trop de place.

– Je comprends.

Lassé de ce sujet, il soupira et me conduisit jusqu'à son bureau situé dans l'aile droite de la maison. Bien que je n'y fusse jamais venu, je me doutais que rien n'avait bougé. La bibliothèque remplie de livres, les fauteuils club, le bureau sur lequel trônait le cahier de Balmat, l'armoire à whisky... Chaque objet devait être à sa place depuis l'éternité. L'éditeur s'installa à son bureau, m'invitant à m'asseoir face à lui, puis il reprit d'un ton doucereux :

– Voyez-vous, mon cher Nathan, je ne vais pas vous jouer le refrain de l'ami éploré, pas à vous, mais ce qui me chagrine le plus dans cette histoire, c'est qu'Hugo Thanner n'a pas honoré avant de mourir le contrat que j'ai signé avec lui il y a neuf ans, à l'époque où je dirigeais les éditions du Diable...

Nous en venions donc au fait.

– Le fameux contrat que je dois reprendre à mon compte pour toucher l'héritage. De quoi s'agit-il ?

Balmat lissa sa moustache tout en observant un bref silence de convenance.

– D'un roman, le septième, qu'il ne m'a jamais remis, et pour lequel il avait touché une confortable avance.

Balmat sortit de sa léthargie. Tel un *deus ex machina*, il se redressa sur son fauteuil et, l'œil brillant, extirpa d'un tiroir de son bureau un document qu'il me mit sous le nez.

– Tenez, lisez ceci et vous comprendrez mieux.

Je me penchai au-dessus de la première page dont le parfum me rappela celui des livres anciens. Le papier était froissé, vieilli, taché par endroits de scories de café et de cendres. Balmat avait probablement lu et relu ces mots des centaines de fois :

Entre les soussignés

Monsieur Hugo Thanner, ci-dessous dénommé l'Auteur, d'une part

et

Les éditions du Diable, représentées par leur président du directoire Justin Balmat, ci-dessous dénommé l'Éditeur,

Il a été convenu ce qui suit :

ARTICLE 1. OBJET DU CONTRAT

L'auteur cède à l'Éditeur qui accepte pour lui et pour ses ayants droit, dans les termes et conditions ci-après énoncées, la faculté exclusive d'exploiter ses droits patrimoniaux sur son prochain ouvrage qui a pour titre

LE PALAIS DES OMBRES

Au titre de ces cessions est consenti un à-valoir sur droits de cent mille francs payable moitié à la signature, moitié à la remise du manuscrit…

Fait à Paris, le 17 octobre 1951

Le contrat faisait plusieurs pages, mais j'en avais lu l'essentiel. Un peu étonné, je relevai la tête et demandai :

– Je suis désolé pour vous, mais que voulez-vous que j'y fasse ?

Balmat grimaça.

– Beaucoup.

– Je continue à ne pas comprendre.

– Ce contrat vous concerne personnellement. Lisez la suite et vous serez éclairé.

J'obtempérai, la mine sombre, et découvris l'impensable sous la forme d'un paragraphe ajouté à la main :

Si d'aventure je devais mourir avant que le manuscrit ne soit remis au détenteur du présent contrat, à savoir Justin Balmat, je charge mon fils Nathan

Thanner, seul héritier désigné, de retrouver le susdit manuscrit par tous les moyens en sa possession et de le remettre en mains propres à l'éditeur.

L'Éditeur — *L'Auteur*
J. Balmat — *H. Thanner*

Il était inutile d'en lire davantage. D'autant que j'avais reconnu au bas du document à l'encre rouge les signatures de mon père et de Balmat.

Je tombai des nues.

– C'est une plaisanterie ?

Balmat me toisa, le visage fermé.

– Pas le moins du monde, mon cher Nathan. Pas le moins du monde…

– Ce qui veut dire ?

– Que vous allez vous mettre en chasse et retrouver ce manuscrit. Après tout, vous êtes l'héritier légal. Donc celui qui a le plus de chances de savoir où il se trouve.

– Si je vous disais que je n'en ai pas la moindre idée ?

– Votre père a dû le cacher en lieu sûr, probablement quelque part dans sa demeure. Et comme vous en êtes l'unique héritier…

– Vous croyez vraiment qu'il se trouve là-bas ?

– Où voulez-vous qu'il soit ? À part un coffre dans un établissement bancaire, je ne vois pas. Mais ce n'était pas le genre de votre père. Il avait moins confiance en son banquier qu'en sa femme de ménage, ce en quoi je ne lui donne pas tort.

Balmat se mit à tousser pour s'éclaircir la voix et reprit avec tout autant de flegme :

– Je me suis retiré des affaires depuis suffisamment longtemps pour savoir que je n'ai besoin de rien, si ce n'est de passer agréablement les dernières années qu'il me reste à vivre. Je suis à l'abri de tout souci financier depuis bien longtemps. N'allez pas vous méprendre, il ne s'agit là nullement d'argent. Question d'honneur. Retrouver ce manuscrit est pour moi d'une importance capitale.

Balmat pointa son index vers moi.

– Vous êtes encore jeune, mais vous êtes en mesure de comprendre qu'il existe certaines choses avec lesquelles on ne transige pas. Un pacte est un pacte. Et un contrat demeure un contrat.

– Et si je refuse, la maison ne m'appartient plus. Ah, l'affaire est bien menée !

– Le testament n'est pas de mon ressort. Mais je suppose que votre père, par-delà la mort, vous propose un marché. Vous retrouvez ce manuscrit, me le remettez en mains propres, et Me Fauche vous enverra les documents officiels qui feront de vous l'heureux propriétaire d'une auguste demeure parisienne.

– Et si je ne parviens pas à mettre la main dessus ?

Balmat balaya cette éventualité d'un revers de main.

– Vous y arriverez, j'en suis certain.

Rien n'était moins sûr. J'avais comme un pressentiment. Toute cette histoire sentait le soufre. Devant ma mine renfrognée, Balmat reprit :

– Vous ne m'aimez pas beaucoup, n'est-ce pas, mon cher Nathan ? Vous me tenez en partie responsable de la déchéance et de la dépression qui ont conduit votre père à cet isolement si proche de la folie ?

– Je ne crois pas que cela soit un grand mystère, mais est-il utile de remuer les cendres du passé ?

Le vieil homme se leva, alla chercher deux verres, une bouteille de whisky pur malt dix-huit ans d'âge, et nous servit une rasade à chacun.

– Le métier d'écrivain est peut-être l'un des plus dangereux qui soient, car il se résume souvent à un mariage avec la solitude. C'est aussi l'un des plus gratifiants. Je suis certain que ce roman est celui que votre père rêvait d'écrire depuis le début de sa carrière. Or c'est vous qui allez le retrouver et le lire en premier. C'est une chance incroyable.

D'un geste expert, Balmat fit tourner le whisky couleur d'ambre qu'il tenait en main, en huma les effluves avec un plaisir intense, savoura une première gorgée et, détendu, reprit :

– Acceptez les termes du contrat et vous verrez que vous ne le regretterez pas. Hormis un peu de temps, vous n'y perdrez rien… Après cela, ajouta-t-il, mystérieux, je vous le certifie, vous pourrez vous affranchir du passé.

Balmat avait appuyé sa dernière sentence, comme pour mieux me l'enfoncer dans le crâne. Afin de supporter le poids de son regard, je goûtai à mon tour l'élixir écossais qui certainement me donnerait le courage nécessaire. Une merveille, un velours, un véritable miel. Il n'était pas raide et âcre comme celui que servait le cafetier de la rue des Barres, qui me brûlait l'estomac et m'enflammait l'esprit. Ce whisky-là se laissait déguster avec lenteur, comme si l'on buvait une gorgée de nectar. Une sensation de bien-être envahit mon cerveau. L'alcool me réchauffa le corps tout autant que l'âme. Je me sentais bien. Je sus pourtant que j'étais piégé.

– D'accord, dis-je en faisant claquer ma langue sur mon palais. Je veux bien essayer de trouver ce manuscrit.

L'œil de l'éditeur pétilla d'une jeunesse retrouvée. Il avait gagné la première manche.

– C'est très courtois de votre part, Nathan. Je n'en attendais pas moins de vous.

Comme si j'avais le choix. Le Palais des Ombres était à ce prix.

Mon regard se posa à nouveau sur les deux signatures.

– Je ne savais pas qu'on utilisait de l'encre rouge pour rédiger des contrats, fis-je remarquer.

L'éditeur m'adressa un sourire carnassier :

– Il ne s'agit pas d'encre.

– Que voulez-vous dire ?

Justin Balmat porta la main à sa bouche, s'éclaircit la voix et annonça d'une voix théâtrale :

– Hugo Thanner et moi-même avons signé ce contrat avec du sang…

Un sentiment d'effroi m'envahit tout à coup. Je relevai la tête lourdement, comme si je venais de prendre un coup en plein visage, et demandai du bout des lèvres :

– Ce qui signifie ?

– Que, tout simplement, il ne peut être annulé de manière amiable ou juridique, ou même être prescrit. Votre père et moi-même avons fait un pacte avec l'éternité. Il s'agit d'un contrat d'honneur, faustien si vous préférez…

– C'est illégal ! m'écriai-je, abasourdi.

– Hélas non, puisqu'il s'agit d'une clause décidée par votre père. Cet avenant au contrat, c'est lui qui me l'a suggéré quelques années plus tard lorsque, ne recevant toujours pas de manuscrit, je le relançai à ce sujet. Et, pour prouver sa bonne foi, il a tenu à remplacer l'encre par du sang. Vous comprenez donc que je ne vous tends pas un piège. Tout cela, c'est lui qui l'a voulu.

– Mais pourquoi ?

– Je crois qu'il n'avait pas d'autre choix. Il n'était pas en mesure de me remettre le manuscrit en question, encore moins de me rembourser l'à-valoir. Aussi, en proposant cette nouvelle clause, gagnait-il du temps et soulageait-il sa conscience. Sans doute voulait-il savoir si vous étiez digne d'hériter du Palais des Ombres

– C'est insensé !

– J'en conviens, mais c'est pourtant la vérité.

Si je m'étranglais de fureur, l'éditeur, lui, restait calme. Je crus même voir un sourire fugace traverser son visage parcheminé. L'effet du whisky ?

– Très bien. Puisque tout est dit, je vais vous laisser. Il se fait tard…

J'en avais soudain assez de toute cette comédie.

– Vous êtes libre comme l'air, mon cher Nathan.

Je finis mon verre d'un trait et le posai devant moi. Je me levai, aussitôt imité par l'éditeur qui daigna m'accompagner jusque dans le hall d'entrée. Sur le seuil, l'homme se métamorphosa. Hors de son bureau, l'éditeur retors se métamorphosait en un vieillard voûté. Il se retourna vers moi et planta ses yeux dans les miens.

– Une dernière chose, Nathan. Soyez sur vos gardes. Dès que vous aurez mis la main sur ce manuscrit, ne tardez pas à me le faire savoir.

Je m'étonnai. Pourquoi un tel avertissement ?

– Croyez-vous que quelqu'un d'autre soit lui aussi sur sa piste ?

– Le monde est rempli de gens mal intentionnés. Votre père n'avait pas que des amis en ce monde, et n'oubliez pas qu'un éditeur n'a jamais que des ennemis.

– Je ferai attention, promis-je, tout en songeant que cet homme énigmatique ne me disait pas tout ce qu'il savait.

Je m'engageai dans l'allée de gravier, un peu titubant. S'agissait-il de l'alcool, du vertige des nouvelles, de l'incongruité de la situation ? Je n'aurais su le dire. J'avais la sensation étrange d'une perte de contrôle, d'être soudain devenu un pantin de bois dont l'éditeur agitait les ficelles à sa guise.

– 7 –

Jeudi 29 septembre 1960

Dans le vieux quartier du Marais, au fond d'une impasse sise non loin du carrefour de la rue de l'Hôtel-de-Ville et de la rue des Barres, il existait une petite échoppe – sans doute l'une des plus exiguës et des plus singulières de la capitale – surmontée d'un encart au nom intrigant :

LE BAL DES MARIONNETTES

C'était à l'intérieur de ce sanctuaire que, chaque jour, j'officiais derrière un plan de travail qui faisait office de comptoir et d'établi, entouré d'objets étranges et fantastiques. Tous possédaient une âme.

Ma boutique, il fallait bien l'avouer, n'était pas très fréquentée. Sa façade était si étroite, et la porte qui en permettait l'entrée se fondait tant dans le décor de la rue, que l'on pouvait passer cent fois devant elle sans lui prêter le moindre regard. Qui aurait pu imaginer qu'elle contînt tant de merveilles ? Personne, à part quelques flâneurs et touristes égarés. Pour l'aventureux qui osait pousser la porte de mon échoppe, la première impression était toujours la même : à son air étonné, je devinais qu'il pensait entrer dans l'un de ces magasins anciens qu'on ne trouvait qu'à Venise, dans l'une des ruelles sombres de la ville, dissimulé entre deux ponts et deux palais bordant la lagune. Les masques et les marionnettes de différentes tailles occupaient tout le périmètre du magasin, recouvrant l'intégralité des murs, s'étalant de la vitrine jusqu'à l'arrière-boutique, du sol jusqu'au plafond. Un étrange décor de théâtre aux mille visages.

Pour mieux mettre en valeur ces pantins de bois et ces figures de carton, j'avais disposé dans mon magasin des objets anciens auxquels j'avais redonné un lustre et une patine. Ils me servaient tout à la fois de décor et de présentoirs. Je les collectais au petit bonheur dans les brocantes, ou sur les trottoirs de la capitale. C'est incroyable ce que les gens peuvent jeter, et qui peut encore servir quand on possède un peu d'imagination, de volonté et de savoir-faire. Ainsi, on trouvait dans mon antre un vieux piano mécanique déglingué muni de touches en ivoire sur lequel j'avais disposé une série de masques d'Arlequin, des bougeoirs de bronze et de laiton me servant à éclairer un couple de Polichinelle, un chevalet de peintre récupéré dans un atelier d'artiste où s'appuyaient quelques marionnettes de Guignol, une méridienne d'Empire garnie de loups et de poupées, des tableaux dénichés aux puces servant de toile de fond à des Pierrot et des Colombine, ou des statues d'albâtre de déesses grecques perdues parmi un lot de Pinocchio. Se dégageait de la boutique un charme suranné qui n'était pas pour me déplaire. Au milieu de tout ce gigantesque capharnaüm, j'avais créé une sorte de refuge.

Le monde des marionnettes est un pays étonnant. On croit forger des figurines de bois et de tissu, sculpter des visages, tirer des ficelles, donner du mouvement ou orienter un regard, mais en réalité ce sont elles qui vous dirigent. Les marionnettes ont cela de magique qu'elles sont bien plus vivantes que ceux qui les animent. Elles possèdent une âme et sont les intermédiaires privilégiés entre les hommes et Dieu.

Au Moyen Âge, le vocable servait autant à désigner la Vierge Marie et ses représentations que toute figurine en bois, sacrée ou profane, y compris les poupées utilisées en sorcellerie. Voilà sans doute pourquoi, aujourd'hui encore, d'aucuns pensent qu'un marionnettiste a fait un pacte avec les puissances occultes pour parvenir à donner vie à ce qui n'en a pas.

C'était peut-être une croyance à laquelle j'adhérais, mais je n'aurais changé de métier pour rien au monde. J'aimais mes marionnettes comme s'il s'agissait de mes enfants que j'aurais regardés grandir. Certes, je savais très bien que tout cela n'était qu'un jeu, tout comme la vie est un théâtre d'ombres et de lumières.

Penché au-dessus de ma dernière création, je songeais, profondément troublé, au marché de l'éditeur. J'avais toujours en tête les mots de Justin Balmat, des mots qui résonnaient dans mon crâne avec une force inouïe. Un manuscrit inédit, une signature en lettres de sang et la promesse de devenir enfin propriétaire d'une vieille demeure. Tout cela m'excitait, bien sûr. Pourtant, une part de moi me poussait à me méfier de cette affaire absurde. Était-ce bien légal ? Balmat n'en était certainement pas à son premier coup tordu, sans parler de mon père. Si j'avais été encore en mesure de le faire, j'aurais refusé tout net et été tenté d'oublier toute cette histoire. Mais je savais qu'il était trop tard.

J'en étais à ces réflexions lorsque le carillon de la porte d'entrée se mit à tinter. Je levai la tête et découvris sur le seuil de la boutique un homme à l'allure distinguée, affublé d'une barbichette et de lorgnons, d'une canne à pommeau d'argent, et vêtu d'un complet veston à petits carreaux. Une apparition tout droit sortie de la Belle Époque. Un original, à n'en point douter. Cela était monnaie courante parmi les collectionneurs de marionnettes. Ce visiteur ne dérogeait pas à la règle. Tout comme moi, il vivait dans un monde hors du temps, un monde qui avait disparu : celui des rêves de l'enfance.

L'homme, hésitant, me salua d'un léger signe de la tête. Semblant cacher son visage, il se mit à déambuler dans la boutique avec la maladresse d'un éléphant évoluant dans un magasin de porcelaine. Il paraissait perdu, hagard. Il contempla un instant une paire de marionnettes, s'en désintéressa très vite pour reporter son attention sur une série de masques de carnaval, puis fit glisser son regard de l'un à l'autre. À la suite de quoi il s'enquit d'une pile de vieux livres que j'avais disposés sur un pan d'étagère, et qui, pour la plupart, étaient des titres épuisés, introuvables dans une librairie moderne. Il en fit tomber un à terre et le ramassa avec peine. Puis, toujours aussi gauche, il fit courir ses doigts sur le clavier du piano, produisant une musique grinçante.

Après l'avoir laissé un moment tourner comme un lion en cage, je finis par esquisser un sourire de circonstance et lui demandai d'une voix affable :

– Cher monsieur, puis-je vous être utile en quoi que ce soit ?

L'homme ne réagit pas tout de suite. Il resta encore quelques secondes le nez plongé sur le clavier du piano avant de répondre. Lorsqu'il se releva enfin, il évita soigneusement de croiser mon regard. L'homme, visiblement un peu illuminé, prit encore de longues secondes avant d'oser me demander d'une voix tremblante :

– Avez-vous des ouvrages d'un certain Hugo Thanner ?

Désarçonné par sa question, j'essayai de me donner une contenance.

– Monsieur, ces livres ne sont pas en vente. Vous êtes ici dans une boutique de marionnettes.

J'avais gardé quelques exemplaires des ouvrages les plus connus de mon père, notamment *Le Manuscrit du Diable*, *La Main rouge* et *L'Ennemi du soleil*, dans le seul souci de décorer ma boutique. Mais l'homme semblait n'en avoir cure :

– Je suis à la recherche du *Palais des Ombres*...

Silence. Comme je restai sans voix, estomaqué par sa demande, l'inconnu reprit aussitôt à voix plus basse :

– Vous êtes bien Nathan Thanner ?

– Oui, mais comment savez-vous que...

– Dans ce cas, vous devez savoir de quoi je parle.

Me remémorant les avertissements de Balmat, je reculai d'un pas. Cet énergumène ne me disait rien qui vaille.

– Qui êtes-vous ?

L'inconnu, toujours hésitant, joua un instant avec le pommeau de sa canne.

– Quelqu'un qui a très bien connu votre père.

Je restai inerte quelques secondes, avant de reprendre mes esprits. Si cet inconnu semblait savoir bien des choses, ses manières intrusives m'agaçaient passablement.

– Monsieur, je ne connais pas ce titre. Il n'a jamais rien écrit de tel. De plus, vous n'êtes pas dans une librairie. Bien le bonjour.

L'homme ne se démonta nullement et, esquissant un faible sourire, il rétorqua :

– Erreur. Même si peu de gens l'ont lu, et qu'il renferme des choses que d'aucuns voudraient voir réduites à néant, ce livre existe.

Je sursautai, avant de m'écrier :

– Je vous demande pardon ?

Réticent, l'homme attendit quelques instants avant de poursuivre :

– Demandez-vous pourquoi Hugo Thanner ne l'a jamais publié, et vous aurez fait, je crois, la moitié du travail.

Comment était-il au courant de cela ? Et surtout, qui était-il ? Je devais à tout prix le découvrir. Je m'avançai d'un pas afin de mieux voir le visage de l'inconnu qui tentait par tous les moyens de se soustraire à mon regard. Contrarié, il fit volte-face et s'assit sur un tabouret, face au piano :

– Ne me dévisagez pas !

– Qu'est-ce qui vous prend ?

– Il me prend que je veux bien vous parler, mais je refuse que vous me regardiez dans les yeux, ou que vous vous approchiez de moi.

– Pourquoi donc ?

– Cela me concerne. Tenez-vous à distance ou je m'en vais.

Éberlué, j'acquiesçai à la demande de ce phénomène dont la misanthropie était sans doute l'étendard. Le visage tourné de trois quarts, les yeux rivés sur le clavier, l'homme commença à jouer un air sur le piano déglingué. La musique stridente qui sortit du ventre de l'instrument sembla l'apaiser quelque peu.

– Très bien. Je reste à trois pas de vous et je regarde en l'air. Pouvons-nous reprendre le fil de notre conversation ?

L'étrange individu acquiesça. J'oubliai un temps les recommandations de l'éditeur qui me poussait à la prudence et lui posai la question qui me tourmentait :

– Comment pouvez-vous affirmer que mon père l'a écrit, ce fichu manuscrit dont personne n'a jamais entendu parler ?

– Je sais des choses… Et vous aussi, vous en saurez bientôt puisque je crois savoir qu'Hugo Thanner est mort.

– Qui vous l'a dit ?

L'homme, toujours occupé à jouer, rétorqua :

– J'étais à son enterrement.

Comment ne l'avais-je pas reconnu dès son entrée dans le magasin ? C'était l'individu que j'avais remarqué au cimetière et qui avait disparu dans la foule dès que j'avais posé les yeux sur lui. Je me tournai vers l'inconnu, penché sur le clavier, et réfléchis un instant avant de poursuivre. Nul doute que cet hurluberlu venait de s'échapper d'un hôpital psychiatrique. Il me fallait user de psychologie si je désirais en apprendre un peu plus à son sujet.

– Dans ce cas, monsieur, puisque vous semblez savoir bien des choses que j'ignore, et que vous ne semblez guère disposé à décliner votre identité, dites-moi au moins où je peux le trouver, ce fichu manuscrit.

L'inconnu releva la tête. Amusé par ma question, il me délivra un message tel un oracle :

– Les vieilles demeures recèlent parfois bien des secrets cachés. Je serais vous, j'irais voir dans la maison de votre père. Vous seriez étonné…

– Pourquoi pensez-vous que je vais suivre vos conseils ?

L'homme sourit.

– Je sais que vous le ferez car vous êtes un homme en quête du passé. Et ce manuscrit raconte tout ce passé qui vous fait tant défaut.

– Que savez-vous de ce qu'il comporte ?

– Tout.

– Comment cela est-il possible ?

– Hugo Thanner n'avait aucun secret pour moi.

– Vous étiez son confident ?

– Je dirais même plus. J'étais son ombre.

– Mon père n'était pas le genre d'homme à se confier à un ami.

L'homme émit un rire frêle qui me fit tressaillir.

– Je n'ai pas dit ami. Les ombres sont faites pour demeurer dans l'ombre... Jusqu'à ce que la lumière dévoile enfin leur présence. Mais je vous en ai assez dit pour aujourd'hui... Bonne journée, monsieur Thanner.

Avant que je puisse réagir, l'inconnu avait déjà franchi le seuil de la porte.

– Un instant ! m'écriai-je. Quel est votre nom ?

Mais l'homme avait disparu au coin de la rue et je jugeai inutile de tenter de le rattraper. Autant poursuivre un fantôme.

Bientôt je me retrouvai seul dans la boutique, incapable de démêler le fil d'Ariane que cette ombre arachnéenne venait de dérouler devant moi.

- 8 -

Je fermai la boutique peu avant 19 heures et me dirigeai d'un pas alerte en direction de la station de métro Hôtel-de-Ville. Une demi-heure plus tard, après avoir changé à Nation, je descendis à la station Bagnolet. Après quelques minutes de marche, je me trouvais devant la fameuse maison.

Pour pénétrer dans le Palais des Ombres, il fallait d'abord franchir une grille en fer forgé dont la serrure était verrouillée. J'essayai l'une après l'autre les trois clés du trousseau que m'avait remis le notaire et, après deux tentatives infructueuses, je parvins à trouver celle qui permettait d'ouvrir l'entrée des enfers. La grille pivota sur ses gonds dans un grincement strident. Je m'engageai, un peu hésitant, dans l'allée baignée d'un rayon de lune, mes pas crissant sur le gravier dans le silence de la nuit. Je passai ensuite sous une arche de fer sur laquelle étaient enchevêtrés un plant de glycine et des rosiers grimpants dont ne se profilait, en cette morte-saison, qu'une forêt d'épines. Tout au long de l'allée, des haies de bambous et d'eucalyptus m'escortèrent jusqu'à une terrasse en marbre où se trouvait une gloriette de verre et d'acier qui avait pris la forme d'une aile de chauve-souris. Plus j'approchais de la maison, plus elle me paraissait imposante. Ses deux tourelles semblaient fièrement dressées en plein ciel, telles deux flèches d'une cathédrale. Le porche d'entrée, comportant trois marches, était protégé par un auvent de verre opaque. La porte, elle, avait l'air de sortir d'un conte. Surmontée d'un buste de femme à la chevelure de marbre dont les mèches dessinaient des arabesques, elle ressemblait à un animal en chêne doré, munie d'un heurtoir en fer et de deux yeux inquiétants. Toute sa face extérieure avait été sculptée dans la masse, noyée elle-même dans un décor de têtes d'angelots et de démons. Bestiaire impressionnant pour un visiteur s'apprêtant à en franchir le seuil pour la première fois.

C'est pourtant ce que je fis, tentant de me convaincre que je ne me jetais pas dans un piège. La porte, contrairement à la grille, n'était pas verrouillée. Je poussai l'huis et entrai, peu rassuré. À tâtons dans une semi-obscurité, j'allumai la lampe torche que j'avais prise avec moi et débouchai dans un vestibule de forme ronde, aussi vaste que celui d'un opéra. Au milieu de la pièce trônait l'escalier central de la demeure : un majestueux quart tournant en chêne dont la main courante, taillée dans une branche d'if aux racines de pierre, conférait à l'ensemble une touche des plus extravagantes. L'entrée, seul élan de modernité dans ce décor suranné, était surmontée d'une coupole de verre aux vitraux multicolores baignés de la lueur blanchâtre de la lune. Au sol, une étrange mosaïque trapézoïdale de carreaux verts, bleus, rouges et blancs. Aux murs, de larges tentures aussi hautes que la demeure ainsi que quelques tableaux de paysages bucoliques. À chaque angle de l'escalier, un guéridon était surmonté par une statue d'albâtre représentant une Diane chasseresse dans un drapé d'or.

Un hululement m'arracha soudain à ma torpeur et me pétrifia. Je levai la tête et découvris, perché sur une applique en forme de champignon, la tête ébouriffée, un hibou que je venais de déranger. L'animal, aussi effrayé que moi, s'enfuit d'un coup d'aile jusqu'à l'autre extrémité de la pièce où il se posa sur une armoire dont les pieds en forme de pattes de lion semblaient griffer le sol.

Que faisait cet oiseau de malheur en ce lieu ? Son regard acéré me scruta longuement dans la pénombre. Deux yeux jaunes épiaient chacun de mes faits et gestes et tentaient de m'hypnotiser.

Après avoir recouvré un peu d'assurance, je laissai le rapace à son perchoir et décidai d'inspecter l'aile droite de la demeure. En avançant dans le couloir, je découvris ce qui devait être la salle à manger. Cette vaste pièce aux volets clos accueillait un buffet ouvragé pareil à une vague, un vaisselier tout en volutes et une longue table en chêne supportée par quatre pieds tordus. Sur la table étaient disposés un candélabre à sept branches, une soupière en argent et deux couverts en porcelaine. Comme si des convives s'apprêtaient à souper. Cela m'intrigua, mais mon père était un original, et il avait peut-être planté ce décor juste avant de se donner la mort dans le seul but de me terroriser. Je vérifiai que la soupière était vide – elle l'était – et continuai mon inspection. J'en étais à énumérer le nombre de verres en cristal que contenait le vaisselier lorsque mon attention fut attirée par la musique inquiétante d'un clavecin. Je relevai la tête, étonné, et me laissai guider par les notes.

Non, je ne rêvais pas : tout au bout du couloir, s'échappait par une porte entrebâillée le son d'un clavecin qui égrenait *Aquarium* de Camille Saint-Saëns. La musique, lancinante et magique ritournelle, agissait sur moi comme un aimant. J'avançai à pas de loup et restai plusieurs secondes inerte derrière l'huis, sans oser avancer davantage. Lorsque je poussai enfin la porte, elle grinça sur ses gonds.

La pièce était tout ce qu'il y avait de plus insolite. Une sorte de muséum rempli de reliques extraordinaires nées de l'imaginaire de Jules

Verne, ou à tout le moins des coulisses d'un magicien. Une série de meubles et d'objets attirèrent mon attention. Un canapé ondulé recouvert d'un dais rouge et vert, un globe terrestre d'une dimension extraordinaire, un tapis persan et plusieurs verres dont l'un, majestueux, protégeait une reproduction de Paris. Un petit cabinet de curiosités en ébène contenait des dizaines de tiroirs dont quelques-uns se trouvaient fermés à clé. Dans ceux qui étaient ouverts, je découvris une collection de pipes, une autre de flacons de parfums, et une troisième de cartes postales et de photographies anciennes. Sur l'une d'elles apparaissait la silhouette de mon père, debout devant le Palais des Ombres. La photographie en noir et blanc remontait à plus de vingt ans. Étrangement, il n'était pas seul : à ses côtés, un homme dont le visage ne m'évoquait rien se tenait légèrement en retrait, l'air ailleurs. Je refermai le cabinet, bien décidé à en violer les secrets plus tard, et jetai un regard autour de moi. Parmi un bric-à-brac de coffres et de malles de voyage, je découvris des costumes de scène et ce qui paraissait être des ustensiles de magie.

Au fond de la pièce, sur une estrade qui avait dû servir de scène de théâtre, un cortège d'automates se profilait dans la pénombre. Certains étaient si parfaitement exécutés qu'ils ressemblaient à des êtres vivants. J'en dénombrai sept. Je me trouvais dans le fameux salon de magie qui remplissait Judith d'effroi. Le salon des automates.

Je m'approchai précautionneusement de la scène et me plantai devant les sept apparitions juchées sur l'estrade pour mieux les observer : trois hommes, trois femmes et un enfant. Le premier automate avait été conçu à l'effigie d'un chiromancien habillé de pourpre, tenant dans sa main gauche un jeu de tarot et dans celle de droite la carte du pendu. Le deuxième, un alchimiste, arborait une longue barbe blanche et tenait contre son cœur un ouvrage consacré à la recherche de la pierre philosophale. Le troisième était un joueur d'échecs en train d'effectuer le coup appelé le gambit du cavalier. Le quatrième, une duchesse vêtue d'une belle robe rouge, agitait un éventail en nacre. Le cinquième était une diseuse de bonne aventure penchée au-dessus d'un globe de cristal. Le sixième, une dame de compagnie jouant de la harpe. Le dernier, un jeune garçon aux cheveux bouclés, promenait ses doigts sur un magnifique clavecin de bois rouge. C'était le seul en mouvement, et c'était lui qui jouait cet air que j'avais entendu de la salle à manger.

Par un astucieux stratagème, le musicien remuait la tête de droite à gauche lorsqu'il jouait et, sur le clavier, les touches d'ivoire de l'instrument dessinaient des vagues de notes. Je fixai l'automate quelques instants avant de m'avancer vers lui. Fichée dans son dos de métal, une clé tournait lentement, au rythme des notes de musique. Quelqu'un avait donc remonté le mécanisme il y a peu. Mon pressentiment se confirmait. Je n'étais pas seul dans cette demeure.

Soudain, l'automate s'arrêta net et c'est alors que j'entendis un rire résonner dans le couloir. Puis le bruit d'une cavalcade retentit et le silence s'installa à nouveau.

Pris de panique, je m'enfuis, traversai le vestibule, jetai un regard épouvanté au hibou toujours juché sur le haut de l'armoire et m'apprêtai à m'extraire au plus vite de la maison. Étrangement, je n'en fis rien. Le rire se fit entendre une nouvelle fois, suivi d'un bruit de pas. Tout doucement, j'approchai de l'endroit d'où provenait ce son inquiétant et découvrit, posé sur le rebord d'une fenêtre donnant sur le jardin, un électrophone sur lequel tournait un disque 78 tours. Il s'agissait d'un enregistrement. J'en levai le bras : le rire et le bruit de pas s'arrêtèrent net. Prenant le disque, je lus ces mots gravés sur le vinyle :

Oscar Dario
Bruitages de magie

Je reposai le disque sur l'électrophone, convaincu que quelqu'un, tapi dans l'ombre, mettait mes nerfs à l'épreuve. Contre toute attente, je décidai de poursuivre ma visite, bien résolu à découvrir ce que recelait le premier étage.

Je m'approchai de l'escalier monumental et en gravis les premières marches en retenant mon souffle. Parvenu au milieu, je fis une halte, jetai par-dessus la main courante un dernier regard au hibou toujours juché sur l'armoire de l'entrée. Les yeux jaunes m'observaient en silence. Fébrile, je poursuivis mon ascension.

Sur le palier du premier étage, je découvris qu'un large couloir menait à quatre portes identiques, deux à gauche et deux à droite. La première, située côté est, donnait sur une chambre à coucher lugubre. Pour tout mobilier, un lit ancien en noyer, une commode et une table de nuit de la même essence, ainsi qu'une horloge murale dont les deux aiguilles étaient arrêtées sur minuit. Il émanait de la pièce une telle odeur de renfermé que je me contentai d'un rapide coup d'œil avant de passer à la suivante.

La deuxième porte ouvrait sur une chambre d'enfant à peine plus rassurante. Elle comprenait un berceau à bascule, une malle en osier remplie de jouets et de peluches, ainsi qu'un petit bureau en marbre sur lequel étaient posés un pot à crayons de couleur et un carnet de feuilles à dessin. Par un fait étrange, le mobilier était recouvert d'une épaisse couche de poussière, ainsi que de toiles d'araignées. Personne n'était entré dans la pièce depuis une éternité. À qui cette chambre avait-elle bien pu appartenir ? L'enfant qui l'avait occupée avait certainement disparu depuis des décennies. Je quittai la pièce et passai à la troisième porte. Hélas ! Elle était fermée et je ne pus savoir ce qu'elle renfermait, même en utilisant la clé remise par Judith. La quatrième et dernière, comme je le subodorais, ouvrait sur le bureau de mon père.

Le bureau d'Hugo Thanner ressemblait à un tombeau égyptien inviolé depuis des siècles. Outre quelques meubles tout en courbes, il contenait une foule d'objets hétéroclites que je supposais rapportés de voyages autour du monde. Il y avait là un masque africain, trois petites sculptures de bois représentant des singes – le premier se cachait les yeux, le deuxième se bouchait les oreilles et le troisième posait une main sur sa bouche –, une représentation d'une statue moaï de l'île de Pâques, un visage de bronze aux yeux de jade, un scarabée vert en émail, une rose des sables sculptée par le vent, un jeu de poupées russes en bois clair, un sabre prussien de la guerre de 1870, une corne d'albâtre sculptée en forme de défense d'éléphant, une cave à cigares contenant quelques havanes, un buste en miniature d'un pharaon d'Égypte ainsi qu'une représentation du dieu Shiva à cinq têtes.

Sur le mur du fond, une large bibliothèque aux milliers de volumes s'étendait jusqu'au plafond.

Étaient rangées de vieilles éditions des grands classiques ainsi qu'une multitude de livres sans doute plus récents, mais qui semblaient dormir depuis des lustres. Tout cela exhalait une odeur de vieux papier qui me donna la nausée.

Sur le bureau de bois sombre, un sous-main en cuir sur lequel se trouvaient encore une plume Sergent-Major, un encrier en céramique et une rame de papier. Je caressai du bout des doigts tous ces objets un à un, comme si je tentais à ma manière de ressusciter l'être à qui ils avaient appartenu. Cet amas hétéroclite était bel et bien à l'image de mon père : le monde entier condensé dans une seule pièce, une somme de bagages pour l'étonnant voyageur intérieur qu'il avait été toute sa vie.

La fenêtre était entrouverte et, par les fentes des volets, je pouvais apercevoir le panorama qui avait servi de décor à ses séances d'écriture. Une vue imprenable sur le cimetière du Père-Lachaise et sur quelques-unes de ses tombes les plus effrayantes. Les mausolées de cet immense charnier se dressaient sous la lune, leurs croix de pierre hérissées vers le ciel. Dans l'obscurité, ce paysage sépulcral n'avait rien de rassurant. Je savais que mon père reposait non loin de là, sous un épais tapis de terre, et la vision de son cadavre rongé par les vers me souleva le cœur.

Dans un coin de la pièce, sous un miroir convexe, je découvris une malle de voyage en bois. Intrigué, je m'en approchai et tentai de l'ouvrir. La serrure était cadenassée. Là encore, je songeai à utiliser la clé ancienne. Je la logeai dans le cylindre et la fis pivoter sur la droite. La serrure résista.

Un peu dépité, je regagnai le bureau. En fouillant dans les tiroirs, je découvris enfin ce que je cherchais : une petite clé reliée à une étiquette sur laquelle était écrit : « Malle aux manuscrits ». Je bondis de joie et retournai vers le coffre. Cette fois, la serrure céda. J'ôtai le cadenas et l'ouvris, le cœur battant.

À mes yeux ébahis, s'offraient tous les manuscrits originaux de mon père. Plus d'une dizaine de chemises cartonnées renfermaient autant de romans. Je les sortis un à un, découvrant avec émoi ces trésors restés à l'abri de la lumière pendant toutes ces années. Cette malle regorgeait d'inédits. J'espérais reconnaître parmi eux celui que je cherchais. Mais *Le Palais des Ombres* demeurait introuvable. Cette cachette était trop simple. Il me fallait chercher ailleurs.

Enroulés dans un morceau de tissu, je tombai sur des papiers officiels : carte d'identité, permis de conduire, certificats de naissance, ainsi qu'une fiche de renseignements biographiques sur Justin Balmat. Je m'emparai des documents qui allaient m'être très utiles. En quelque sorte, mon père me livrait là le premier relief de son passé. Je les rangeai dans la poche de mon blouson et refermai la malle, bien décidé à revenir plus tard exploiter ce trésor d'inédits.

À la place de mon père, où aurais-je bien pu cacher ce fameux manuscrit ? Me souvenant de *La Lettre* d'Edgar Allan Poe, nouvelle que j'avais relue l'année précédente, je pensai que la meilleure façon de dissimuler un objet était de le disposer bien en vue au milieu d'autres objets semblables. Ainsi une lettre parmi d'autres lettres restait invisible. Pourquoi pas un livre parmi d'autres livres ? Je promenai le faisceau de ma lampe sur les rayonnages de la bibliothèque et constatai que tous les livres étaient classés par ordre alphabétique d'auteur. À tout hasard, je regardai à la lettre T, comme Thanner, et découvris trois des livres de mon père, tous en édition française originale : *Le Manuscrit du Diable*, *L'Ennemi du soleil* et *La Main rouge*. Je feuilletais ce dernier lorsqu'un souffle de vent fit claquer la fenêtre du bureau. Je sursautai d'effroi et fit tomber sur le sol le livre que je tenais en main. Le volume s'ouvrit en deux et, en me penchant pour le ramasser, je découvris une dédicace étonnante :

À celui qui a fait de moi un monstre.
Avec toute ma haine,

H. Thanner

Un peu surpris, je refermai l'ouvrage et le reposai. À qui pouvait bien s'adresser cette dédicace si particulière ? Et, si mon père l'avait rédigée de sa main, pourquoi le livre se trouvait-il là, dans son bureau ? Décidément, cette demeure se refusait à livrer ses secrets…

Je restai encore quelques minutes à fouiller dans les moindres recoins de la pièce, sans résultat. C'est alors qu'il se passa cette chose horrible qui me glaça le sang. Je crus entendre une voix gémir dans la chambre d'à côté, puis une porte grincer sur ses gonds, suivie d'un bruit de pas. Je restai tétanisé quelques secondes, cloué par la peur. Cette fois, ce n'était pas un disque vinyle. Il y avait bien quelqu'un d'autre dans cette maison. Comme électrisé, je me précipitai dans le couloir jusqu'à la cage d'escalier. Me penchant par-dessus la balustrade, il me sembla apercevoir une ombre dans le vestibule qui s'enfuyait en direction de l'aile droite du rez-de-chaussée.

– Qui est là ? m'écriai-je, pour ne pas succomber à la panique.

Seul le silence daigna me répondre. Un silence à peine perturbé par un léger grincement provenant de la chambre dont la porte était close, juste à côté du bureau de mon père. Cette fois-ci, bien décidé à en avoir le cœur net, je m'armai de courage et retournai sur mes pas. Je me penchai vers la porte de la chambre condamnée et décidai de regarder par le trou de la serrure.

Ce que j'y vis me causa la plus grande frayeur de ma vie. Suspendu à une poutre, un pendu se balançait au bout d'une corde. L'homme avait les yeux injectés de sang. Une langue violacée sortait de sa bouche. Le grincement que j'avais entendu était provoqué par le frottement de la corde sur la poutre.

Un cri muet s'étrangla dans ma gorge horrifiée.

Je me relevai en toute hâte et, sans chercher à en savoir davantage, me précipitai dans l'escalier et dévalai les marches quatre à quatre. Épouvanté, je ne songeai plus qu'à gagner la porte d'entrée et à m'enfuir sans demander mon reste.

Je traversai le jardin et quittai le Palais des Ombres en tremblant comme une feuille, jurant de n'y jamais remettre les pieds.

– 9 –

Vendredi 30 septembre 1960

Ma nuit fut courte et agitée. Des rêves aux accents cauchemardesques ne cessèrent de me hanter. Au réveil, je constatai en me plantant devant le miroir de la salle de bains que j'avais une tête de déterré. Une longue douche réparatrice me permit de recouvrer peu à peu une figure humaine. Je pris enfin le temps de soigner mon hématome au front avec de l'huile camphrée et appliquai un sparadrap sur la blessure.

Rasé de frais et vêtu d'habits propres, j'ouvris la boutique avec une heure de retard. Il y eut très peu de clients, ce qui me convenait parfaitement car j'avais besoin de mettre mes idées au clair. La visite nocturne du Palais des Ombres m'avait tant effrayé que j'en tremblais encore douze heures après l'avoir quittée.

Qui était cette ombre que j'avais aperçue dans le couloir ? Quelle était la raison de la présence de ces automates dans le salon de magie ? Et surtout, qui était ce pendu dans cette chambre close ?

Devais-je alerter la police ? Après réflexion, je décidai de n'en rien divulguer aux forces de l'ordre. Je ne savais pas encore s'il fallait croire à ce que j'avais vu ou s'il s'agissait d'une mauvaise farce de mon père. Tout, dans cette maison, m'avait paru illusion. Serait-ce une mise en scène pour m'effrayer et me faire renoncer à la recherche du manuscrit ? Si cela était le cas, la machination avait parfaitement réussi. Assurément, quelqu'un tirait les fils de cette comédie lugubre et tentait de me faire perdre la raison par tous les moyens.

Tout en caressant la clé ancienne que je portais autour du cou, je pris connaissance des documents retrouvés dans la malle de mon père. J'avais donc certains éléments en main, à savoir des dates précises, mais ils ne constituaient que les premières pièces d'un vaste puzzle. Tant que je n'aurais pas trouvé le manuscrit, ils ne serviraient qu'à alimenter mes interrogations. Or je n'avais aucune envie de retourner dans cette maison possédée par le diable. Pis, je l'aurais vendue au premier venu pour une bouchée de pain, si je n'avais été bloqué par ce maudit testament. Bref, j'étais torturé, incapable de prendre une décision.

À midi, après une légère collation qui me redonna un peu de vigueur, je lus les quelques feuillets concernant Justin Balmat. Ce que j'y découvris ne fit que décupler mon intérêt pour ce curieux personnage.

*
* *

Justin Balmat avait été éditeur aux éditions du Diable pendant un peu plus d'un demi-siècle. Boulevard Edgar-Quinet, dans le quartier du Montparnasse, des locaux abritent encore une maison d'édition, même si depuis tout a changé, ce monde-là comme le reste.

Les éditions du Diable brillèrent pourtant au panthéon des Lettres, et l'homme qui présidait à leur destinée fut un découvreur de talent hors du commun. Balmat, infatigable travailleur, ne ménageait pas sa peine et possédait un flair de limier. Du temps de sa splendeur, il pouvait recevoir jusqu'à dix auteurs par jour, et lire entre deux et cinq manuscrits qui, par voie postale, recommandation, bouche à oreille ou plus simplement par la filière éditoriale, atterrissaient sur son bureau.

De ce rituel silencieux et matinal, il faisait son miel jusqu'à l'heure du déjeuner. C'était la partie du métier qu'il aimait le plus. Dénicher des talents, trouver parmi un tissu d'insanités un seul auteur méritant les voies de la publication. Hélas pour lui comme pour la foule de lecteurs qui le faisait vivre, les pépites étaient rares et, pour un coup de cœur, il y avait mille déceptions.

Vers 13 heures, rite immuable, Balmat quittait son antre et empruntait la rue Delambre pour rejoindre un petit restaurant italien situé à deux pas de son bureau, où il déjeunait le plus souvent d'un risotto aux champignons accompagné d'une demi-bouteille d'eau pétillante. Parfois, lorsqu'il invitait un collaborateur ou un auteur à déjeuner, il se rendait dans une des brasseries bien connues du boulevard du Montparnasse, à La Coupole ou à La Rotonde, où l'on servait la meilleure sole meunière de la capitale. Un verre de sancerre accompagnait le plat, et un expresso ponctuait le repas. Immanquablement, il s'arrêtait dans un bureau de tabac situé à la sortie du métro Vavin, où il achetait un Montecristo avant de retourner travailler. Ce n'est que vers 15 heures, après avoir goûté aux effluves de son cigare, qu'il passait enfin à la face obscure de son métier : écouter les jérémiades de la flopée d'auteurs égocentriques qui, sûrs de leur talent, campaient de jour comme de nuit devant la porte de son bureau, réclamant toujours plus d'argent et de considération, encore étonnés que la République des Lettres ne soit pas à genoux devant eux, rejetant la faute de leur insuccès sur l'incompétence des libraires, la cupidité des diffuseurs ou le manque de discernement des lecteurs à qui les critiques littéraires, tous corrompus et se tenant les coudes dans un renvoi d'ascenseur incessant, faisaient avaler des couleuvres de la taille d'un boa constrictor.

C'est alors que Balmat entrait en jeu. Lui n'avait pas son pareil pour rassurer l'impétueux, le flagorner, le cajoler, le caresser dans le sens du poil et lui jurer ses grands dieux que son dernier ouvrage était le chef-d'œuvre du siècle. Parfois, lorsque le baume des paroles appliqué sur la blessure d'orgueil du plumitif ne cicatrisait pas assez vite les plaies de son âme meurtrie par le fiel de l'indifférence, il consentait à rédiger un chèque ou un contrat, voire les deux, s'assurant ainsi la fidélité de l'auteur pour les années à venir, et lui remontant ainsi le moral jusqu'à la prochaine déprime.

De cette manière, il s'était constitué une solide écurie d'auteurs, pas tous lucratifs, mais qui publiaient à intervalle régulier sans songer à aller voir ailleurs si les contrats étaient plus juteux, ou la concurrence moins rude. D'autant que, dans l'avalanche de livres édités chaque année par les éditions du Diable, il y en avait bien une dizaine qui, par on ne sait quel miracle, débouchaient sur un succès.

En général, c'étaient les plus insignifiants, ceux sur qui personne n'aurait misé le moindre sou à la lecture des épreuves, des histoires sordides de meurtriers ou des romans à l'eau de rose, des pamphlets ou des niaiseries sans nom. En littérature, les voies du best-seller sont si impénétrables que Dieu lui-même, s'il était lecteur dans une maison d'édition, ne s'y retrouverait pas. Et, il faut bien l'avouer, parmi les ouvrages publiés chaque mois, qu'il devînt ou non un succès, il arrivait que se glisse malicieusement un bon roman, de ceux qui vous tirent une larme ou un sourire avant de vous toucher en plein cœur, ce qui a l'heur de vous réconcilier avec la lecture et de vous faire oublier les in-folio de mauvais goût dont les critiques vous rebattent les oreilles à longueur d'article.

Cette épopée dura de 1900 – date de la création des éditions du Diable qui s'installèrent dans un petit local situé à deux pas du cimetière du Montparnasse – à l'année 1951 où tout prit fin.

Au début, rien ne fut facile, et il fallut essuyer les plâtres pendant près de quinze ans avant de connaître un certain équilibre financier. La période qui alla de 1915 à 1935 fut la plus bénéfique, avec une croissance plus forte chaque année. Ensuite, avec l'arrivée de la guerre, tout partit à vau-l'eau.

En 1940, peu après la débâcle des troupes françaises devant l'occupant allemand, Balmat n'eut d'autre choix que de mettre la société en sommeil et de cesser de publier pour échapper à la liquidation judiciaire, à l'opprobre et aux poursuites des huissiers. Ce n'est qu'en 1945 que la maison d'édition rouvrit ses portes pour un dernier baroud d'honneur, toujours sous la férule de l'éditeur qui s'était juré de lui redonner son lustre d'avant guerre, mais Balmat s'y cassa très vite les dents. En 1946, il renoua toutefois un temps avec le succès. Ce fut grâce au *Manuscrit du Diable*, d'un certain Hugo Thanner. Suite à ce best-seller qui connut dix-neuf réimpressions, les éditions éponymes connurent une période d'euphorie commerciale pendant deux ou trois ans. Puis tout périclita.

Par malheur pour Balmat, ainsi que pour ses quinze employés et sa centaine d'auteurs, l'après-guerre avait changé la donne et le public délaissa bientôt les grands noms de la littérature au profit des auteurs de romans de gare à deux sous, jugés plus agréables et moins difficiles à lire. Dès lors, ne sentant pas le vent du changement venir, ou préférant tenir le cap qu'il s'était fixé avant la tempête, le capitaine Balmat se contenta de réduire la voilure et de passer d'une publication de cent titres par an à un peu moins de vingt, ce qui lui attira les foudres des auteurs exclus de l'équipage, abandonnés tels de vulgaires pirates en pleine mer des Sargasses. Hélas ! Ce lâcher de lest ne changea rien au fait que le navire de papier et d'encre qu'étaient les éditions du Diable se perdit corps et biens dans le triangle des Bermudes des livres sans lecteurs, sombrant peu à peu dans l'océan de la littérature oubliée, en même temps que les comptes de la société plongeaient à des profondeurs abyssales dignes de la fosse des Mariannes.

L'année 1950 fut fatale à l'éditeur. Coup sur coup, il fit faillite et perdit sa femme d'une leucémie. Atteint au plus profond de lui-même, il n'eut d'autre choix que de passer la main à un repreneur s'occupant de manuels traitant de religion, de cuisine et de jardinage. Dix ans après ce soubresaut, les éditions du Diable ne publiaient qu'un nombre limité de romans par an, un ou deux, tout au plus, toujours à un faible tirage, afin de garder malgré tout une image littéraire. Mais cette image, au fil du temps, prit l'allure d'une carte postale jaunie et, bientôt, pour des raisons mercantiles, on n'y publia plus que des livres pratiques ou des traités ésotériques. Justin Balmat, amer et vaincu, quitta définitivement en 1951 la maison d'édition qu'il avait fondée cinquante et un ans plus tôt, et n'y revint plus jamais.

– 10 –

Justin Balmat. S'il y avait un personnage trouble dans l'affaire, c'était bien lui. Et si mon père avait pris le temps de rédiger cette notice biographique, c'était qu'il y avait matière à raconter. Les éditions du Diable, voilà un nom qui me parlait. Je choisis donc de poursuivre mon enquête de ce côté.

Deux heures plus tard, je me trouvais à la sortie du métro Edgar-Quinet. Je pris l'escalier et débouchai sur le terre-plein central. Puis je traversai le passage piétons, longeai le boulevard en direction de Raspail et tombai bientôt devant le 3, boulevard Edgar-Quinet, où une plaque de cuivre indiquait la présence des fameuses éditions. Je poussai la porte cochère, passai sous un porche abritant l'entrée de l'immeuble sur ma droite, continuai tout droit et traversai une cour intérieure semée d'espaces verts. J'étais enfin devant la porte vitrée de la maison d'édition. J'entrai sans frapper. Une réceptionniste, assise derrière un comptoir sur lequel trois téléphones n'arrêtaient pas de sonner, m'adressa un sourire crispé.

Je demandai à être reçu par le patron. Bien entendu, cela était impossible sans rendez-vous. Je crus sortir ma carte maîtresse en indiquant que j'étais le fils d'Hugo Thanner, mais cela ne servit qu'à m'enfoncer davantage dans l'anonymat.

– Hugo qui ? me demanda la réceptionniste, la bouche en cul-de-poule.

– Hugo Thanner. Un écrivain qui a publié ici de 1946 à 1951. Vous n'allez pas me dire que vous n'avez jamais entendu parler de lui ?

Au regard inexpressif de la réceptionniste, je compris que, visiblement, si.

– Un instant, je vais voir ce que je peux faire pour vous.

Elle décrocha l'un des trois combinés, tourna le cadran à plusieurs reprises pour composer un numéro et, d'une voix douce, annonça à son interlocutrice qui se trouvait à l'autre bout du fil :

– Emma, il y a là le fils d'un certain Hugo Tharrer…

– Thanner, pas Tharrer ! m'exclamai-je, le visage empourpré de colère.

– Pardon, Hugo Thanner, rectifia aussitôt la réceptionniste. Il demande à être reçu par M. Tassarevitch.

Elle tourna la tête vers moi et me demanda :

– C'est à quel sujet ?

– Au sujet de M. Justin Balmat.

Elle répéta ma réponse, hocha la tête à plusieurs reprises, puis finit par raccrocher et me dit d'une voix un peu rêche :

– M. Tassarevitch est en rendez-vous. Par contre, M. Sottos va vous recevoir dans quelques instants. Si vous voulez bien patienter dans le hall en attendant qu'on vienne vous chercher.

L'homme qui se présenta à moi devait avoir une quarantaine d'années, tout au plus. Dégarni, les yeux bleus, il arborait le sourire triomphant de l'homme qui se sait arrivé dans le saint des saints, prêt à tout pour conserver sa place, même à recevoir les auteurs les plus impétueux en lieu et place de ce M. Tassarevitch aussi insaisissable que l'Arlésienne de Daudet. Elégant, fin, racé, il arborait une fine cravate de soie sur une chemise griffée Christian Dior qui oscillait entre le mauve et le violet, un complet veston de couleur sombre et des souliers vernis immaculés. Son assurance, tout autant que son flegme, m'impressionnèrent. Au dire de la réceptionniste, ce M. Sottos était le numéro 2 de la maison. À n'en pas douter, j'avais devant moi un personnage important.

– Monsieur Thanner, je présume, dit-il en me tendant une main aux ongles manucurés.

Je répondis à son invitation d'un geste nerveux en lui broyant les phalanges, ce que l'homme ne sembla guère apprécier. Il retira aussitôt sa main et me dévisagea un court instant avant de me proposer de le suivre dans son bureau situé au premier étage.

Je grimpai l'escalier derrière lui, non sans avoir lancé un dernier regard à la réceptionniste qui se débattait toujours avec ses trois téléphones.

Le bureau de M. Sottos, plutôt étroit, n'avait rien de bien accueillant. Le décor dépouillé se résumait à une rangée de dossiers dont le dos était orné d'étiquettes recouvertes de chiffres. Seule lubie, une centaine de manuscrits anciens sur une étagère qui rendaient la pièce un peu plus chaleureuse. L'homme me fit asseoir dans un fauteuil, ferma la porte et s'installa face à moi.

– Jolie collection, dis-je en indiquant du doigt les volumes rangés soigneusement derrière mon interlocuteur.

L'intéressé esquissa un faible sourire, puis répondit comme une rengaine apprise par cœur :

– On peut être un homme de chiffres et un éditeur scrupuleux, soucieux des bons résultats de sa maison, et pour autant aimer la bonne littérature.

Inutile de préciser, pensai-je, que les éditions du Diable ne publiaient pas ce genre de livres, se consacrant entièrement aux ouvrages plus commerciaux.

Voyant que je ne savais par où commencer, l'homme choisit de me devancer :

– Que puis-je pour vous, monsieur Thanner ?

J'entrai dans le vif du sujet et lui expliquai en quelques mots les raisons de ma visite. M. Sottos m'écouta en hochant la tête, sans broncher, pendant toute la durée de mon récit. Une fois que j'eus terminé, il me regarda, sceptique, se pencha en arrière sur son siège et leva les yeux au plafond avant de répondre :

– Monsieur Thanner. Je suis au regret de vous apprendre que M. Balmat a quitté la société depuis de longues années, et que les œuvres de votre père, bien que faisant encore partie du fonds de la maison, ne sont plus exploitées par nos services.

Je le regardai, nullement surpris par son attitude détachée. L'homme poursuivit d'un ton neutre :

– Ce qui veut dire que M. Balmat n'a plus aucun rapport avec nos productions.

– C'est curieux. Lui prétend le contraire, dis-je, un peu surpris.

– Vous savez, il est parfois bien difficile pour certains dirigeants de passer la main, une fois sonné l'heure de la retraite…

M. Sottos observa un court silence avant d'ajouter :

– En revanche, et là Balmat dit la vérité, ce contrat a bel et bien existé.

Je restai silencieux, suspendu aux lèvres de mon interlocuteur.

– Mais il n'a jamais été signé avec du sang, comme vous le prétendez, simplement avec de l'encre rouge. À part dans un mauvais roman de gare, je n'ai d'ailleurs jamais entendu parler d'un contrat signé avec du sang.

– Ce n'est pas moi qui le prétends, mais Justin Balmat, rétorquai-je, tout à coup conscient de l'incongruité de cette affirmation que je n'avais pourtant pas songé une seule seconde à mettre en doute.

M. Sottos, indifférent à ma remarque, continua :

– De plus, ce contrat liant votre père aux éditions du Diable a été rendu caduc par défaut de remise du manuscrit dans les délais impartis. L'à-valoir versé le jour de la signature n'a jamais été remboursé, il est vrai, et l'argent engagé dans cette affaire perdu à jamais, mais le contrat a été annulé le jour où les éditions ont déposé le bilan. C'était le 31 décembre 1951. Au 1er janvier 1952, lorsque M. Tassarevitch et moi-même avons repris l'entreprise, il n'était déjà plus question de cette histoire.

Je le regardai, incrédule.

– Ce qui veut dire ?

– Qu'en quelque sorte ce contrat n'existe plus.

– Avez-vous la preuve de ce que vous avancez ?

– Si vous avez un instant…

L'homme se leva et quitta le bureau, me laissant seul à mes interrogations. J'en profitai pour jeter un œil aux titres des livres anciens posés sur l'étagère à côté de moi. Il y avait là tous les grands auteurs classiques : Dante, Euripide, Sophocle, Eschyle, Aristophane, Shakespeare ou Molière. Je doutais que son propriétaire en ait lu un seul.

M. Sottos revint quelques minutes plus tard avec la tête de celui qui vient de faire chou blanc.

– Je suis désolé, mais je crains que le dernier contrat signé entre Hugo Thanner et les éditions du Diable ait disparu de nos archives.

– Bien entendu, puisque je l'ai vu chez Balmat !

L'homme sembla gêné.

– Monsieur Thanner, je ne sais quand ni comment Justin Balmat s'est procuré ce document, ni même à quoi il peut bien prétendre en venant vous réclamer un manuscrit qui ne fait plus l'objet d'un contrat depuis des années, mais apprenez que, d'une manière ou d'une autre, cette histoire ne concerne aucunement les nouvelles éditions du Diable.

– Vous voulez dire que Balmat me joue une mauvaise farce et qu'il n'a aucune intention de publier ce manuscrit si, un jour, je parviens à le lui remettre ?

M. Sottos me regarda d'un air désabusé. Visiblement las de toute cette histoire, il me congédia sans plus de façon. Sur le seuil de sa porte grande ouverte, il me délivra, en guise d'adieu, sa conclusion :

– Je n'en sais rien, monsieur Thanner, et je suis désolé de ne pouvoir vous aider davantage. Sachez toutefois que nous ne publierons pas votre manuscrit, même si Justin Balmat venait nous implorer à genoux de le faire car, à nos yeux, il n'y a tout simplement plus de contrat qui tienne.

- 11 -

J'étais bien décidé à confronter Justin Balmat à ses mensonges. Très remonté, je me rendis dans la demeure de Saint-Mandé peu avant le crépuscule.

Je sortis du métro à l'heure où Paris et ses alentours s'illuminent de la lueur de milliers de réverbères. En longeant l'avenue qui conduisait au lac Daumesnil, je songeai qu'il serait agréable d'y retourner aux beaux jours naviguer en barque. J'aimais la douceur de l'automne mais, aussi paradoxal que cela puisse paraître, j'avais horreur de la fuite des jours et du déclin du soleil, cette saison propice au repli sur soi, et j'attendais avec impatience le retour du printemps pour pouvoir enfin profiter des bienfaits de la nature.

Malgré la nuit fraîche tombée depuis peu, je trouvai Justin Balmat non à l'intérieur de sa demeure comme lors de notre dernière entrevue, mais assis sur un banc près de la fontaine qui ornait la cour. Vêtu d'un manteau par-dessus son complet veston, une canne à la main, il semblait me guetter depuis une éternité. Lorsqu'il me vit arriver, il ne parut pas plus surpris que cela. Il me laissa le temps de remonter l'allée de gravier, se leva et dit :

– Rentrons. Il commence à faire froid.

– Vous saviez que j'allais revenir si vite, monsieur Balmat ?

Je le suivis jusqu'au porche d'entrée qu'il gravit péniblement.

L'homme, sans se retourner, répondit :

– Je prenais simplement l'air, comme chaque soir. Mais je m'attends toujours à ce que le loup sorte du bois.

Cet homme considérait donc ses visiteurs comme de potentiels ennemis. Je l'accompagnai jusqu'à son bureau où il prit place dans son large fauteuil, me proposant d'un geste de la main de m'asseoir face à lui. Balmat, fidèle à son habitude, ne perdit pas de temps en formules de politesse.

– Je vous écoute, Nathan, dit-il en me fixant de son regard acéré.

– Très bien. Comment dire… J'ai visité le Palais des Ombres… Un vrai tombeau à ciel ouvert…

Je choisis de ne rien révéler de ce qui m'avait alarmé dans cette maison, et de ne surtout pas évoquer le pendu. Je préférai aborder d'emblée ce qui nous concernait tous deux :

– Je n'ai pas trouvé trace du manuscrit... En revanche, en fouillant dans le bureau de mon père, je suis tombé par hasard sur une notice biographique vous concernant... Cela m'a conduit aux éditions du Diable, où j'ai rencontré un certain M. Sottos.

Balmat tiqua un peu à l'évocation de ce nom, mais ne m'interrompit pas.

– Je n'irai pas par quatre chemins. Ce M. Sottos m'a révélé des choses étonnantes.

– J'aurais plaisir à les entendre.

Je repris mon souffle afin de livrer ce que j'avais sur le cœur.

– Il m'a certifié que le contrat entre mon père et la maison d'édition n'existait plus et que *Le Palais des Ombres* ne serait jamais publié chez eux. Que, de surcroît, ce contrat n'a jamais été signé avec du sang mais avec de l'encre rouge. Et que vous n'êtes plus éditeur depuis longtemps. En bref, vous me menez en bateau depuis le début.

Balmat m'observa avec une moue de mépris.

– Vous me décevez, mon cher Nathan. Non pour avoir fouillé dans le passé en allant voir ce faquin de M. Sottos, mais en déduisant que je vous trompais.

– Vous continuez à prétendre que ce n'est pas le cas ?

– Non, bien entendu que non.

Balmat se redressa sur son fauteuil et poursuivit avec plus de douceur :

– Je peux vous assurer qu'il s'agissait bien de sang. Bien sûr, M. Sottos n'était pas au courant de cela à l'époque de la signature du contrat, et même si je l'avais mis dans la confidence, il ne m'aurait jamais cru. Mais le signataire flirtait avec la folie, aussi est-ce si incroyable ?…

Un temps, puis il reprit en martelant chacune de ses affirmations d'un coup de poing rageur sur son bureau :

– Oui, votre père était fou ! Cela, je peux l'affirmer sans trembler. Quant au reste, je ne vous ai pas menti.

– Rien ne me le prouve, rétorquai-je d'un ton peu amène.

Je ne savais plus qui croire.

– Mon cher Nathan, vous vous méprenez sur mon compte. Peu importe ce que vous a dit mon ancien collaborateur, il ne s'est jamais réellement occupé des œuvres de votre père et ne comprend donc rien à cette affaire.

– Tandis que vous, vous en tirez les ficelles ! persiflai-je.

L'éditeur secoua la tête de droite à gauche, puis, après avoir inspiré fortement, il me cracha dans un souffle :

– Vous ne comprenez pas. Ce que je veux simplement, c'est la vérité. Voilà pourquoi j'ai tant insisté pour que vous retrouviez ce manuscrit…

M'adressant un sourire gêné, il poursuivit :

– D'accord, *mea culpa*, je vous ai menti sur un point. Je n'ai plus aucun pouvoir de décision aux éditions du Diable, vous l'avez compris… Mais je peux très bien faire publier ce manuscrit ailleurs ! Si je ne possède plus officiellement le titre d'éditeur, je dispose d'un solide carnet d'adresses. J'ai mes entrées dans d'autres maisons prestigieuses… Et, au fond, est-ce que cela change quelque chose à l'affaire ? Je veux ce manuscrit, un point c'est tout.

– Vous m'avez menti. Voilà ce que cela change.

– Non, je vous ai épargné certains détails. C'est tout à fait différent.

Je réfléchis et demandai alors :

– Que contient donc ce diable de manuscrit ?

L'éditeur observa un court silence.

– Tout simplement la vérité.

– Quelle vérité ?

– Celle qui concerne votre père.

– Si vous pouviez être un peu plus clair, cela me faciliterait la tâche.

Balmat tapota le rebord de son bureau avec ses doigts d'un geste nerveux. Puis il reprit avec plus de véhémence :

– Je crois que votre père possédait un secret, un terrible secret. Quelque chose de très compromettant. Le manuscrit du *Palais des Ombres* en est la preuve irréfutable. Voilà pourquoi je tiens à le retrouver, coûte que coûte. D'un point de vue éditorial, c'est ce que l'on appelle un coup de maître.

– Des choses compromettantes, dites-vous ? Pour qui ? Vous ou Hugo Thanner ?

Balmat réprima un rire sardonique qui me glaça d'effroi.

– Mon cher Nathan, un auteur et un éditeur sont souvent embarqués dans la même galère. Et ce qui concernait votre père, même si je n'y étais pour rien, me concernait aussi forcément. Vous apprendrez tout cela en lisant le manuscrit…

Il était temps d'abattre la carte que j'avais conservée dans ma manche.

– Un homme m'a rendu visite à la boutique, un déséquilibré qui semble vouloir autant que vous mettre la main sur ce manuscrit et qui se prétend l'ombre d'Hugo Thanner. Savez-vous de qui il s'agit ?

L'œil de l'éditeur se mit soudain à briller à l'évocation de ce personnage, mais il parvint à conserver son flegme :

– Quelqu'un qui a sans doute très bien connu votre père.

Je sursautai :

– C'est exactement ce qu'il m'a dit ! Vous le connaissez donc ?

Balmat, mystérieux, resta évasif :

– Non, je ne l'ai jamais rencontré, si c'est ce que vous voulez savoir. Apprenez simplement que si cet homme apparaît à la lumière, c'est que la vérité n'est plus très loin. Votre père va enfin payer ses crimes.

Comme je devenais livide, l'éditeur renchérit avec encore plus d'emphase :

– Vous paraissez désabusé, Nathan. Vous croyiez que j'étais le diable dans cette histoire. Mais un éditeur n'est pas toujours du mauvais côté des choses. Le diable, c'était votre père… Mais vous êtes libre de croire ce qui vous plaît ou ce qui vous arrange…

Cette fois, je ne pouvais plus proférer un seul mot. J'avais la gorge sèche. Balmat profita de mon mutisme pour me clouer au pilori.

– Méfiez-vous de tout et de tout le monde dans cette affaire. Ce manuscrit contient la vérité, or elle est souvent une blessure dont il vous reste en mémoire une cicatrice indélébile jusqu'à la fin de votre vie. Prenez garde, Nathan. Vous n'êtes plus très loin du soleil qui vous brûlera les yeux et l'âme…

Je regardai Balmat une dernière fois et compris que l'homme n'ajouterait rien de plus. Je le quittai, exsangue.

Le vieil homme me retint par le bras et ajouta en guise d'adieu :

– Avant de continuer votre quête, car vous n'allez pas abandonner de sitôt, j'en suis certain, posez-vous simplement les bonnes questions.

– Quelles questions ? demandai-je, surpris de ce geste intime, le premier qu'il m'accordait.

– Qui était vraiment votre père ? Et quelle est l'histoire de cette demeure ?

– 12 –

Samedi 1er octobre 1960

Qui devais-je croire ? Ce diable de Balmat, même s'il se défendait de l'être, avait décidément de la ressource.

Désireux d'en apprendre davantage sur le Palais des Ombres, sans toutefois y retourner, j'orientai mes recherches du côté des quais de la Seine. Les stands des bouquinistes contenaient peut-être les réponses aux questions qui me torturaient l'esprit. Malgré la peur éprouvée, cette visite nocturne avait instillé dans mon âme le poison de la curiosité. À aucun moment ne me sauta aux yeux qu'obtenir des renseignements sur une demeure vieille de plus d'un siècle se résumait à chercher une aiguille dans une botte de foin.

Le long des quais entre Saint-Michel et le Louvre, il existe un royaume de petites boîtes vertes s'entrebâillant par beau temps, les malles aux trésors des bouquinistes remplies de livres anciens, d'abécédaires, de chansons et de périodiques. C'est dans cet univers unique que le passé de Paris est enfermé, et qu'on peut trouver les ouvrages disparus depuis longtemps des tables des librairies.

Quai de Gesvres, le premier bouquiniste à qui je m'adressai me rit au nez. L'homme était un barbu hirsute vêtu d'une veste matelassée de couleur beige. Son occupation principale, outre classer des piles d'ouvrages recouverts de poussière dans de larges casiers, était de tirer sur une pipe d'écume des bouffées de tabac et de les recracher dans l'air avec délectation.

– Et pourquoi pas le cinquième Évangile !

Je restai inerte, ne comprenant pas cet excès d'ironie.

– Mon pauvre monsieur, cette ville possède tant de vieilles demeures chargées d'histoire qu'une encyclopédie en douze volumes ne suffirait pas à en dresser une liste exhaustive !

Était-ce une raison pour me répondre de la sorte ? L'homme, voyant qu'il m'avait cueilli à froid, se fit plus affable. Après avoir rangé un manuel d'ésotérisme entre deux livres de cuisine, il daigna enfin m'accorder son attention.

– Que recherchez-vous, au juste ?

– L'histoire du Palais des Ombres. Une propriété située rue de Lesseps, près du Père-Lachaise.

Le libraire fronça les sourcils et continua son rangement comme si de rien n'était.

– Cela ne me dit rien. Je suis désolé.

J'allais me diriger vers un autre stand quand l'homme me rattrapa.

– Attendez. Allez voir mon collègue Jean-Paul Shafran. S'il existe le moindre ouvrage ayant trait de près ou de loin à cette maison, il n'y a que lui pour le dénicher.

– Je vous remercie. Où se trouve donc cette perle rare ?

– Quai de Conti. En face de l'Hôtel de la Monnaie. Vous ne pouvez pas le rater. Il porte été comme hiver un pull-over en laine de couleur rouge et fume des petits cigares de marque espagnole à l'odeur entêtante.

Le libraire correspondait en tout point à la description que m'en avait faite son confrère. L'homme, assis sur sa chaise pliante à quelques mètres de son étalage de livres anciens, arborait son pull-over rouge comme une oriflamme. Malgré le vent incisif, il ne semblait pas pâtir du froid. Il était plongé dans un roman à la couverture blanche. Il avait les cheveux ras et gris, une barbe de trois jours, des mains rougies et des yeux rieurs. Tout en lisant, il fumait effectivement un de ces petits cigarillos à l'odeur âcre qu'on trouve pour quelques sous chez les marchands de tabac du Quartier latin. L'homme fut pris par une quinte de toux. Au son éraillé de sa voix, je compris qu'il devait en faire une consommation effrénée.

– Bonjour. Frisquet ce matin ?

Le libraire releva la tête. Ses yeux clairs brillaient d'intelligence.

– Bonjour. Oui, pas très chaud, presque un temps d'hiver. Et dire que nous ne sommes qu'au début de l'automne.

Voyant que nous avions épuisé notre répertoire de lieux communs météorologiques, l'homme me demanda :

– Que puis-je pour votre service ?

Je répondis du tac au tac :

– Je suis à la recherche de renseignements à propos d'une demeure appelée le Palais des Ombres, située tout près du Père-Lachaise. Je sais que ma demande peut paraître incongrue, mais n'auriez-vous pas, à tout hasard, un livre sur le sujet ?

L'homme, contrairement à son confrère, ne parut pas outré de ma requête. Il réfléchit, tira une nouvelle bouffée de son cigarillo, fut pris d'une nouvelle quinte de toux et répondit :

– Le Palais des Ombres… Attendez voir… Oui, cela me dit quelque chose. Ce n'était pas la demeure d'un magicien, qui ressemble à un château hanté ?

– Oui, c'est bien ça ! m'exclamai-je, impressionné par ce petit bonhomme.

– Attendez que je regarde.

Le libraire écrasa son mégot sur le sol et se dirigea vers son stand. Puis il se mit à fouiller parmi des revues anciennes en sifflotant. Une minute plus tard, il extirpa de cet amas de papier un numéro de *L'Illustration* des années cinquante qu'il me tendit avec un large sourire.

– Je crois qu'il y a là un article qui pourrait vous être utile.

Je consultai la revue. En effet, cinq doubles feuillets traitaient de l'histoire des vieilles demeures du XXe arrondissement de Paris. Le Palais des Ombres faisait miraculeusement partie du lot. Je sortis mon portefeuille, payai la somme demandée et remerciai vivement le libraire pour son efficacité.

– Eh bien, si j'ai besoin d'un livre, je sais désormais où je dois me rendre.

– N'hésitez pas, conclut le bouquiniste tout en allumant un nouveau cigarillo. Je serai capable de vous trouver un incunable, si vous me le demandiez.

– Dans ce cas, pourquoi officiez-vous sur les quais et non sur les Champs-Élysées ou les Grands Boulevards ?

L'homme me regarda comme si je tombais de la lune.

– Allons donc ! Vous savez bien qu'il n'y a plus de libraires là-bas, seulement des vendeurs de romans à l'eau de rose !

– Vous croyez ?

– Bien sûr ! Les vrais lecteurs sont sur les quais, pas dans les quartiers bourgeois. Un bon livre, ça se lit assis au bord de l'eau, en regardant passer les bateaux-mouches. Essayez et vous verrez que j'ai raison.

Je saluai le libraire du quai de Conti, sans doute l'un des meilleurs de France et de Navarre, longeai le quai des Grands-Augustins et rejoignis la place Saint-Michel. Histoire de mettre en application son conseil, je m'assis à la terrasse du café le plus proche, commandai un expresso et commençai la lecture de ce trésor acquis pour quelques francs.

À quelques pas de là, la Seine coulait paisiblement, long fleuve tranquille et imperturbable. Au fil de ma lecture, je voyais défiler sous mes yeux, en même temps que l'histoire du Palais des Ombres, le cours de ma vie.

– 13 –

L'histoire du Palais des Ombres remontait à 1889, lorsque son premier occupant, un peintre dont l'histoire n'a pas retenu le nom, loua pour quelques sous une ancienne verrerie dans une rue qui serait baptisée plus tard rue de Lesseps. L'artiste s'y était installé pour l'aménager en atelier. L'édifice, tout en longueur, au milieu d'une vaste propriété flanquée d'arbres et de végétation diverse, était composé de plaques de verre et de poutrelles d'acier dans le plus pur style Eiffel – auquel la récente Exposition universelle venait de donner une tribune de choix en lui permettant de construire la tour qui allait glorifier son génie.

La verrerie avait l'avantage d'être lumineuse, ce qui la rendait agréable en été, mais la transformait en une vraie glacière en hiver. Le barbouilleur n'en eut cure. Il n'avait d'ailleurs guère le choix, étant désargenté, et dut se rendre à l'évidence : ce serait soit cela, soit un galetas en dehors de la capitale.

Or il se sentait bien à Paris, il aimait le quartier et trouvait que la bâtisse possédait un certain charme malgré l'exiguïté et le manque de confort. Il signa donc le bail de location avec la propriétaire des lieux, la veuve du maître verrier qui y avait officié trente années durant et qui, désormais, se reposait non loin de là, à l'ombre d'un tilleul, dans une allée du Père-Lachaise.

Le peintre, une fois les clés en main, s'installa dans sa nouvelle demeure le cœur en fête, persuadé qu'il réaliserait là de grandes œuvres. Par manque de moyens financiers, le mobilier se résuma à l'apport d'un chevalet, d'un matelas, d'une petite table ronde, de quelques chaises, d'un réchaud et d'un vieux piano déglingué acheté une bouchée de pain chez un brocanteur. L'essentiel de ses revenus était dilapidé en frais de bouche – comme bon nombre d'artistes dispendieux, il se comportait en ogre –, ou investi dans du matériel de peinture.

Le premier été, tout se passa à merveille. Le peintre réussit à réaliser dans de bonnes conditions des toiles qu'il vendit à bon prix à son entourage. Les premiers mois de loyer furent donc payés rubis sur l'ongle. L'homme, motivé par ces premiers succès, fit quelques dépenses superflues pour améliorer son confort, certain d'écouler tout son stock dans les plus brefs délais. Mais ses amis se lassèrent de ses tableaux empreints de nostalgie et, bientôt, il ne vendit plus rien. En outre, grisé par cette vie facile qu'il croyait avoir méritée jusqu'à la fin de ses jours, il se laissa entraîner sur la pente vertigineuse de la débauche. Le matin, il se levait de plus en plus tard et travaillait avec moins d'assiduité. L'après-midi, il préférait déambuler sur les boulevards que s'enfermer dans son atelier écrasé de chaleur. Le soir, avec ses amis artistes, il organisait des bacchanales infernales où l'on buvait force vin et liqueur d'absinthe, fumait des cigares et des pipes d'opium. Des airs de musique populaires, arrachés au ventre d'ivoire du piano, rythmaient les danses de ces joyeux drilles. Il n'était pas rare qu'une muse pêchée dans le caniveau, attirée par son regard ténébreux, succombe à ses charmes et finisse la nuit dans son lit avant de disparaître le lendemain aux premières lueurs de l'aube.

L'ivresse, les femmes et la bonne chère, tout cela coûtait horriblement cher. D'autant que ses rentrées d'argent, faute de carnet de commande suffisamment rempli, fondaient comme neige au soleil. Avec l'arrivée de l'automne et des premiers frimas, il dut faire un trou dans son maigre bas de laine : l'acquisition d'un poêle à charbon, qui devait en principe le sauver d'une mort affreuse par hypothermie.

À force d'excès, ce qui devait arriver se produisit aux premiers jours de novembre. Il n'eut bientôt plus un sou pour payer le loyer. Dépité, il en informa la propriétaire. La veuve, pas bégueule comme le sont pourtant souvent ceux qui possèdent un peu de bien, lui accorda jusqu'à la fin de l'année pour honorer cette échéance.

– Attention, le prévint-elle, passé ce délai, je vous demanderai, par le truchement de mon fils, de quitter les lieux.

La veuve avait des arguments de poids, car le rejeton en question était un sauvage qui avait hérité de son père un physique d'Hercule de foire, avec un cou de taureau et des poings de catcheur. Ne se sentant pas de taille à lutter contre une telle force de la nature, lui qui adoptait en toute circonstance un comportement de matamore, le peintre comprit qu'il devait réagir. Nul doute que si ses finances ne s'amélioraient pas très vite, au matin du 1er janvier 1890, il se retrouverait à la rue. Aussi fit-il table rase du passé et se mit-il aussitôt au travail.

Quinze jours plus tard, comme par miracle, il eut droit à une visite qui lui redonna espoir. Un matin de froidure, alors que les flammes du poêle diffusaient dans la pièce une agréable et douce chaleur, un certain Auguste Bardet frappa à sa porte. Ce dernier, un marchand d'art dont la réputation n'était plus à faire, venait sur la demande expresse d'un ami commun, car il était en quête de nouvelles œuvres à exposer dans un salon dont il avait la charge. Fort de cet argument qui lui réserva tous les égards de la part du locataire des lieux, Bardet fit le tour de l'atelier, inspecta les deux ou trois toiles qui traînaient là, complimenta l'artiste sur son travail et, sur un coup de tête, lui proposa d'acquérir pour quelques centaines de francs un triptyque consacré aux rues de Paris sous la neige. Le marchand mit aussitôt la main à sa poche et en extirpa une liasse de billets flambant neufs qu'il lui tendit. Croyant voir là tout l'argent du monde, du moins suffisamment pour payer les loyers en retard, le peintre ne put s'empêcher de louer ce bon génie qu'il prit pour son messie.

Avant de partir, Bardet lui promit une place importante dans sa prochaine exposition, qui devait avoir lieu en mars au musée du Louvre.

Le peintre exulta. La roue de la fortune tournait enfin à son avantage. Il allait bientôt connaître la gloire tant espérée.

Il s'enferma dans son atelier et y passa l'hiver à peindre des toiles qu'il voulut grandioses, se privant de tout, sauf de peinture, de vin et de charbon. Travaillant d'arrache-pied, il réussit en quelques mois à se constituer un panel d'œuvres tout à fait respectables, dont certains paysages de Paris criants de vérité. Il y avait là le cœur battant de la ville : une vue du Pont-Neuf et de ses douze arches, une représentation grandiose du palais des Tuileries, ainsi qu'une magnifique aquarelle de l'abbaye du Val-de-Grâce, sans compter toute une série de tableaux de théâtres et de cafés parisiens.

Mais la notoriété du locataire de l'ancienne verrerie ne devait jamais dépasser le cadre de ses toiles. Lorsque le printemps survint, Bardet avait oublié sa promesse, le salon ouvrit ses portes sans le barbouilleur qui, pour avoir cru aux belles paroles d'un des plus illustres marchands d'art de son époque, replongea dans la spirale de l'échec – tableaux invendus, garde-manger vide et loyers impayés –, affres et tourments qu'il croyait pourtant avoir quittés à jamais. Cette fois, il n'y eut pas d'ange salvateur. Un découragement total le conduisit à la dépression. Hagard et désespéré, il s'enferma dans l'atelier pour ne plus jamais en ressortir.

Au matin du 21 avril 1890, le fils de la veuve, venu réclamer le montant du dernier loyer, le retrouva pendu à une poutrelle métallique de l'ancienne verrerie.

*
* *

La veuve du maître verrier, horrifiée par le suicide de ce locataire mauvais payeur, crut le lieu maudit et se résolut à le mettre en vente. Aucun acquéreur ne se fit connaître pendant des années. Le bâtiment finit par tomber à l'abandon. Cet épisode dura quinze ans, le temps que la veuve rejoigne son mari au bout de la rue, laissant à son fils le soin de décider du destin de la maison.

À l'automne 1905, le nouveau propriétaire, rompu aux affaires, baissa le prix de la demeure de façon conséquente et réussit enfin à s'en débarrasser. Un dénommé Oscar Dario, venu tout droit d'Amérique du Sud, rentier de condition, se porta acquéreur.

Mondain par goût et artiste à ses heures perdues, il était tombé par hasard sur l'annonce et, en dépit de la vétusté des lieux, avait décidé d'acheter l'ancienne verrerie transformée en atelier de peintre. Le fils de la veuve s'étant bien gardé de lui préciser qu'il s'agissait là de la demeure d'un pendu, Dario apprit tout de même la vérité du notaire qui lui fit signer l'acte de vente.

– Cela ne change rien, affirma-t-il, quelque peu fanfaron. Je n'ai jamais eu peur des morts et des fantômes. Et si je devais me suicider, je choisirais plutôt le revolver que la pendaison. C'est beaucoup plus rapide, et surtout moins douloureux.

Le Sud-Américain était un original au caractère trempé, curieux, intelligent et un peu aventureux. Grand, massif, l'œil sombre et affublé de longs cheveux noirs tombant sur ses épaules, il avait pour habitude de porter, été comme hiver, une longue cape noire de magicien. Venu s'encanailler quelques années à Paris, l'original arrivait d'Argentine, où son père possédait des milliers d'hectares de terre dans la pampa. Il était photographe, quelque peu chiromancien et spirite, et pratiquait avec talent l'art de la magie. Il était surtout jeune, riche et extrêmement séduisant, ce qui ne gâtait rien. Bref, chez lui, tout résidait dans l'illusion.

Dans son entourage, personne ne comprit son engouement subit pour cet achat incongru que certains prirent pour une lubie. À cette époque, le quartier était populaire et pauvre. On aurait plus volontiers vu un rentier s'établir au centre ou dans l'ouest de la capitale dans un appartement haussmannien que dans ce misérable atelier sans confort, avec un seul et misérable poêle pour tout chauffage, qui de surcroît offrait une vue inquiétante sur le cimetière avoisinant et son vaste champ de croix, de stèles et de pierres tombales. Mais le goût d'Oscar Dario pour les arts en général, et le morbide en particulier, l'avait certainement incité à faire ce choix surprenant à plus d'un titre. Salvador Dalí avant l'heure, le Sud-Américain n'en était pas à une incongruité près, lui qui prétendait passer parfois ses nuits à rôder entre les tombes du cimetière afin d'y chercher l'inspiration pour ses spectacles de magie.

– Je suis persuadé, prétendait-il à qui voulait l'entendre, que je peux transformer ce modeste atelier d'artiste en palais des mille et une nuits ou en château des mille et un cauchemars.

C'était la Belle Époque, l'apogée de l'Art nouveau. L'Argentin avait des idées géniales et, surtout, des moyens quasi illimités, cartes maîtresses pour abattre un bon jeu dans la partie de poker endiablée dans laquelle il s'était lancé avec le temps. Les fonds octroyés par son père étaient conséquents et réguliers, il put donc entreprendre des travaux pharaoniques autour du bâtiment existant. Son projet architectural intégrait l'ancienne verrerie qu'il transforma en patio intérieur au cœur d'une vaste demeure, flanquée elle-même de deux tourelles aux fenêtres étroites donnant sur le cimetière. Telle une araignée tissant sa toile, il n'eut de cesse d'encercler l'atelier du peintre maudit pour mieux conjurer le sort qui planait sur ces murs. L'ancienne verrerie fut convertie en atelier d'artiste avec bibliothèque et jardin tropical, la première tourelle en appartement, la seconde en bureau et chambre noire. Les couloirs, qui les rejoignaient aux fenestrons en forme de végétaux, servaient de musée à sa collection de photographies. Le grand salon, quant à lui, s'avéra le lieu idéal où produire ses spectacles de magie.

Les travaux durèrent cinq années. À la fin du chantier, on ne reconnaissait plus rien de l'ancienne verrerie. C'était devenu un palais végétal assez étrange. En 1910, Oscar Dario put enfin contempler l'œuvre de sa vie et en profiter, donnant des fêtes somptueuses où il conviait le Tout-Paris. Une actrice en vogue, lors d'une soirée, s'écria en voyant se profiler sur les vitraux du patio les silhouettes des invités en train de danser un tango :

– C'est le palais des ombres !

Dario s'enthousiasma de cette trouvaille et, dès lors, on n'employa plus que cette métaphore pour désigner la demeure de l'Argentin.

Il était d'ailleurs question d'ombres : outre le cimetière au bout de la rue, la galerie de photos dans les couloirs, il s'y passait des choses étranges. On racontait qu'on y entendait des bruits sourds contre les murs, on décelait dans certaines salles une odeur de soufre, des objets changeaient de place et, un soir, une comtesse endormie dans une chambre du premier étage s'était retrouvée le lendemain dans la chambre noire de la tourelle opposée.

Cela n'effraya en rien le nouveau propriétaire, qui pratiquait d'ailleurs sous la verrière quelques séances de magie et de spiritisme. Ces dernières eurent tant de succès auprès des participants qu'on accourut bientôt de toute la ville pour y assister. Dario, en habile prestidigitateur, donnait chaque fin de semaine une ou deux séances où il ressuscitait des personnages du passé en créant de toutes pièces un théâtre d'illusions à l'aide d'un kaléidoscope et, plus tard, d'un appareil de projection cinématographique qu'il avait lui-même confectionné. Ce type d'instrument était si rare à cette époque que les gens n'y voyaient que du feu. La réalisation de ces artifices relevait d'une telle prouesse technique qu'on se laissait facilement prendre au jeu, croyant avoir vraiment affaire à un sorcier. Un soir, un jeune homme un peu impressionnable prétendit avoir vu un macchabée se balancer au bout d'une corde accrochée à une poutrelle métallique de la verrière. Le malheureux en fit une jaunisse quand Dario lui expliqua qu'il s'agissait du précédent locataire s'amusant à revenir hanter ce lieu où il s'était donné la mort.

Devant sa renommée toujours plus grandissante, on n'avait de cesse de se disputer les meilleures places pour fréquenter ces soirées de magie. Ainsi, le Palais des Ombres devint-il le cénacle de toutes les séances de spiritisme, fussent-elles surnaturelles ou truquées, et systématiquement les vendredis et les samedis soir, une file d'attente d'invités se formait devant la maison jusqu'au mur du cimetière du Père-Lachaise.

Oscar Dario connut une telle gloire qu'il attira à lui les plus belles femmes de Paris. Une chanteuse d'origine italienne, qu'il courtisait assidûment et dont il avait fait sa muse, finit par tomber dans ses rets. La belle succomba à ses charmes lorsqu'un soir, au cours d'une représentation, le magicien fit disparaître devant elle son petit chien, avant de le faire réapparaître comme par enchantement à l'autre bout de la pièce. La nuit suivante, l'Italienne, conquise, ne rentra pas chez elle. Ni le lendemain, ni même les jours suivants. Éprise, elle s'installa dans cette demeure regorgeant de mystères en compagnie de l'Argentin. La femme, belle, brune et au caractère de feu, se nommait Alessandra. Elle apporta au magicien la grâce et la beauté et lui, en contrepartie, lui offrit un rôle d'assistante dans ses spectacles de magie. Ils connurent alors tous deux une période d'intense bonheur.

Cet élan dura jusqu'aux feux de la Première Guerre mondiale. En 1914, le monde changea, ainsi que la vie de l'Argentin. Au printemps 1915, en même temps que la débâcle des troupes françaises, le père d'Oscar Dario fit faillite. Il dut vendre ses terres au rabais et cessa du jour au lendemain d'alimenter les comptes de son fils, au passif vertigineux. Ses spectacles de magie ne rapportant pas le quart de ce qu'il dépensait par mois, l'homme passa en quelques semaines du statut d'héritier richissime à celui d'homme ruiné. La belle Italienne, qui l'aimait surtout pour son aura et son argent, le quitta du jour au lendemain pour une vie meilleure. Oscar Dario, profondément amoureux d'Alessandra, perdit tout repère et sombra dans une profonde mélancolie. Les soucis s'accumulèrent. Les travaux de la maison étaient loin d'être payés, il devait encore une fortune à plusieurs banquiers des beaux quartiers. Plus grave encore : bientôt, le Tout-Paris sut qu'il ne possédait plus rien, qu'il n'était pas un véritable magicien, tout au plus un illusionniste ruiné, et on se détourna de lui. L'homme pouvait vivre à la rigueur sans fortune, mais pas sans honneurs, sans amour ni sans gloire.

Il survécut ainsi une dizaine d'années, assailli par les créanciers, sans se résoudre à vendre la maison, ce qui n'aurait même pas suffi à éponger la moitié de ses dettes. Telle une plante privée d'eau, la demeure semblait se faner de jour en jour. Elle prit peu à peu l'apparence sombre et inquiétante qui devait lui conférer cette image de demeure maudite.

Ruiné, malade, Oscar Dario tint alors la promesse qu'il avait faite au notaire le jour de l'acquisition de sa demeure. Le 17 septembre 1925, après avoir reçu par courrier un acte de saisie de tous ses biens, il se rendit dans son bureau, et prit dans un tiroir un revolver qu'il avait acheté à tout hasard un mois plus tôt chez un armurier de la place des Vosges. Il erra un temps dans le Palais des Ombres afin d'en faire une dernière fois le tour, il rejoignit la verrière, s'arrêta à l'endroit précis où le peintre maudit s'était pendu vingt-cinq ans plus tôt, et se tira une balle dans la tempe droite.

- 14 -

Je refermai la revue. Ainsi, le cabinet de curiosités et les automates découverts dans le salon de magie avaient de toute évidence appartenu à cet Oscar Dario, qui avait précédé mon père en ces lieux. Et le pendu que j'avais aperçu par le trou de la serrure de la chambre fermée à double tour n'était autre que la représentation, fausse ou réelle, du peintre qui s'était donné la mort soixante ans plus tôt dans cette demeure maudite. Même si j'étais incapable d'expliquer la présence de leurs traces dans la maison des années après leur disparition, au moins avais-je un élément de réponse. La police ne me serait d'aucune aide. Je devais y retourner pour tenter d'élucider ces mystères, dès que j'en aurais le courage.

Cette maison avait donc porté malheur à tous ceux qui y avaient résidé. Le notaire n'avait pas exagéré. Mon père faisait, lui aussi, partie du lot de ces infortunés, lui qui y avait vécu près de trente années une lente déréliction. Je commençais à comprendre pourquoi il n'avait pu honorer le contrat établi avec l'éditeur. Sans doute avait-il lui aussi, tout comme le peintre et le magicien, été victime du sortilège.

Dans l'article, pas une ligne au sujet du rachat de la maison par mon père en 1932, peu avant la mort de ma mère, mais j'avais la conviction que cette partie de l'histoire me serait délivrée plus tard, lorsque le manuscrit serait enfin trouvé. La clé remise par Judith me permettrait sûrement d'y accéder. Et pour trouver à quelle serrure elle correspondait, j'avais besoin de quelques éclaircissements, aussi décidai-je de rendre une petite visite au seul homme qui avait côtoyé mon père pendant ses longues années d'isolement dans le Palais des Ombres.

*

* *

Le soir même, un froid polaire tomba sur la ville sans crier gare, comme un manteau de glace sur un cœur encore chaud. La nuit était claire, le ciel translucide et les étoiles, que la fraîcheur avait rendues lumineuses, brillaient dans la voûte céleste, pareilles à des milliers de flammes argentées brandies par des dieux invisibles. Le vent du nord avait amené dans ses spirales le souffle glacé de la lointaine banquise, jetant par poignées des rubans de gel sur notre petit monde. C'était le premier grand froid de l'année. En quelques heures, les toits de Paris se recouvrirent de givre, les fontaines des squares se changèrent en statues de cristal, et les eaux de la Seine, plus calmes, prirent cette teinte noire annonciatrice de l'hiver à venir.

C'est pourtant lors de ce soir glacial que je me rendis chez Benjamin Tatz, le marchand d'art. J'étais animé par le sentiment de l'urgence. Lui seul désormais pouvait me donner l'envie de retourner dans le Palais des Ombres.

J'étais simplement vêtu d'une veste et chaussé de Clarks dont les semelles de crêpe dérapaient dangereusement dès que je faisais un pas sur le sol pavé devenu aussi glissant que la pierre d'un lavoir. En sortant du métro Abbesses, je fus saisi par ce premier frimas, étonné à la lueur d'un réverbère que de la buée sortît de ma bouche à chaque fois que j'exhalais un souffle d'air, comme au plus fort de la morte-saison. Hier encore l'air ambiant fleurait bon l'automne ensoleillé et doux pareil à un bel été indien. En un jour le climat avait changé. C'était pourtant ainsi chaque année. À Paris, il n'y avait bien souvent que deux saisons, un été chaud et irrespirable, et un hiver froid et humide, le passage de l'une à l'autre pouvant être aussi brutal qu'une averse de grêle au printemps.

Ce qui me saisit plus encore que le froid incisif fut la présence d'une ombre fantomatique qui semblait m'attendre à la bouche du métro. L'homme, dont je ne distinguais que la silhouette, porteur d'une gabardine et coiffé d'un chapeau de feutre, était occupé à tirer sur une cigarette, adossé à un kiosque à journaux. Lorsque je tournai la tête vers lui, il jeta son mégot dans le caniveau et, traversant la rue, s'engouffra dans la pénombre d'une ruelle.

– Attendez !

Je m'élançai à sa poursuite.

Cet homme m'épiait, j'en étais certain. Je voulais en avoir le cœur net. Mais le temps de laisser passer devant moi un taxi, il avait déjà disparu.

En remontant la rue, je tremblais de tous mes membres, les doigts engourdis, frissonnant comme atteint d'une fièvre soudaine. Encore cette étrange apparition… L'homme avait pris la poudre d'escampette dès que je m'étais aperçu de sa présence. Se pouvait-il qu'il s'agît de l'inconnu de la boutique ? Pourquoi m'espionner jusque dans ce quartier éloigné du centre de Paris ? Toujours en raison de ce fichu manuscrit ? Je devais rester sur mes gardes.

*

* *

Benjamin Tatz, à qui j'allais rendre visite, avait été le seul véritable ami de mon père. L'était-il encore ou avait-il été, lui aussi, écarté de sa vie ? Tout ce que je savais, c'est qu'il était un marchand d'art à la situation confortable, et dont le père et le grand-père avaient été d'augustes pionniers dans le commerce de tableaux.

Le flair de Benjamin Tatz était exceptionnel. Sorte de Vollard moderne, il n'avait pas son pareil pour miser sur un peintre inconnu, l'exposer dans sa boutique, faire monter les enchères, et réaliser des bénéfices considérables. Je ne l'avais rencontré qu'à une ou deux reprises, bien des années plus tôt, lorsque mon père, apprenant que j'étais désireux de devenir commerçant, m'avait recommandé à lui afin de m'aider à ouvrir ma boutique sous les meilleurs auspices. Je me souvenais d'un homme de bon conseil, chaleureux, digne de confiance, et redoutable en affaires. Il possédait un petit hôtel particulier situé à deux pas de la basilique du Sacré-Cœur. Une belle réussite pour un marchand d'art, ce qui me fit aussitôt penser que, dans ce monde cruel pour les artistes, il était plus profitable de vendre des tableaux que d'en peindre.

Lorsque je me retrouvai devant la porte de l'hôtel particulier, si haute et si finement décorée qu'elle me fit penser à celle d'un bel immeuble haussmannien, je me mis à frissonner un instant, car le vent s'était levé. Je frappai et attendis en grelottant qu'on vienne m'ouvrir. Après quelques secondes, j'entendis qu'on poussait une clenche. La porte émit un léger chuintement, et la tête massive de Benjamin Tatz apparut. C'était un homme de grande taille, le cheveu noir et le visage carré. Un gaillard qui devait peser près d'un quintal et qui, à n'en point douter, n'avait pas pour habitude de se laisser impressionner par le premier venu. Le torse bombé, droit et fier, il me toisa avant de demander d'une voix d'outre-tombe :

– À qui ai-je l'honneur ?

– Bonsoir, monsieur Tatz. Vous ne me reconnaissez sans doute pas. Je suis Nathan, le fils d'Hugo Thanner.

L'homme se pencha vers moi et, les yeux écarquillés, me jaugea des pieds à la tête, s'arrêtant un instant sur le sparadrap appliqué sur mon front qui me donnait l'allure d'un boxeur. Un sourire se dessina sur ses lèvres.

– Nathan ! Quel bon vent t'amène par ici à cette heure tardive et par ce froid glacial ?

– Je voulais vous parler. Mais peut-être que je vous dérange…

Le propriétaire m'arrêta tout net.

– Non, pas le moins du monde. Entre donc !

Je pénétrai dans une entrée au sol dallé de marbre et meublée de bibelots de style. Après avoir refermé la porte derrière moi, le marchand d'art me conduisit le long d'un couloir d'où partait un vaste escalier en pierre. Je ne l'avais jamais emprunté, mais cet escalier m'impressionnait, comme s'il menait à quelque donjon mystérieux d'un château médiéval. Le plafond de l'entrée était orné de corniches, les murs de moulures et de plinthes, et il se dégageait de l'ensemble une sensation de luxe et d'apparat qui me laissa pantois. Je songeai alors au peintre maudit de l'ancienne verrerie et pensai qu'il aurait été heureux de vivre en ce lieu. Cette demeure chaleureuse ne ressemblait en rien au lugubre Palais des Ombres.

Benjamin Tatz, sans me poser la moindre question sur la raison de ma visite, me conduisit au salon d'où émanait une douce chaleur. Dans un coin de la pièce, quelques bûches flambaient dans l'âtre. Une folle sarabande de flammèches d'or et de braises rougeoyantes éclairait d'un feu éclatant la toile verte d'un billard français. Sur les côtés, deux larges fauteuils, une table de bureau sur laquelle étaient empilés des journaux. Quelques toiles d'artistes représentant des paysages de Paris ornaient les murs : une vue du Grand Palais depuis le pont Alexandre-III, Notre-Dame de Paris depuis Saint-Michel, et la tour Eiffel vue du Champ-de-Mars. Imposant, un portrait grandeur nature du maître des lieux était accroché au-dessus de la cheminée.

Je contemplai les tableaux, passai ma main sur le tapis du billard et humai l'air ambiant. Par je ne sais quel miracle, cela sentait bon la châtaigne grillée, le vin chaud à la cannelle et le bois ciré. Un morceau de campagne en plein Paris. Des fragrances que je croyais avoir oubliées, mais qui me revenaient soudain en mémoire comme de délicieux souvenirs. Benjamin Tatz, en habile esthète, avait su recréer une ambiance entre grande bourgeoisie et gentleman-farmer. Un véritable tour de force à quelques centaines de mètres de la basilique du Sacré-Cœur.

– Eh bien, que t'arrive-t-il donc pour surgir comme un loup du bois après tant d'années ?

Sur ces paroles, le marchand d'art m'invita à prendre place dans l'un des fauteuils clubs, je m'exécutai sans me faire prier davantage.

– Tu as des ennuis avec ta boutique ?

– Non, pas de ce côté-là… C'est au sujet de mon père… Il est mort il y a quelques jours… Et si ce n'était que ça… Je vais tout vous expliquer…

L'homme, accablé, s'assit sur le rebord du billard. L'air songeur, il m'écoutait sans m'interrompre et, machinalement, il faisait rebondir les billes sur les bandes de la table de jeu.

J'avais besoin de partager mon fardeau. Surtout après l'angoisse qui m'avait assaillie à la vue de cette ombre. Cette affaire commençait à me terroriser. Je n'étais plus en sécurité, où que j'aille. Aussi devais-je me confier. Je lui racontai tout ce que je savais. Absolument tout. La mort de mon père, la lettre qu'il m'avait envoyée, le rendez-vous chez le notaire, les clauses suspensives du testament et le contrat que me proposait Balmat, la visite de l'inconnu dans la boutique et sa brève réapparition ce soir, mon passage aux éditions du Diable ainsi que mon odyssée dans le Palais des Ombres qui m'avait laissé un souvenir glaçant. Sans oublier la fameuse clé que m'avait remise Judith. À sa façon d'écarquiller les yeux, Benjamin Tatz avait l'air d'aller de surprise en surprise. Une fois mon récit terminé, il rassembla les billes au centre de la table de billard et vint s'asseoir face à moi.

– Tout d'abord, je suis désolé pour ton père. Si j'avais su, je me serais bien entendu rendu à l'enterrement… C'était un ami cher…

– Ne vous excusez pas. Cela s'est passé si vite. Moi-même, je n'ai eu le temps de ne prévenir personne.

Benjamin Tatz se mordit la lèvre avant de reprendre :

– Ensuite, tu prétends qu'une ombre te suit dans Paris afin de récupérer avant toi un manuscrit introuvable que t'a légué ton père et que te réclame son éditeur.

J'acquiesçai d'un signe de tête, sans même pouvoir émettre le moindre son. À la simple évocation de ce sinistre personnage, j'avais la bouche pâteuse et une sensation de froid dans tout le corps.

Benjamin Tatz se massa longuement les joues, sa barbe naissante crissant au contact de ses doigts. Puis, il posa ses larges mains sur les accoudoirs du fauteuil, et m'annonça comme à regret :

– Eh bien, te voilà embarqué dans une drôle d'histoire !

– Je ne le sais que trop, mais il est un peu tard pour revenir en arrière. Aussi, je vous le demande comme à un ami fidèle. Que dois-je faire ?

Benjamin Tatz m'interrompit d'un geste, comme pour m'enjoindre à lui octroyer le temps de la réflexion. Puis il se leva d'un bond, se dirigea vers le vaisselier et en revint avec deux petits verres et une bouteille à moitié entamée. Il les remplit à ras bord et m'en tendit un. Je dégustai la première gorgée avec un plaisir non dissimulé.

C'était le vin de la butte Montmartre, dont le marchand d'art possédait quelques parcelles. Un vin blanc couleur d'armoise, habillé de velours, affriolant, corseté, tout à la fois puissant et charmeur, fin et racé, alliant la flamme à la rondeur, la puissance à la finesse, et la force à la légèreté.

– Il est bon, n'est-ce pas ? me demanda-t-il, tout en continuant à tourner dans sa tête ce que je venais de lui livrer en bloc.

Le marchand d'art avait besoin d'un interlude pour digérer cet amas d'informations, aussi répondis-je, enthousiaste :

– Excellent !

À la deuxième gorgée, me revinrent en mémoire les vers d'un poème appris par cœur au temps où, étudiant, il me fallait les réciter sous le regard attentif de mes camarades :

La vie est si amère
Et le vin si doux
Pourquoi ne pas boire ?
Toute pensée triste
Que tu puisses avoir
Te deviendra délice.

Voyant ma mine se détendre peu à peu après l'effroi qui s'était emparé de moi à l'évocation de l'ombre fantomatique, Benjamin Tatz crut bon de remplir mon verre à ras bord.

– Bien. Procédons par ordre. Comment expliquer le suicide de ton père ? Un geste qui ne lui ressemble pas… Quelle en est la raison ?

– Sans doute en avait-il une.

Benjamin Tatz me jeta un regard empli de noirceur.

– Tu sais laquelle ?

– Non, mais je cherche à la découvrir. Il était seul depuis longtemps, oublié de tous, et même la femme qui partageait sa vie, que j'ai rencontrée peu après l'enterrement, n'habitait pas avec lui. Il était coupé du monde, et sans doute coupé de lui-même depuis très longtemps.

– Tu penses aux conséquences de la dépression qui l'affectait depuis tant d'années ?

– D'après le ton de sa lettre et son mode de vie, c'est loin d'être absurde. Il fallait bien que, tôt ou tard, cela finît ainsi ; néanmoins je ne suis pas pleinement convaincu.

Le marchand d'art grimaça et reprit *illico* :

– Deuxième point : quelle est l'identité de cet inconnu qui semble en savoir plus que toi-même sur cette sombre affaire, qui t'a rendu visite dans ta boutique et que tu penses avoir revu ce soir ?

– Ça, je n'en sais rien. Il va m'être très difficile de répondre à cette question puisqu'il ne m'a pas divulgué son nom, et qu'à chaque fois que je le croise, il s'évanouit dans la nature. Se pourrait-il qu'il s'agisse de son secrétaire ? Les écrivains, bien souvent, en embauchent un pour gérer leurs papiers, voire pour taper à la machine leurs manuscrits.

– Je ne crois pas, me coupa aussitôt Benjamin Tatz. Ton père a toujours travaillé seul et, autant que je sache, il ne supportait pas que quiconque mette le nez dans ses affaires.

L'homme réfléchit un instant et reprit :

– Troisième point, le contrat avec Balmat au sujet du manuscrit du *Palais des Ombres*... Il est étrange que ton père ne m'en ait jamais parlé. Nous nous sommes un peu perdus de vue ces dernières années, je suis débordé de travail et Hugo vivait en ermite, mais je passais tout de même le voir deux ou trois fois par an. La dernière fois que nous nous sommes rencontrés, c'était au printemps et il ne m'en a pas soufflé un mot.

– C'est bien ce qui m'inquiète. À part Balmat, personne aux éditions du Diable ne semble être à la recherche de ce manuscrit. Pour eux, le contrat est caduc depuis le début de l'année 1952. Or Balmat soutient que lui et Hugo sont encore en affaires. Et l'avenant au contrat, que j'ai vu de mes propres yeux et qui a été contresigné plus tard, me conforte dans cette opinion.

– La maison ne t'appartiendra réellement que lorsque tu auras retrouvé le manuscrit. Tu dois donc t'en remettre à Balmat. C'est dans ton intérêt.

Un long silence, puis Benjamin Tatz passa à l'énigme suivante :

– Cette histoire de maison hantée et de pendu m'a tout l'air d'une effroyable mise en scène. Quelqu'un, je pense, cherche à te faire peur pour te faire renoncer à cette maison ou à ce manuscrit.

– Oui, c'est probable. Et je dois d'ailleurs avouer que cela a plutôt fonctionné.

– Cette fameuse clé, l'as-tu sur toi ? Peut-être la reconnaîtrais-je…

Je fis glisser au-dessus de ma tête la lanière de cuir à laquelle était accrochée la clé ancienne.

Le marchand d'art, intéressé, la prit dans sa main et l'inspecta longuement en la faisant tourner entre ses doigts.

– Attends ! Elle me dit quelque chose… Ton père, tout comme toi, l'avait autour du cou !

Pour qu'il la portât en pendentif, elle devait avoir à ses yeux une importance capitale. Un espoir naquit dans mon cœur, mais qui fut aussitôt déçu.

– Je me souviens de cette clé, mais je ne crois pas l'avoir jamais vu l'utiliser. Et pourtant, il l'avait toujours sur lui… Je revois ton père faire les cent pas dans le salon et triturer la lanière de cuir entre ses doigts pour passer ses nerfs. Je n'ai jamais songé à lui demander à quoi elle pouvait bien servir.

Nouvel échec. Retour à la case départ : Benjamin Tatz, pas plus que Judith, ne pouvait m'apporter d'éclaircissement sur ce point. J'étais pourtant convaincu qu'elle me mènerait au manuscrit tant recherché.

Je baissai la tête, dépité.

– Très bien. Si d'aventure vous vous souvenez de quelque chose, n'hésitez pas à m'en faire part.

– Je n'y manquerai pas, mon cher Nathan. Je n'y manquerai pas…

Benjamin Tatz réfléchit encore quelques secondes et se risqua à une supposition comme pour amoindrir ma déception :

– Ces vieilles clés anciennes servaient à ouvrir des coffres-forts ou des cassettes. Je sais que ton père avait pour habitude de ne rien jeter. La maison doit posséder une pièce où il a entassé toutes ses vieilles affaires. Et, parmi elles, sans doute le manuscrit que tu cherches…

– Je n'ai rien vu de tel.

– Es-tu seulement certain d'avoir exploré la demeure de fond en comble ?

Je secouai la tête en signe de dénégation. La maison étant vaste, je n'en avais pas encore eu le temps. Il est vrai que certaines pièces du Palais des Ombres m'étaient encore inconnues, mais lors de ma visite je n'avais décelé aucun coffre-fort ou cassette.

– Le cabinet de curiosités comprend de nombreux tiroirs. Tu devrais peut-être essayer…

Pourquoi n'y avais-je pas pensé ? Lors de ma première visite, je n'étais pas parvenu à tous les ouvrir. Je décidai de m'y atteler la prochaine fois. Si, toutefois, il y avait une prochaine fois.

– Il y a aussi un grenier, reprit le marchand d'art. De cela, je suis quasiment certain. Ton père m'en avait parlé, même si je ne m'y suis jamais rendu. Tu devrais y retourner et vérifier si cette clé n'ouvre pas l'un des objets qu'il contient.

– Très bien, fis-je. Même si je me suis juré le contraire, je vais retourner là-bas dès demain et suivre ces deux pistes.

Nous restâmes un long moment silencieux, puis, comme je n'avais plus de questions à lui poser, je vidai mon verre d'un trait, le posai sur la table basse et m'apprêtais à prendre congé lorsque mon interlocuteur interrompit mon mouvement.

– Je suis vraiment désolé pour ton père.

– Vous étiez son ami, c'est normal.

– Oh, bien sûr, Hugo Thanner n'était pas un homme comme les autres. Cela, je l'ai su très tôt, bien avant son installation dans le Palais des Ombres. D'abord, c'était un homme très intelligent. Ensuite, lorsque sur un coup de tête il a décidé de devenir propriétaire d'un manoir à la réputation lugubre, je me suis demandé s'il était courageux, inconscient ou tout simplement fou. J'ai obtenu la réponse lorsque, peu après la mort de ta mère, il s'est enfermé dans les couloirs secrets de la maison pour n'en plus jamais ressortir. Mais je ne l'ai pas jugé pour autant, il restait mon ami. Sa souffrance était réelle, et comment savoir si quelqu'un est véritablement pris de folie ?

– Mon père a toujours été un vrai solitaire.

– Dans un quartier populaire comme le Père-Lachaise, forcément, cela faisait jaser.

– Je crois qu'il se moquait éperdument de ce que les gens pensaient de lui.

– C'est vrai. Mais, qu'il l'ait voulu ou non, il était considéré comme un être à part. En raison de son caractère froid, il ressemblait trait pour trait à l'un de ces malheureux pestiférés qu'on obligeait autrefois à agiter une clochette afin de prévenir les autres de leur présence.

Benjamin Tatz pensait peut-être que je portais un intérêt quelconque à entendre parler de mon père, car il continua sur sa lancée :

– Même célèbre – et il le fut un temps, après la guerre, avant de très vite retomber dans l'anonymat –, il ne s'est jamais conformé à la norme. Son *modus vivendi* était trop différent du leur pour plaire aux gens de son époque. Jeune, c'était pourtant un homme affable, sympathique, charmeur. Lorsque ta mère a disparu alors que tu n'étais qu'un enfant, il s'est enfermé pour écrire ses livres. Il a sombré dans une dépression si profonde qu'elle lui a ôté toute velléité de se battre et a fait de lui un misanthrope. Je crois qu'il ne s'est jamais remis de ce drame.

Un temps, puis cette question :

– Nathan, est-ce que tu en veux à ton père, après toutes ces années ?

– Je ne sais pas. Mais je pense que oui. Si ma mère est morte si jeune, c'est lui le responsable.

– Je comprends. Il n'est pas facile d'oublier ces choses-là, n'est-ce pas ?

– Non. Bien évidemment que non.

– Tout ce que je peux dire, c'est que ton père aimait follement ta mère… Je pense que sans ce tragique accident de voiture, tout aurait été différent.

– Je préfère n'en rien savoir, conclus-je, un peu amer.

Mal à l'aise, j'écourtai cette conversation. L'homme me raccompagna.

– Bonne chance à toi, Nathan. N'oublie pas que je suis là si tu as besoin de quoi que ce soit.

– Merci, monsieur Tatz, mais j'ai besoin de le faire seul.

– On ne va jamais bien loin tout seul, ajouta-t-il encore.

Je ne répondis pas, me contentant de lui adresser un signe de la main avant de m'enfoncer dans la nuit glacée, sans savoir si une ombre ne m'épiait pas dans la brume.

- 15 -

Dimanche 2 octobre 1960

Je passai une bonne partie de la nuit à ruminer ce que m'avait confié Benjamin Tatz au sujet de mon père. Bien qu'elle me terrifiât, la maison ne cessait de m'appeler. Je devais y retourner.

Ne parvenant pas à trouver le sommeil, je m'y rendis aux premières lueurs de l'aube. La clé de bien des énigmes ne pouvait être qu'à l'intérieur de cette demeure envoûtante.

En ce dimanche matin, le métro était désert. Et les rames peu nombreuses. J'arrivai pourtant devant le Palais des Ombres peu après le lever du jour, ce qui me rassura. La maison me sembla moins lugubre. Comme je franchissais la grille, je discernai des traces de pas dessinées dans le gravier de l'allée, traces qui n'étaient pas les miennes. Je frissonnai. Un rôdeur ? Je redoublai de vigilance. La porte d'entrée céda sous ma main fébrile et je me retrouvai une nouvelle fois dans le vestibule. Pas de présence du hibou. La peur m'envahit. J'avais beau tenter de me convaincre que je ne risquais rien, il me semblait qu'une présence m'épiait dans la pénombre. Comment se sentir en sécurité dans une demeure si vaste et livrée à l'abandon ? Me saisissant d'un tisonnier posé à côté de l'âtre, je m'engageai dans l'escalier et gagnai le premier étage. Malgré la terreur qui montait irrépressiblement en moi, je me dirigeai jusqu'à la porte de la chambre où j'avais entrevu, par le trou de la serrure, la scène macabre.

Le souffle court, je collai mon œil sur l'orifice et aperçus un tout autre spectacle. Je ne fus qu'à moitié surpris qu'en lieu et place du pendu se balançant au bout de sa corde il n'y eût qu'une chambre vide, meublée d'un lit et d'une armoire.

Je me relevai, incrédule.

Je réfléchis un instant puis, ne trouvant pas d'explication à ce mystère, j'entrepris de forcer la porte. Je la fracturai à l'aide du tisonnier. La porte céda dans un craquement. Je la poussai lentement. Elle émit un grincement horrible. Prenant mon courage à deux mains, je pénétrai à l'intérieur de la chambre, le tisonnier brandi au niveau de ma tête. Ce que j'y découvris me laissa sans voix.

Un cinématographe vieux comme Mathusalem se trouvait dans un coin de la pièce. Je m'approchai à pas de loup de l'objet. En actionnant la manivelle, je découvris que l'objectif projetait sur le mur en face de moi le film d'un pendu dont le corps se balançait à une poutre.

J'avais donc devant moi l'explication du mystère du pendu aperçu par le trou de la serrure. Il n'était question que d'illusion. Un simple décor de cinéma. Une mise en scène macabre. Qui pouvait donc en être l'instigateur ? À croire que mon père avait tout préparé avant son décès, mais pourquoi ne pouvait-il s'empêcher de me tourmenter ainsi, même après sa mort ?

Je sortis de la pièce, l'œil aux aguets. Je n'eus pas le courage de retourner dans le bureau de mon père et redescendis au rez-de-chaussée, bien résolu à finir ma visite par le salon de magie et le cabinet de curiosités. Alors que je m'en approchais, un bruit sourd me parvint. Suivi d'un claquement de pas. Il y avait quelqu'un dans le salon de magie, j'aurais pu en jurer. Changé en statue, je restai inerte de longues secondes. Un rire terrifiant éclata alors. C'en était trop. Je me mis à trembler des pieds à la tête, refrénant tant bien que mal le hurlement qui montait de ma poitrine.

La peur au ventre, je lâchai le tisonnier qui tomba sur le plancher avec fracas. Je m'enfuis à nouveau de la maison, incapable cette fois encore de mener plus loin mes investigations. La porte d'entrée claqua derrière moi. Je ne me retournai qu'une fois la grille franchie. Dans le jour qui s'était levé, je distinguai une furtive silhouette à une fenêtre du premier étage.

Cette maison était bel et bien hantée.

*

* *

Le dimanche après-midi de kermesse arriva. Désireux de retrouver le monde des vivants et d'oublier un temps cette nouvelle mésaventure, j'installai mon petit théâtre devant ma boutique et jouai une pièce pour enfants avec plusieurs marionnettes de ma confection. Comme la scène se passait dans un château, je les avais choisies parmi les plus belles et les plus anciennes. L'une d'entre elles, une figurine peinte en rouge à la chevelure brune, avait des airs d'Hannah Stein. L'autre, blonde, réalisée d'après un modèle de princesse du Moyen Âge, possédait les traits de Judith Weintraub. Quant à la figurine du diable que je venais d'achever dans mon atelier, je ne m'étais pas trompé : elle ressemblait bien à Hugo Thanner.

Les enfants, eux, avec l'innocence de leur âge, n'y virent que du feu. Mais moi qui depuis peu connaissais les tourments de l'existence, je compris que tout cela n'était pas dû au hasard. L'histoire que je contais, et qui avait beau être des plus classiques – une princesse enfermée dans la tour d'un château hanté attendant que son prince charmant la délivre –, me rappelait trop celle que je vivais depuis que mon père m'avait légué son étrange demeure, peuplée d'esprits et de mystères. J'étais moi aussi enfermé entre les murs épais du donjon familial, une geôle d'où je ne pouvais m'échapper.

Par bonheur, j'aimais mon métier, et dès que je commençais à conter j'avais la faculté de tout oublier, les soucis comme le reste. La joie, l'étonnement ou l'inquiétude qui se peignirent sur les visages des enfants au fil de l'histoire me rassérénèrent quelque peu.

À la fin du spectacle, j'eus l'heureuse surprise de découvrir parmi mes spectateurs un visage que je connaissais bien. Hannah était présente. Mieux encore, elle applaudissait à tout rompre.

– Eh bien, c'était un triomphe ! m'assura-t-elle tandis que je saluais la troupe de badauds agglutinés devant mon théâtre. Je ne vous savais pas si bon comédien…

Je la remerciai d'un sourire, rangeai mes marionnettes dans la boutique, pliai mon théâtre et la retrouvai à l'extérieur.

– Ça te dirait de faire un tour de la kermesse avec moi ? lui demandai-je.

– Oui, si tu veux, répondit Hannah, visiblement touchée que je la tutoie.

Nous partîmes alors pour une promenade parmi les stands qui dura plus d'une heure. J'achetai plusieurs billets de tombola dotée, pour premier prix, d'un Solex flambant neuf. Il y avait aussi à gagner des 45 tours, un moulin à café, les réductions d'une locomotive Micheline, d'une Coccinelle et d'une 2 CV. Et, comme lot de consolation, un sac de billes et de calots de toutes les couleurs, ainsi qu'un autre rempli de Mistral gagnant et de boîtes de Cachou Lajaunie.

– Je me doute que, si on doit gagner quelque chose, ce sera le sac de billes ou celui de bonbons.

– Pourquoi pas le Solex ? rétorqua Hannah, plus confiante que moi.

Je l'imaginais tout à fait déambuler dans Paris sur un tel engin. Malheureusement, le tirage ne nous fut pas favorable. Pour la consoler, je lui offris un thé et une part de gâteau au chocolat que nous dégustâmes en marchant dans la rue. Au retour, j'évitai soigneusement le café de Youri pour ne pas gâcher cette belle journée. Bref, ce furent des instants d'enfance retrouvée. Nous étions tels deux adolescents connaissant leurs premiers émois.

Au terme de cette promenade qui nous avait rapprochés, Hannah me raccompagna à la boutique. Avant de la quitter, je risquai le tout pour le tout et me lançai :

– Hannah, voudrais-tu dîner en ma compagnie ce soir ? Je t'invite dans le restaurant de ton choix.

La jeune femme n'hésita pas longtemps, ce qui me parut bon signe.

– Oui, pourquoi pas... Et puisque tu me le proposes, rendez-vous au 14, rue François-Miron, chez Adolphe Stern. J'adore sa cuisine, un mariage subtil entre l'Orient et l'Occident.

– Je ne connais pas cet endroit, mais c'est l'occasion de le découvrir. 20 heures ?

– C'est d'accord. À ce soir.

Un peu plus tard, une fois la boutique fermée, je songeai qu'un dîner en tête à tête avec Hannah Stein était sans doute la meilleure façon de finir cette semaine éprouvante. Rien ne valait un bon repas en galante compagnie pour croire de nouveau au bonheur, après tout ce que j'avais vécu ces derniers jours, et oublier l'emprise malsaine que cette maison de malheur semblait exercer sur moi.

– 16 –

Outre son charme et sa beauté, ce qui me plaisait chez Hannah Stein c'étaient son caractère déterminé et son assurance. Cette jeune femme de vingt-huit ans avait un charisme hors du commun.

Devant le 14 de la rue François-Miron, je compris – sans mal – qu'Hannah avait choisi un lieu au luxe raffiné. L'établissement d'Adolphe Stern, certainement le restaurant le plus huppé du quartier, proposait une cuisine très élaborée. Une excellente adresse.

J'en poussai la porte et entrai dans cette atmosphère un peu vieillotte où Hannah m'attendait, assise à une table sur laquelle on avait dressé couverts de vermeil, assiettes de porcelaine, verres en cristal et chandeliers en argent. La jeune femme m'adressa un salut de la main et m'invita à la rejoindre avec un sourire qui me fit fondre.

– Te voilà, dit-elle avec un regard charmeur.

J'étais ravi de la retrouver.

Après avoir consulté la carte, je la refermai aussitôt et laissai Hannah choisir le menu ; elle s'exécuta sans se faire prier.

– Tu verras. Ici, tout est délicieux.

– Je te crois sur parole. Tu y viens souvent ?

– Ce n'est guère dans mes moyens. N'oublie pas que je ne suis que professeur de violon...

Je subodorai que les tarifs pratiqués dans ce genre de restaurant n'étaient guère plus dans les miens, mais j'avais invité Hannah dans le restaurant de son choix, aussi n'avais-je qu'à me taire. D'autant que la succession de plats que nous apporta le serveur me combla.

En guise d'amuse-bouches, nous eûmes droit à la spécialité maison. Un macaron fourré au caviar d'aubergine qui s'avéra un pur délice. Puis, en entrée, on nous servit à chacun une assiette de roulés au pavot, cornichons aigres-doux et harengs marinés. Le plat principal fut composé d'une croustade de bœuf caramélisée et cuite à l'antique, d'une julienne de légumes et d'un consommé d'oseille au vinaigre de xérès.

Au moment ultime, apogée du dîner s'il en fut, on nous servit dans une coupe en argent une glace au melon, à la cardamome et à l'anis étoilé dans laquelle on avait, au préalable, noyé des cerises chaudes flambées au cognac, le tout saupoudré d'une fine couche de cacao et d'écorces d'oranges amères confites, accompagnée d'un vin blanc de Hongrie à la couleur or et aux senteurs d'épices.

Je m'abandonnai aux délices les plus vertigineuses, laissant, tout à la fois, le froid et le chaud animer mon désir : tandis qu'au fond de ma gorge le contact de la crème glacée me faisait frissonner, le parfum du fruit et des épices me brûlait lèvres et entrailles d'un feu dévorant. En guise de digestif, après ces agapes d'empereur romain, j'avalai une rasade de vin blanc destinée à faire passer le tout. C'est à cet instant précis qu'une vision me submergea dans une terrible angoisse. Par la fenêtre du restaurant, je crus apercevoir l'ombre de l'inconnu de la boutique. L'homme se tenait de l'autre côté de la rue, sous la lueur d'un réverbère. Cette fois, il n'y avait plus de doute. C'était bien lui.

– Nathan, intervint Hannah, voyant que j'étais devenu pâle comme un linge, tu ne te sens pas bien ?

– Non. Ce n'est rien, mentis-je effrontément. C'est simplement que je n'ai rien avalé depuis hier. Et puis soudain un dîner de roi. Cela fait beaucoup pour mon pauvre petit estomac.

Je ne voulais pas gâcher ce moment en lui révélant la nature de mon trouble.

– Dans ce cas, prends ton temps. D'ailleurs, nous ne sommes pas pressés, n'est-ce pas ?

– Non, bien sûr. Nous avons toute la vie devant nous.

Lorsque je tournai la tête à nouveau, l'homme avait disparu. Je repris quelques couleurs en me persuadant que les fantômes du Palais des Ombres n'apparaîtraient pas ce soir dans cette atmosphère chaleureuse. Eux, au moins, me laisseraient tranquille.

L'étrange apparition ne se montra plus ce soir-là. Grisé et ragaillardi par le vin et la finesse des plats, j'osai enfin demander :

– Hannah ?

– Oui ?

– Veux-tu savoir ce que j'ai découvert ces derniers jours ?

– Oui, bien entendu, fit-elle en portant délicatement à ses lèvres une cerise. Je suis tout ouïe.

Je lui racontai ma semaine un peu folle sur le ton de la confidence. Hannah me prêta toute son attention, en particulier lorsque j'évoquai ma première visite dans le Palais des Ombres. Elle parut même impressionnée lorsque je le prétendis hanté.

– Tout cela est à la fois terrible et passionnant. Je suppose que tu dois être bouleversé par tout ce qui t'arrive. La perte de ton père, cette maison hantée et cette clé mystère…

– Oui, c'est vrai, je suis un peu perturbé en ce moment. En une semaine, je suis passé du métier de vendeur de marionnettes à celui d'enquêteur post-mortem pour le compte d'un éditeur aussi diabolique que Méphistophélès. C'est très déstabilisant.

Hannah sourit et je vis qu'elle se prêtait au jeu avec une facilité déconcertante.

– Dans ce cas, monsieur l'enquêteur, avez-vous trouvé à quoi cette clé que vous portez autour du cou pouvait bien servir ?

Je lui jetai un regard dépité.

– Je dois dire que j'ai échoué… Ni Judith Weintraub, la compagne de mon père, ni Benjamin Tatz, son meilleur ami, n'ont pu m'éclairer sur ce point… Et puis il y a autre chose…

– Quoi donc ?

Je pris le temps de choisir mes mots.

– Cette maison est vivante !

Hannah, comprenant cette fois que je ne plaisantais pas, ne put réprimer un rire qu'elle étouffa dans sa serviette.

– Tu veux dire que tu crois à la présence d'esprits en ses murs ?

– Je ne peux l'affirmer, mais c'était vraiment effroyable. Il s'y passe des choses étranges.

– Quelles choses ?

– C'est difficile à expliquer. Un automate qui joue du clavecin, une ombre dans un couloir, des bruits de pas, des éclats de rire et l'image d'un pendu qui se balance au bout d'une corde dans une chambre fermée à clé… C'est terrifiant.

– Brrr… Tout cela pique ma curiosité. Pourquoi ne pas y retourner et aller voir ce qui s'y passe réellement ? Après tout, il ne faut peut-être pas attendre que la peur te gagne…

– Je ne crois pas en avoir envie. Et, pour la peur, c'est trop tard. Ces deux visites m'ont vacciné pour un bout de temps.

La jeune femme plongea ses yeux sombres dans les miens et, avcc une assurance peu commune, déclara :

– Et si je t'accompagne ?

Je contemplai Hannah comme si je la voyais pour la première fois de toute mon existence.

– Tu ferais cela ?

– Évidemment.

– Dans ce cas, ça change tout. À deux, tout devient possible.

– Demain soir, ça te va ?

Je déglutis d'appréhension à l'idée de retourner si tôt dans la terrible demeure.

– Le lundi, je donne des cours de violon jusqu'à 22 h 30. Le temps de rentrer chez moi pour me changer, et je suis disponible.

– C'est… C'est d'accord. De toute façon, je crois que si tu veux te rendre compte de certains phénomènes, il vaut mieux y retourner en pleine nuit.

– Tu as raison, conclut-elle en riant. Les esprits et les pendus sont des oiseaux nocturnes, c'est bien connu.

J'observai un silence et Hannah en profita pour me parler d'un sujet qui lui tenait à cœur.

– Autre chose, Nathan.

– Oui ?

– Voilà. C'est un peu délicat, mais si je dois te suivre dans cette aventure, je voudrais en savoir un petit peu plus.

– À quel sujet ?

Hannah parut un peu gênée, elle hésita un instant puis finit par me demander :

– J'aimerais que tu me parles de toi... de tes parents. Hormis le fait qu'ils sont tous deux décédés, je ne sais rien d'eux.

Je bus une gorgée de vin que je déglutis lentement avant de brosser en quelques phrases le portrait de mes géniteurs. Je souhaitais contenter Hannah sans avoir trop à me répandre.

– Mon père, comme tu le sais, se nommait Hugo Thanner. Ce fut un écrivain renommé en son temps. Il a écrit six livres que j'ai lus, bien que je l'aie à peine connu. Et ma mère, de son nom de jeune fille Rebecca Zyzek, était une artiste de cabaret qui, elle aussi, eut à sa manière un succès d'estime. Elle était très belle, une beauté brune plutôt piquante, qui produisait beaucoup d'effet sur les hommes. Malheureusement, elle est morte très jeune dans un accident de voiture, à trente et un ans à peine, alors que je n'avais que trois ans. Cette disparition a été la plus terrible chose qui me soit arrivée. C'est sans doute à cause de cela que mon père a choisi de m'abandonner...

Un temps, puis cet aveu qui me coûtait beaucoup et que je ne pus que murmurer :

– Mon père était au volant de la voiture. Il roulait à vive allure sur une route de campagne. Il a manqué un virage et le véhicule a fini sa course dans un platane. Ma mère est morte sur le coup.

Je baissai la tête pour ne pas avoir à soutenir le regard de la jeune femme, car c'était la première fois que j'évoquais ces souvenirs depuis des années.

– Je suis désolée, dit Hannah en portant la main à sa bouche.

– Ne le sois pas. Tu ne pouvais pas savoir. À la suite de cette tragédie, j'ai été élevé par mes grands-parents Zyzek dans un petit appartement non loin d'ici, rue du Bourg-Tibourg. Ils étaient très âgés et eux aussi ont fini par mourir il y a quelques années. Depuis, je vis seul avec des souvenirs... Enfin, tout cela appartient au passé. Il faut regarder devant pour continuer à vivre.

– Je ne suis pas d'accord, rétorqua-t-elle. Le passé fait partie de notre présent et construit notre avenir.

Hannah hésita mais sa franchise eut à nouveau le dessus.

– C'est peut-être pour ça que tu es toujours seul, que tu n'as guère d'amis. À cause de ce drame qui te pousse à te retrancher du monde.

La remarque d'Hannah me laissa pantois. Elle avait diablement raison. Depuis la mort de ma mère et le délabrement des relations avec mon père, je n'avais guère conservé d'amis, si ce n'était deux ou trois connaissances du lycée que je voyais de manière sporadique. Pour toute famille, je n'avais qu'un magasin rempli de marionnettes, un caveau au cimetière du Père-Lachaise sur lequel était inscrit le nom de mes parents, et une maison où je n'avais jamais vécu, qui me terrorisait tant elle me semblait vivante.

– Je ne sais pas, dis-je. J'aime bien être seul. J'aime mon métier. Et parfois il passe du monde à la boutique.

– Pas si souvent que ça. Je n'y vois jamais personne.

– Ce n'est certes pas le Bazar de l'Hôtel de Ville, mais tu te trompes. Il m'arrive de servir jusqu'à cinq clients par jour, dis-je, faisant preuve d'autodérision.

– La belle affaire !

– Bon, tu as raison, admis-je d'un air renfrogné. Il n'y a pas grand monde, mais au moins je fais ce qui me plaît.

Je m'étais presque fâché en disant cela, mais Hannah, d'une seule remarque, sut tempérer mes humeurs et me rendre doux comme un agneau.

– Tu es trop drôle quand tu te mets en colère. On dirait un enfant qu'on réprimande.

Comme je restais muet, un peu vexé par sa réponse, Hannah reprit plus doucement :

– Tu es un peu solitaire et décalé, mais je t'assure que je ne m'ennuie pas une seconde avec toi. Tu es juste… différent.

– Tu as raison, Hannah. Je suis un enfant. D'ailleurs, la preuve en est que toute la journée je joue avec des marionnettes.

Cette fois, elle émit un petit rire qui me dérida à mon tour, ce qui nous permit de terminer ce tête-à-tête dans les meilleures dispositions.

Au sortir du restaurant, Hannah me serra contre elle tout en me remerciant pour ce délicieux repas. Quelque chose de magique se passait entre nous.

– Je te raccompagne ?

Hannah fit mine de s'offusquer.

– Cher monsieur, auriez-vous la prétention de connaître mon adresse ?

– Je crois deviner… 7, rue des Barres, n'est-ce pas ?

– Monsieur est bien renseigné. Dans ce cas, c'est un oui.

Je lui pris le bras pour la première fois et elle se tourna vers moi en souriant. J'en eus un frisson de bonheur. Tandis que nous marchions dans la rue François-Miron, je ressentis une bouffée de bien-être comme je n'en avais plus connu depuis l'enfance.

Parvenus à destination, je proposai à Hannah de prendre un dernier verre chez moi, mais la belle ne se laissa pas prendre si facilement à ce piège grossier.

– Une autre fois, Nathan. Je suis fatiguée et il est tard. Et puis nous nous connaissons à peine.

– Que veux-tu dire ? Ce soir je t'ai raconté la moitié de ma vie. Personne d'autre que toi n'en sait autant à mon sujet.

– Peut-être, mais toi tu ne sais rien de moi.

Je savais, même si je n'osais le lui avouer, qu'elle était une violoniste de talent, en plus d'être une fille formidable que j'avais envie en cet instant précis d'embrasser, mais elle avait raison. Au fond, je ne savais rien d'elle.

– Alors c'est toi qui me raconteras ta vie, dis-je d'un air enjoué.

– Plus tard, me coupa-t-elle, plus sèche qu'elle ne l'aurait souhaité. Je tombe de sommeil, ajouta-t-elle pour se rattraper.

Je n'osai risquer le premier pas, Hannah dut deviner mes tourments car elle s'approcha de moi, déposa un doux baiser sur le coin de mes lèvres et me souhaita bonne nuit.

– À demain soir. Dors bien, Nathan. Merci pour cette délicieuse soirée.

– Bonne nuit, Hannah.

Et, avant que je puisse esquisser le moindre geste, elle avait disparu dans la cage d'escalier de l'immeuble, tel un fantôme dans l'obscurité.

- 17 -

Lundi 3 octobre 1960

Perturbé par ce baiser, et tout ce qui bousculait ma vie depuis peu, j'éprouvai beaucoup de mal à m'endormir. Ma nuit fut traversée d'images tantôt sombres, tantôt lumineuses, où se mêlaient tour à tour le visage radieux d'Hannah, la figure horrible du pendu et l'ombre fantomatique qui me poursuivait dans Paris. Au matin, il me fallut plus d'une heure pour sortir du cocon de mes rêves et entrer de plain-pied dans la réalité. La journée à la boutique se déroula toutefois sans un nuage, et j'en profitai pour confectionner de nouvelles marionnettes, dont un diablotin et une fée. Impatient de poursuivre mon enquête et de retrouver bientôt la femme de mes pensées, je baissai le volet peu avant 18 heures.

Plus tard dans la soirée, j'allai sur les quais de la Seine pour y prendre un bol d'air frais avant de me rendre dans la demeure avec Hannah. C'était peu de temps avant que les douze coups de minuit ne résonnent au carillon de l'église Saint-Gervais, à l'heure des insomnies et des ombres, cet instant où tout semble surnaturel et inquiétant, où la plus quelconque promenade prend des airs de romance tragique.

Là, face au fleuve noir, je déambulai parmi les pavés le long des péniches. Au-dessus de moi, dans un éclat de lune argentique, un coin de ciel bleu nuit éclaboussé d'étoiles jaune d'or s'offrait à mon regard, illuminant l'arrière de Notre-Dame. Je levai les yeux au firmament en regagnant le pont Louis-Philippe par l'escalier de pierre. Et c'est à l'instant précis où je plantai mon nez dans cette peinture nocturne qu'une étoile filante traversa la voie lactée. Illumination. Flash. Éclair. Cela ne dura qu'une fraction de seconde, pourtant l'image se grava en moi, comme éternelle. Un long filament de feu blanc et or. Étonnamment, je ne pus m'empêcher de faire la comparaison entre l'apparition de cette étoile dans un ciel limpide et l'arrivée d'Hannah dans ma morne existence. Cela faisait si longtemps que j'agitais les fils de mes marionnettes, n'étais-je pas devenu, à mon tour, l'une d'entre elles ?

Hannah avait revêtu ce soir-là un manteau rouge qui la faisait ressembler au petit chaperon du conte de Perrault. Elle surgit à l'heure dite sur le pont

Louis-Philippe et, avant que je puisse dire quoi que ce soit, me prit par la main et me conduisit jusqu'à l'entrée du métro Saint-Paul.

Nous empruntâmes les escaliers du métropolitain et sautâmes dans la première rame. Après avoir changé à Nation, nous descendîmes à la station Bagnolet. Le retour se ferait indubitablement à pied ou en taxi. C'était l'heure où les sans-abri regagnent les sous-sols de la ville et s'installent pour la nuit dans les couloirs du métro afin de se protéger du froid. À part eux, il n'y avait que quelques noctambules un peu éméchés rentrant chez eux et deux ou trois touristes un peu perdus, l'œil aux aguets, rompus de fatigue. Pendant tout le trajet, Hannah me sourit. Je possédais une chance incroyable qu'une fille aussi belle, douée, intelligente, acceptât de m'accompagner dans l'endroit le plus inquiétant de la ville. Fallait-il qu'elle m'appréciât un peu ?

– C'est vrai qu'elle a tout du château hanté, annonça Hannah en découvrant la façade de la demeure baignée d'un rayon de lune, avec ses gargouilles, diables statufiés par l'obscurité, et ses deux tourelles s'élevant dans le ciel, telles des flèches de cathédrale.

– Ce n'est pas qu'une impression. Cette maison est vraiment habitée par les esprits. Je ne t'en dis pas plus.

Hannah haussa les sourcils en guise de réponse. Nous franchîmes la grille que je refermai derrière nous et, après avoir traversé le jardin, nous nous retrouvâmes devant la porte d'entrée du Palais des Ombres. Étrangement, elle était fermée à double tour et il me fallut utiliser, pour la déverrouiller, l'une des trois clés du trousseau remis par le notaire.

– C'est bizarre. Je suis certain de l'avoir simplement claquée lors de ma dernière visite.

– Peut-être que quelqu'un est venu entre-temps et l'a fermée à ta place, suggéra Hannah. Qui en possède les clés ?

– À ma connaissance, personne à part moi.

Nous échangeâmes un regard circonspect avant de pousser la porte et de pénétrer à l'intérieur.

Le vestibule restait inchangé, toujours aussi lugubre et sombre, malgré l'énorme coupole de verre qui laissait filtrer les rayons de lune projetant sur la mosaïque du carrelage une douce lumière blanchâtre.

– Pas de trace du hibou, constatai-je en inspectant les recoins de la pièce avec le faisceau de ma lampe.

– Quel hibou ?

– Celui qui habite ces lieux et que j'ai vu la première fois. Sans doute le seul locataire encore vivant dans cette demeure.

– De plus en plus étrange, murmura Hannah du bout des lèvres.

– Ça, je t'avais prévenue.

Hannah fit quelques pas dans la pénombre et buta sur un meuble. Elle laissa échapper un cri de douleur.

– Tu t'es fait mal ?

– Plutôt, oui. J'ai dû à tout le moins me fracturer le tibia ! me taquina-t-elle.

Elle massa longuement sa jambe endolorie et ajouta, perspicace :

– Ce serait plus simple s'il y avait de la lumière.

– J'ai essayé mais aucun interrupteur ne fonctionne…

Avant que je puisse finir ma phrase, Hannah m'avait arraché des mains la lampe torche. En moins d'une minute, elle avait déniché le tableau électrique caché dans un placard de l'entrée et enclenché le commutateur. Les quatre chandelles d'un lustre suspendu au plafond du vestibule éclairèrent soudain le Palais des Ombres d'un nouveau jour, quoiqu'un peu blafard.

– C'est mieux comme ça, non ?

– Je dois avouer que c'est tout de suite beaucoup moins effrayant.

Penaud, je repris la lampe torche et la rangeai dans la poche de mon blouson.

– Bon, on commence par quel côté ? demanda-t-elle en observant le décor qui l'entourait.

Le vestibule, maintenant éclairé, me parut encore plus grand que les premières fois. Au sol, les larges carreaux noirs et blancs en damier formaient un gigantesque jeu d'échecs trapézoïdal dont nous étions les pions. Curieusement, nulle trace du tisonnier dont je m'étais servi lors de ma dernière visite pour forcer la porte du premier étage. Quelqu'un l'avait ramassé et remis en place devant l'âtre. Je préférai pour l'instant n'en rien dire à Hannah.

– Viens. Je vais te faire visiter le salon aux automates.

Hannah me suivit jusqu'à l'aile gauche du rez-de-chaussée. Je poussai la porte, avec la même impression que lors de la première visite, lorsque j'avais entendu *Aquarium* de Saint-Saëns qu'exécutait l'automate au clavecin : un sentiment de peur qui me parcourut le corps des pieds à la tête et me fit frissonner. Mais cette fois le silence régnait dans cette pièce obscure. Un silence lourd, oppressant. Comme j'hésitais, Hannah me précéda et, en tâtonnant, trouva l'interrupteur. Une faible lueur provenant d'une lampe tamisée située dans le coin droit de la pièce tira les automates de leur longue nuit. Ils étaient là, tous les sept, immobiles sur leur estrade, comme figés pour l'éternité. Mais, fait plus qu'étrange, la plupart d'entre eux avaient changé de position !

Le chiromancien était à la place du joueur d'échecs, l'alchimiste à celle de la duchesse, et la diseuse de bonne aventure à celle de la harpiste. Seul le fameux musicien penché sur son instrument, les doigts en suspens au-dessus du clavier, était toujours au même endroit. Il avait le regard perdu dans le vague, comme s'il n'attendait qu'un signe pour reprendre le fil de sa musique.

– Ils ont bougé ! m'écriai-je.

– Mais c'est impossible.

– À part le musicien, ils ont tous changé de place !

J'étais bien entendu incapable de me l'expliquer, mais je savais que je ne délirais pas. On avait modifié la scène.

– Alors tu as raison, soit quelqu'un se joue de toi, soit cette maison est bien vivante ! ironisa Hannah.

– Ne plaisante pas avec ça. Je peux te jurer que…

Mais la jeune femme, ayant déjà succombé au charme insidieux des automates, ne m'écoutait plus.

– Quelle merveille ! s'exclama-t-elle en s'approchant du musicien penché sur son clavecin. Je ne sais pas qui l'a mis au monde, mais on jurerait qu'il est de chair et de sang !

Elle ne put s'empêcher de caresser du bout des doigts le visage de la marionnette grandeur nature.

– Tu ne crois pas si bien dire. La première fois que je suis venu ici, l'automate au clavecin était en train de jouer un air de musique, et je l'ai pris pour un véritable enfant.

Hannah resta ainsi un long moment, émerveillée, à contempler le musicien, puis passa en revue les six autres pièces de la collection.

– C'est un travail d'orfèvre. Il serait intéressant de savoir qui les a fabriqués. Tu en apprendrais peut-être un peu plus sur la raison de leur présence.

Une fois encore, Hannah voyait juste. En me penchant vers le musicien, j'aperçus une petite plaque de métal vissée sur la nuque de l'automate qui portait une inscription gravée :

Maître Georges
Dinandier
9, rue Beautreillis
75004 PARIS

Pendant qu'Hannah continuait son inspection, je sortis un stylo et un carnet de ma poche intérieure, et y notai l'adresse de l'artisan. Dès que je le pourrais, j'irais lui rendre visite. Peut-être serait-il en mesure de me donner le nom du commanditaire ?

Ensuite, comme me l'avait suggéré Benjamin Tatz, nous étudiâmes le contenu du cabinet de curiosités et les nombreux tiroirs qu'il renfermait. Je tentai avec ma clé d'ouvrir ceux qui, lors de ma première visite, étaient restés inviolés. Mais aucune serrure ne correspondait. Je les forçai à l'aide de mon couteau de poche. Encore une déception. Hormis quelques nouvelles collections surprenantes d'insectes et de papillons, dont certains spécimens, enfermés dans de petits cadres de verre, atteignaient une taille surprenante, nous n'y trouvâmes rien de très intéressant.

Hannah s'empara de l'un des papillons et s'exclama :

– Il est magnifique !

– Oui, mais il aurait été mieux en liberté.

Elle rangea le cadre de verre dans le tiroir du cabinet et reporta son attention sur les ustensiles de magie d'Oscar Dario, notamment sur un jeu de cartes truquées, trois cordelettes et une baguette de magicien qu'elle agita.

– Cette demeure est magique, s'extasia-t-elle.

– Je la trouve plus maléfique que magique. Mais si tu pouvais faire apparaître ce manuscrit par enchantement, je t'en serais grandement reconnaissant.

Hannah grimaça, puis reposa la baguette là où elle l'avait trouvée. Après un rapide tour d'horizon, nous quittâmes le salon de musique.

– Il n'y a plus rien à découvrir ici, dis-je, pressé de quitter ce lieu envahi de souvenirs oppressants. Allons voir plus loin.

Revenus sur nos pas, nous inspectâmes la cuisine et la buanderie, les deux autres pièces de l'aile gauche. Bredouilles, nous retournâmes dans le vestibule. Nous avançâmes jusqu'au bas de l'escalier et Hannah me demanda :

– C'est bien au premier étage que se trouve le bureau de ton père ?

– Oui. La porte du fond. Pourquoi ?

– D'après ce que j'ai aperçu de la façade, la tourelle côté est de la maison se situe juste au-dessus de ce fameux bureau. S'il existe un passage, c'est dans cette pièce.

Nous entrâmes dans le bureau de mon père. La lampe que je venais d'allumer l'éclairait sous un jour nouveau, quoique artificiel. Cette pièce qui m'avait paru si lugubre était un peu moins impressionnante. J'y entrai le premier, bientôt suivi par Hannah qui, le découvrant pour la première fois, resta un peu en retrait. Après une rapide inspection du contenu du bureau et de la bibliothèque où je ne trouvai toujours rien de nouveau, je lui indiquai le coffre.

– Voici la fameuse malle aux manuscrits d'Hugo Thanner. Je l'ai déjà fouillée. Mais elle ne comporte aucun document relatif au Palais des Ombres.

– Ce n'est guère étonnant, fit-elle. Ton père a dû choisir une cachette moins évidente.

– Comme quoi ?

Hannah leva la tête et, me désignant le plafond, elle m'annonça avec fierté :

– Comme le grenier, par exemple.

Au-dessus de la malle sur laquelle j'étais resté bêtement penché, elle venait de révéler une trappe au plafond. Sans doute permettait-elle d'accéder au grenier dont m'avait parlé Benjamin Tatz.

– Hannah, tu es formidable ! m'écriai-je.

– Ce n'est pas la peine de hurler si fort, répondit-elle, espiègle. Je le sais déjà.

Nous fîmes glisser le bureau près de la malle, sur laquelle je me juchai pour atteindre le loquet refermant la trappe. Je l'ouvris et un nuage de poussière me recouvrit le visage. Je toussai à plusieurs reprises et, ouvrant grand les yeux, réalisai que la trappe abritait une échelle escamotable en trois parties. Je défis l'échelle, descendis du bureau et annonçai, triomphant :

– L'escalier qui mène à la salle aux trésors !

Je me sentais l'âme d'un explorateur devant l'entrée inviolée d'un tombeau égyptien qui s'apprête à découvrir le lieu où est conservée la momie d'un pharaon.

– Après toi, me souffla Hannah. L'honneur te revient de droit d'entrer le premier.

Je grimpai donc à l'échelle et débouchai dans le grenier. Il y faisait si sombre que je dus ressortir ma lampe torche pour y voir un peu plus clair.

Le grenier de la tourelle était rempli d'objets anciens. À croire que les propriétaires de cette demeure avaient passé leur vie à y entasser toutes les affaires dont ils n'avaient osé se débarrasser. Parmi un fatras abominable de valises remplies jusqu'à la gueule de vieux vêtements, d'outils hors d'usage, d'ustensiles cassés, de vaisselle ébréchée, je trouvai un cadre de vélo datant de l'avant-guerre et une pile de papiers anciens montant jusqu'aux solives. Il y avait là, sous une épaisse couche de poussière, des documents administratifs, de vieux journaux, des cahiers et des albums de photographies.

– Eh bien ! s'écria Hannah, je crois que ton père et ses prédécesseurs n'ont jamais rien jeté de leur vie.

– C'est fort possible, dis-je en fronçant les sourcils. À l'époque, il était de mise d'être conservateur.

Je m'emparai d'un des albums de photographies et l'ouvrit au hasard. Je crus défaillir. Là, sur un cliché datant de plus de trente ans, je reconnus mon père et ma mère, debout sur une plage, dos à la mer. Deux amoureux à qui l'avenir souriait. Rien ne semblait pouvoir les atteindre.

– Ce sont tes parents ? demanda Hannah.

– Oui. Mon père et ma mère au temps éphémère de leur bonheur.

– Comme ton père a l'air fier ! Et comme ta mère est belle !

Je détournai le regard pour ne pas montrer à Hannah que j'étais à deux doigts de verser une larme sur ce tableau idyllique à jamais disparu.

On a tous un Palais des Ombres, une demeure où les images du passé se sont figées à jamais. Des jeux d'enfant dans un vieux grenier, une promenade le long d'une allée, le souvenir d'une salle à manger dans laquelle de joyeux convives se régalent de mets de fête autour d'une table, des odeurs de cuisine, des rires, des chants, des sourires surtout. On possède tous cette bibliothèque de la mémoire mais peu le savent.

Les hommes, pour la plupart, ne veulent pas se souvenir. Ils rient à gorge déployée, pleurent, crient, hurlent, se déchirent, se tuent parfois, mais ils oublient très vite ce qui a fait d'eux des êtres humains.

Longtemps, je fus comme eux, pris dans le tourbillon de la vie, m'éloignant un peu plus à chaque instant de mon enfance. Et voilà que tout me revenait en pleine figure en feuilletant cet album de photographies anciennes. C'était comme si je venais de renaître au monde et que j'avais de nouveau trois ans.

Je me rappelais ce cliché. Je savais qu'il s'agissait de leurs derniers moments de bonheur avant le drame.

– Tu devrais le garder, fit Hannah en refermant l'album et en me le tendant. Chacune de ces photographies constitue un joli souvenir.

– Oui, dis-je en acceptant ce cadeau venu du passé. Joli, mais cruel.

L'album de photographies ne constitua pas notre seule trouvaille. À ses côtés, un cahier retint l'attention d'Hannah. Elle l'extirpa de l'amas de papiers, l'épousseta du revers de la main et me le montra. Il s'agissait d'un cahier grand format à la couverture roussie, portant comme titre :

JOURNAL DE H. THANNER

Je m'emparai de l'objet en tremblant, certain de tenir entre les mains un trésor. Il s'agissait à n'en point douter du journal de mon père.

– Eurêka !

Je bondis de joie.

– Est-ce le Graal ? demanda Hannah, aussi excitée que moi.

– Non, dis-je, incapable de maîtriser mon émotion, ce n'est pas le manuscrit recherché, mais il s'agit tout de même d'une pièce maîtresse de notre jeu d'échecs.

Ma joie fut toutefois de courte durée. Lorsque je l'ouvris à la première page et commençai à le feuilleter, certain de découvrir des révélations étonnantes, je n'y trouvai qu'une succession de pages aux trois quarts brûlées.

Dépité, je laissai le cahier me tomber des mains et glisser sur le sol.

– Qu'y a-t-il ? me demanda Hannah, intriguée par mon étrange comportement.

– Il n'en reste presque rien. Le manuscrit a été livré aux flammes…

Elle ramassa le cahier, incrédule.

– Il en reste tout de même des bribes, constata-t-elle. Sans doute sont-elles exploitables…

Je la regardai, découragé.

– Toutes les pages de ce cahier ont été dévorées par le feu !

– Peut-être, pourtant je persiste à croire qu'on peut en tirer quelque chose. Regarde, on peut en lire quelques lignes de-ci, de-là. Essayons de reconstituer ce puzzle plus tard.

Elle me tendit le précieux document. Obéissant, je le rangeai aussitôt dans la poche de mon blouson.

– C'est curieux, ajoutai-je. Pourquoi avoir brûlé ce cahier ?

– Je ne sais pas… Sans doute comprenait-il des révélations inquiétantes pour ton père.

Du fond de son cercueil, Hugo Thanner devait bien rire du sale tour qu'il venait de me jouer.

– Allons, Nathan, il faut continuer à fouiller. Peut-être que le manuscrit que nous cherchons se trouve là, dans cet amas de papiers.

Je relevai la tête et regardai Hannah, pâle comme un mort.

– Oui, tu as peut-être raison, dis-je, me raccrochant à ce mince espoir auquel je ne croyais pas vraiment. Tout n'a peut-être pas été détruit.

Nous examinâmes ce fatras avec une énergie redoublée. Hannah, qui semblait avoir la main plus heureuse que moi, finirait peut-être par dénicher quelque chose. Nous soulevâmes des tonnes de papiers, ouvrîmes des malles anciennes garnies jusqu'à la gueule de vieux vêtements, forçâmes la serrure d'un coffret ne renfermant que des colifichets, remuâmes ciel et terre à la recherche du manuscrit. En vain. Le texte du *Palais des Ombres*, s'il existait, demeurait introuvable.

– Non, finis-je par dire, excédé par tous ces efforts inutiles. Ça ne sert à rien.

– Pourquoi donc ?

– Ce que nous cherchons a lui aussi été réduit en cendres.

Hannah me jeta un regard ahuri. Elle devait croire que je perdais la tête pour proférer de telles inepties.

– Comment cela ?

– Si mon père a brûlé son journal, il a dû faire de même avec le fameux manuscrit.

Hannah me regarda comme si j'étais un aliéné échappé de Sainte-Anne.

– Je crois que tu te trompes, rétorqua-t-elle avec assurance. Tu sembles oublier quelque chose.

– Quoi donc ?

– La clé que tu portes autour du cou. Elle ne nous a servi à rien jusqu'à présent. Or c'est sûrement elle qui doit mener au manuscrit. Sans ça, pourquoi ton père tenait tant à te la remettre ?

Je tâtai la clé et la soupesai. Hannah devait avoir raison, mais je ne possédais plus la même vigueur qu'elle, ni ne caressais les mêmes espoirs.

– J'ai déjà essayé toutes les serrures de cette maison.

– Tatata, tu ne sais pas chercher, me coupa aussitôt Hannah, plus entêtée que jamais. Je sais ce qu'il faut faire. Il faut repartir de zéro et tout recommencer. Tu as forcément dû en oublier une. Je suis certaine que là se trouve la solution.

Je regardai Hannah, puis ma montre, et vit qu'il était bien plus tard que je ne le pensais. Je songeai que cette demeure restait décidément une énigme. La maison était bien trop vaste pour en percer tous les mystères. J'étais persuadé que quelqu'un était tapi dans l'ombre, se jouant de nous et ne perdant rien des étapes de notre odyssée. De qui pouvait-il bien s'agir ? Je n'en avais bien entendu pas la moindre idée. Mais il fallait rester prudent. Après tout, cette maison avait appartenu à un magicien, qui plus est adepte de spiritisme, et elle avait été le théâtre de bien des scènes hallucinantes.

– Ce sera pour une autre fois, Hannah. Il est près de 3 heures du matin.

– Tu as raison, fit-elle en s'étirant comme une chatte, je tombe de sommeil. Partons, maintenant, et revenons un autre jour.

Je m'assurai que le journal brûlé se trouvait encore dans la poche intérieure de mon blouson. Puis nous quittâmes le grenier, repliâmes l'échelle escamotable et refermâmes la trappe derrière nous avant de quitter le bureau de mon père.

– Et la pièce du pendu ? me demanda Hannah. Tu me la fais visiter ?

J'obtempérai aussitôt, mais le Palais des Ombres me fit une nouvelle surprise : la porte était fermée à double tour. Seules les marques du tisonnier qui m'avait permis de la fracturer restaient visibles sur le chambranle. Quelqu'un, entre-temps, l'avait réparée et refermée. Encore un mystère que je dus expliquer à Hannah, tremblant de tous mes membres.

– Alors il n'y a plus de doute, conclut la jeune femme en regardant par le trou de la serrure, ne découvrant cette fois qu'un mur sombre. Il y a quelqu'un d'autre que nous dans cette maison.

En longeant le couloir, je m'arrêtai toutefois, comme aimanté, devant la chambre d'enfant qui ressemblait à une salle mortuaire. J'en poussai la porte, allumai l'interrupteur et entrai. Une ampoule inonda de lumière jaunâtre les draps blancs recouvrant les meubles tels des linceuls.

– Quelle est cette pièce ? demanda Hannah en entrant à son tour.

– Une chambre d'enfant, dis-je. Ou plutôt un tombeau mortuaire.

– À qui appartenait-elle ?

– Si je le savais, je te le dirais.

Puis, comme mû par un quelconque pressentiment, je m'avançai jusqu'au lit et, d'un geste vif, en ôtai le drap. Un jouet d'enfant reposait sur l'oreiller. Un ours en peluche sur lequel était brodé ce prénom :

NATHAN

Hébété, je m'emparai de la peluche, la portai à hauteur de mon nez et reniflai son odeur. Alors, comme par miracle, la vérité me sauta au visage.

– Mon Dieu ! m'écriai-je en sanglotant.

Hannah tourna la tête vers moi, tentant de comprendre ce qu'il m'arrivait.

Même si je n'en gardais aucun souvenir, cet ours en peluche m'avait appartenu, et cette chambre d'enfant semblable à un tombeau avait été la mienne…

– 18 –

Mardi 4 octobre 1960

Cette révélation produisit sur moi l'effet d'un cataclysme. J'avais vécu dans cette maison ! Comment avais-je pu oublier ce pan entier de mon existence ? C'était logique pourtant, puisque je n'avais rejoint l'appartement de mes grands-parents qu'après le décès de ma mère. Je songeai, hébété, combien je ne connaissais rien de ma propre histoire !

Nous échangeâmes nos impressions sur le chemin du retour que nous fîmes à pied. Hannah me laissa devant la porte de mon appartement, complètement épuisée, et regagna le premier étage en bâillant. J'entrai chez moi et m'écroulai sur mon lit. Il était plus de 4 heures du matin. Je n'eus qu'à fermer les yeux pour sombrer dans un sommeil de plomb.

Je fis un horrible cauchemar. J'étais seul, perdu dans une grande chambre lugubre sans issue, dotée d'un plafond démesurément élevé. Enfermé dans un lit à barreaux de fer, près d'une lampe à ombres chinoises, je voyais tourbillonner sur le mur des silhouettes inquiétantes. Parmi elles, celle d'un ours en peluche dont l'œil décousu était rempli de sang, un pendu dont la langue bleue sortait de la bouche, et un homme au rire diabolique qui livrait un manuscrit aux flammes. Soudain, le lit dans lequel je me trouvais prit feu. J'avais beau hurler, j'étais seul, perdu, abandonné dans cette chambre immense…

Je me réveillai en sursaut, le corps couvert d'une sueur glacée et le cœur battant à cent à l'heure. Il me fallut plusieurs minutes pour recouvrer mes esprits et admettre que tout cela n'était qu'un mauvais rêve.

Décidément, en visitant cette demeure, j'apprenais beaucoup sur moi-même. Je revoyais enfin des images de moi, enfant, accompagné de mes parents. Même si elles restaient imprécises, elles surgissaient à la surface de ma mémoire, comme soudain renflouées par cette plongée dans les abysses du passé.

Je savais aussi que, malgré tout ce que j'avais appris la veille, chaque révélation en sous-tendait une nouvelle que je ne pouvais anticiper. En parcourant les bribes sauvées des flammes du journal de mon père, qu'allais-je encore découvrir qui me bouleverserait ? À peine sorti des brumes du cauchemar, je me plongeai dans sa lecture.

Il n'en restait pas grand-chose, mais néanmoins suffisamment pour me permettre de comprendre que mon père avait lui aussi désiré se replonger dans le passé. Dans ces quelques extraits était narrée l'histoire de ma famille, et notamment celle, pour moi totalement inconnue, de mes grands-parents paternels. Il manquait des éléments, je devais deviner en grande partie l'écriture fine et serrée de mon père, mais ce document, bien qu'il en restât à peine un dixième, valait de l'or.

Après ma lecture, je refermai le cahier et le posai sur ma table de chevet. Tout ce que je venais d'apprendre excitait ma curiosité. Je devais en savoir plus. Aussi décidai-je d'exploiter ma seconde piste : le fabricant d'automates. Cette fois-ci, j'allais m'y rendre seul. Je n'osai troubler le repos d'Hannah, certainement épuisée par cette virée nocturne. Je préférais la laisser dormir. Une violoniste a besoin d'être au mieux de sa forme pour exercer son art. Un marionnettiste de même, puisqu'il était dans la création. Mais il pouvait, même après une nuit blanche, ouvrir sa boutique en retard et, après deux ou trois cafés avalés successivement, dissimuler ses cernes sous une paire de lunettes noires, puis attendre, hagard, qu'un client poussât la porte de son magasin.

C'est ce que je fis ce matin-là, laissant, malgré le froid, la porte du Bal des marionnettes grande ouverte, afin de me tenir éveillé. Par bonheur, je n'eus droit à la visite que d'une seule cliente, à qui je cédai à bon prix tout un lot de figurines, ce qui me permit de retourner très vite à ma léthargie. Peu après midi, enfin un peu plus alerte grâce à la caféine qui commençait à produire son effet sur mon organisme, et conscient qu'il ne viendrait plus personne pendant l'heure du déjeuner, je fermai le magasin. J'étais décidé à me rendre à quelques rues de là, avec pour toute boussole l'adresse relevée sur l'un des automates.

*

* *

Le royaume des derniers dinandiers se situait rue Beautreillis, entre la rue Saint-Antoine et la rue des Lions-Saint-Paul. Un quartier vivant, grouillant d'artisans et de commerçants de toutes sortes. Il régnait dans cet endroit à l'activité d'une ruche un bourdonnement incessant, ce qui en accentuait le charme. C'est là, dans le capharnaüm d'un atelier rempli d'objets et d'outils divers, que je fis la connaissance de maître Georges, le roi de cette glorieuse mais néanmoins discrète corporation d'artisans.

L'homme, toujours sur le pied de guerre malgré ses soixante-dix printemps, était penché sur son établi, occupé à limer ses outils. Petit, trapu, la moitié du visage mangée par une barbe blanche, il paraissait un travailleur infatigable aux muscles d'acier. J'en eus pour preuve la poignée de main qu'il m'offrit et qui manqua me broyer les phalanges. Il faut dire que maître Georges ne faisait pas dans la figuration. D'après la brochure que je puis découvrir sur le comptoir, depuis un demi-siècle, tout au long de la journée, lui et ses apprentis martelaient sur l'enclume le métal, le laiton, l'argent et le cuivre, confectionnant pour les besoins de ses clients enseignes, girouettes, bijoux et ustensiles de vaisselle.

Le maître artisan était également prêt à réaliser toutes sortes de pièces de collection, pour peu qu'elles fissent appel à ses talents d'orfèvre. C'était donc lui qui devait avoir confectionné les automates en cuivre du salon de magie.

Je me présentai à lui, en tant que voisin tenant une petite boutique de marionnettes non loin de là, et lui demandai s'il avait cinq minutes à m'accorder en échange d'un petit renseignement qui valait bien un verre au café du coin. L'homme acquiesça, ne refusant jamais un petit vin blanc, surtout à l'heure du déjeuner, aussi nous nous retrouvâmes quelques instants plus tard accoudés au zinc d'un bistrot comme Paris en compte tant. Après un verre de chardonnay, la langue de maître Georges se délia sans problème.

– Alors, c'est vrai, vous créez des marionnettes ?

– Oui, dis-je. Un peu comme vous, je donne vie aux objets. À ceci près que je n'utilise que des squelettes de bois, du tissu et de la peinture, et que je fabrique uniquement des figurines de théâtre.

– Peu importe le matériau, le principal, c'est le tour de main.

– C'est vrai. En quelque sorte, ce qui compte, c'est de bien connaître son métier.

– À la santé des artisans ! dit-il en trinquant avec son verre vide.

Je commandai une seconde tournée et le dinandier, ragaillardi, se montra encore plus disert.

– Eh bien, que voulez-vous savoir ? me demanda-t-il en s'essuyant du doigt la commissure des lèvres où suintaient encore quelques gouttes de vin couleur d'armoise.

Je lui racontai en quelques mots ma découverte dans la demeure de la rue de Lesseps et il n'en parut pas surpris outre mesure. Mais lorsque je l'interrogeai au sujet de la date de fabrication des automates, sa réponse me stupéfia.

– Les sept automates, je m'en souviens parfaitement. Un type est venu me voir il y a une dizaine d'années pour me demander de les réparer. Il les avait trouvés dans son grenier.

– Ce n'est donc pas vous qui les avez fabriqués ?

L'homme se fendit d'un sourire moqueur.

– Non, je ne sais pas faire ça. Les réparer, tout au plus. Ce sont des pièces anciennes. Probablement d'avant la guerre de 14. Il m'a dit qu'ils avaient appartenu à un magicien et qu'il voulait les faire revivre.

J'avais donc eu raison sur ce point.

– Et ce travail de réfection remonterait à dix ans ?

– Oui, environ. Je m'en souviens car il s'agissait d'une commande assez rare. Ce n'est pas tous les jours que j'ai l'occasion de réparer des automates.

– Je veux bien vous croire.

– D'habitude, on me commande des enseignes. Vous-même, n'en auriez-vous pas besoin pour votre boutique ?

– Vu l'état de mes finances, si vous le permettez, nous verrons cela plus tard.

Maître Georges acquiesça d'un signe de tête et j'attaquai aussitôt :

– Qui vous a fait cette commande ? Se pourrait-il qu'il s'agisse d'un certain Hugo Thanner ?

Le dinandier but une gorgée de vin, passa sa langue sur ses lèvres et répondit :

– Non, je ne crois pas. En tout cas, ce nom ne me dit rien.

Il sembla fouiller dans sa mémoire avant de me livrer :

– C'était un homme un peu bizarre, avec un nom étranger. Quelque chose qui ressemblait à ce chanteur qu'on entend à la radio, vous savez, Dario Moreno.

– Oscar Dario ?

Le regard de maître Georges s'illumina soudain.

– Oui, c'est ça. Je me disais bien que c'était un nom d'Espingouin.

– Sud-Américain, à vrai dire, mais c'est tout à fait impossible. Cet homme est mort depuis trente-cinq ans !

– C'est pourtant ce type-là qui m'a passé la commande, reprit le dinandier avec assurance.

– Vous en êtes certain ?

– Aussi sûr que mon verre contient du vin blanc et non de la limonade.

– À quoi ressemblait-il ?

– Ça, c'est plus facile. J'ai remarqué tout de suite que c'était un drôle de zèbre. Je le vois encore franchir la porte de mon atelier comme si c'était hier.

Maître Georges me parla d'un homme affublé d'une barbichette et de lorgnons, vêtu d'un veston à petits carreaux et tenant à la main une canne à pommeau d'argent. Un homme possédant un visage marqué, et qui l'avait intrigué. Je devins aussi pâle qu'un linge. Le mystérieux visiteur portant le nom du magicien ! La coïncidence était trop belle.

– Avez-vous une preuve de ce que vous avancez ?

Le dinandier me jeta un regard interloqué. Peut-être pensait-il que j'étais de la police avec toutes mes questions.

– Je vous en prie, c'est très important pour moi. Personne d'autre n'en saura rien.

Mon air désespéré suffit à le convaincre.

– Je dois avoir le bon de commande quelque part dans mes archives.

– Allons voir ça, lançai-je en finissant mon verre et en le reposant avec un claquement sec sur le comptoir.

De retour à l'atelier, maître Georges demanda à sa femme, qui lui servait tout à la fois de comptable et de secrétaire, de mettre la main sur ledit document. Cette dernière s'éclipsa et revint moins de cinq minutes plus tard avec en main le fameux bordereau de réparation. Il s'agissait bien d'un certain Oscar Dario, prestidigitateur, sis 4, rue de Lesseps dans le XXe arrondissement de Paris, ou de quelqu'un qui se faisait passer pour lui, mais qui ? La date remontait à neuf ans. Le travail avait été réalisé en 1951. Cette commande émanait effectivement du prestidigitateur sud-américain, un homme qui s'était donné la mort en 1925. Il y avait là de quoi perdre la tête.

C'est donc plus confus encore que je ne l'étais en venant à lui que je quittai M. Georges, non sans l'avoir remercié et après lui avoir promis de revenir bientôt pour lui commander des enseignes.

Sur le chemin du retour, rue Saint-Antoine, je réfléchis à ce que je venais d'apprendre et en conclus qu'il y avait deux explications. La première était qu'Oscar Dario était bien vivant, que sa mort n'avait été qu'une mise en scène orchestrée par ses soins et destinée à brouiller les pistes, et qu'il avait vécu trente-cinq années sous une fausse identité. Mais alors pourquoi un tel mensonge ? La seconde hypothèse, beaucoup plus vraisemblable, reposait sur le fait qu'un homme se faisait passer pour le magicien disparu. Mais dans ce cas, qui était-il et pourquoi avançait-il masqué ?

J'en étais à ces réflexions lorsque, parvenu place Saint-Paul, j'aperçus la silhouette de l'inconnu de la boutique se faufiler dans une ruelle, à quelques mètres devant moi. Je marquai un temps d'arrêt sous la stupeur, et m'écriai :

– Attendez !

L'homme tourna la tête vers moi et, dès qu'il m'aperçut, fit volte-face. Je m'élançai aussitôt dans sa direction. S'engagea alors une course-poursuite qui nous mena dans les méandres du vieux quartier Saint-Paul. J'avais beau courir à perdre haleine, j'avais trente mètres de retard sur lui. L'inconnu était loin d'être plus rapide que moi, mais il semblait toujours avoir un coup d'avance. Lorsque je tournais à un angle de rue une livraison ou un passant freinaient ma course, si bien que je le perdis très vite de vue.

Je me retrouvai bientôt au milieu d'une cour d'immeuble. Seul. Ne sachant où aller.

L'inconnu s'était une fois encore mystérieusement volatilisé.

– 19 –

Octobre 1960

Les jours suivants, je décidai de laisser un temps de côté le Palais des Ombres et ses nombreux mystères afin de me consacrer à mon travail à la boutique. En procédant de la sorte, j'avais pour but de renflouer mes finances qui allaient en s'amenuisant. Je n'avais pas encore touché l'héritage de mon père que, déjà, je recevais par courrier les premières factures correspondant aux charges de la maison du 4, rue de Lesseps, notamment quelques arriérés de factures d'eau et d'électricité, ainsi que des taxes que l'administration me sommait de régler au plus vite en tant que nouveau propriétaire. La mort dans l'âme, je m'acquittai de la tâche, maugréant toutefois contre mon père que je soupçonnais d'avoir oublié, volontairement ou non, de faire le nécessaire durant les derniers mois de sa vie.

Je ne revis que très peu Hannah pendant cette période, car elle était accaparée par ses cours particuliers, sans compter les nombreuses répétitions auxquelles elle devait assister chaque soir en vue d'un concert en l'église Saint-Louis-en-l'Île prévu quelques jours plus tard. J'étais à chaque fois d'autant plus heureux et fébrile à l'idée de la revoir.

– C'est donc l'inconnu de la boutique qui aurait fait réparer ces automates ? Voilà qui est étrange, me confia-t-elle un jour. C'était pourtant ton père qui habitait la maison…

– Oui. Je n'y comprends rien. Le plus étrange, c'est que cet homme qui se fait passer pour Dario me suit partout, sans que je puisse savoir qui il est vraiment.

– Tu n'as pas le choix, tu dois absolument le retrouver. Trop de choses te ramènent à lui.

– Je ne sais comment y parvenir. À chaque fois, il se dérobe.

– Tu dois être plus vigilant avec les gens qui t'entourent. Cela devrait te permettre de lui mettre la main dessus, et de finir par le coincer. Et alors, à ce moment-là, quand il sera face à toi, il faudra le faire avouer par tous les moyens.

Hannah fronça ses sourcils comme elle savait si bien le faire, eut sa petite moue espiègle et conclut :

– En attendant, je dois donner un cours de violon rue des Blancs-Manteaux. Je te laisse. Tu me tiens au courant, n'est-ce pas ?

Elle m'embrassa et, avant que je puisse réagir, elle avait déjà quitté le bar.

Ces quelques jours loin de la demeure du Père-Lachaise nous plongèrent l'un et l'autre dans la réalité la plus tangible. Un quotidien qui nous fit le plus grand bien, nous permettant d'évacuer la tension accumulée depuis le début de l'enquête.

Ce repos pour nos nerfs et nos méninges fut d'autant plus mérité qu'il ne dura pas. Une semaine après notre virée nocturne, je reçus une nouvelle lettre des mains du facteur. Émile Latour me la confia en mains propres, en échange d'un verre d'alcool de prune qu'il but d'un trait, prêt à recueillir mes confidences.

– Alors Nathan, il paraît que tu as hérité d'un manoir hanté du côté du Père-Lachaise ?

– Qui t'a confié cela, Émile ?

Le facteur, comme à son habitude, me regarda d'un œil torve et me confia avec un air de conspirateur :

– Être au courant de tout, c'est un peu mon métier.

Je passai outre, conscient que la profession qu'il exerçait était à la source de toutes les nouvelles, bonnes ou mauvaises, qu'il devait glaner au cours de ses tournées bien arrosées, même si en l'occurrence cet homme aurait été mieux employé en tant que concierge au palais de l'Élysée. Le pli émanait de l'éditeur Justin Balmat. Cette fois, comme pour prouver à Émile Latour que je n'avais rien à cacher, j'ouvris la lettre devant lui, même si je ne lui en divulguai pas un mot.

Balmat, en termes concis, m'invitait à lui rendre visite dès que possible afin de le tenir au courant de l'avancée de mes recherches. En des mots choisis, il m'informait que les termes du contrat couraient toujours, et qu'il lui semblait, à titre amical bien sûr, opportun de se rappeler à mon bon souvenir. Il me transmettait également ses amitiés et me souhaitait porteur de bonnes nouvelles. Je refermai la lettre sous le nez du facteur qui mourait d'envie de savoir quelle correspondance un pauvre marionnettiste pouvait entretenir avec un homme qui avait été l'un des plus grands éditeurs de Paris. Je repris la conversation comme si de rien n'était.

– Je viens d'hériter d'une maison hantée qui renferme un trésor caché que je suis sur le point de découvrir. Inutile de m'étendre là-dessus, tu dois déjà tout savoir.

Le pauvre malheureux en avala sa lampée de travers.

– Un trésor caché ? Mazette ! Et il y en a pour combien ?

– Des millions ! répondis-je du tac au tac, comme s'il s'agissait là d'une somme que je percevais chaque mois en guise de salaire.

Le préposé me dévora de ses yeux globuleux et ouvrit une bouche large comme un four. Je venais de prendre le facteur à son propre piège, et m'amusai à le regarder transpirer dans son uniforme, et se demander si j'allais lui en dire plus au sujet de ce prétendu trésor. Comme je n'ajoutai rien, il resta là, les bras ballants : devait-il oui ou non m'interroger davantage ? Je l'expédiai avant qu'il ne reprenne ses esprits, et le plantai sur le seuil de la boutique comme un vulgaire représentant en encyclopédies. Par la vitrine, je vis Latour hésiter sur le seuil de la boutique. La mine déconfite, il se résolut, enfin, à reprendre sa tournée, non sans ostensiblement ruminer dans sa petite tête ce que je venais de lui apprendre.

Une fois seul, je relus la lettre, avant de la jeter dans le poêle. Sans pouvoir me l'expliquer, je ne voulais garder aucune trace de ma relation épistolaire avec Justin Balmat qui, pour moi, avait tout de la figure du diable. Il avait beau m'assurer du contraire, j'étais persuadé que cet homme se servait de moi beaucoup plus qu'il n'honorait la mémoire de mon père. Hugo Thanner n'avait-il pas accusé une tierce personne d'avoir ruiné sa vie ? Sans compter que je le soupçonnais de mèche avec l'étrange inconnu de la boutique.

Malgré ces craintes, et après de longues heures passées à échafauder des plans, je décidai de capituler et de me rendre une nouvelle fois dans la demeure de l'éditeur afin d'avoir une petite conversation avec lui.

*
* *

Justin Balmat se tenait face à moi, son œil bleu azur planté dans le mien. Nous étions assis l'un en face de l'autre dans son bureau, chacun un verre de whisky à la main.

– Alors, mon cher Nathan, ce manuscrit, vous l'avez enfin trouvé ?

Je bus une gorgée de malt avant de répondre d'un air énigmatique :

– En fait, c'est beaucoup plus compliqué que cela. Tout dépend de ce que vous entendez par là…

Balmat posa son verre et grimaça de contrariété. Visiblement, il ne faisait guère mystère de sa déception.

– Pourriez-vous être plus explicite ?

Indifférent à ses doigts tapotant nerveusement sur son bureau, je laissai un temps monter le suspense.

– J'ai bien trouvé un écrit de mon père, il ne s'agit pas du *Palais des Ombres* mais de son journal. De plus, il n'en reste pratiquement rien. Il a été la proie des flammes.

Balmat sursauta.

– L'avez-vous ? Montrez-le-moi.

Je sortis de ma sacoche le fameux cahier à la couverture roussie déniché dans le grenier de la tourelle, et le tendis à l'éditeur. Balmat le prit dans ses mains et l'inspecta sous toutes les coutures, la mine sombre de constater par lui-même que je n'avais pas exagéré sur le piteux état du manuscrit. Il hocha longuement la tête en feuilletant ce qu'il en restait, et qui lui recouvrit l'extrémité des doigts d'une fine pellicule de suie. Puis, après avoir réfléchi quelques secondes, il rétorqua selon une logique tout éditoriale :

– C'est fâcheux, très fâcheux, siffla-t-il entre ses dents serrées. Êtes-vous certain d'avoir fouillé partout ?

Agacé par l'évidence de la question, je jugeai préférable de ne pas évoquer devant lui l'hypothèse d'Hannah, à savoir que la clé remise par Judith devait forcément conduire au manuscrit, et ce d'autant que je n'y croyais plus moi-même.

– J'ai bien peur de vous décevoir davantage en vous apprenant mon opinion à ce sujet, dis-je, un peu sur la défensive.

– Et quelle est-elle ?

J'observai un léger silence avant d'abattre ma dernière carte.

– Si vous voulez mon avis, je pense que ce manuscrit n'existe plus.

Je m'avançais un peu en affirmant cela, même si j'étais de plus en plus persuadé de la chose. Balmat se raidit.

– Je serais curieux, mon cher Nathan, de savoir ce qui vous amène à une telle conclusion.

Je m'éclaircis la gorge et expliquai d'une voix peu assurée :

– Je crois que mon père, pour une raison qui m'échappe, si tant est qu'il ait écrit ce livre, l'a fait disparaître, tout comme il a voulu faire disparaître son journal… J'irai même plus loin.

– Je vous écoute.

– Plus j'y pense, et plus je suis convaincu qu'il n'a jamais rédigé ce fameux ouvrage.

L'éditeur, dépité, posa délicatement les restes du journal de mon père sur son bureau. Il poussa un long soupir, comme à regret.

– C'est une hypothèse plausible, bien entendu… Mais elle ne fait pas mes affaires, ajouta-t-il en triturant son verre de whisky.

– Ni les miennes, croyez-le bien.

Je mentais un peu en affirmant cela, car je commençais à être lassé de cette chasse qui ne menait à rien. C'est alors que Balmat, après un moment de silence, sortit son va-tout :

– Je reste pour ma part persuadé qu'il l'a écrit, même s'il a peut-être tenté, tout comme son journal, de le brûler… Mais cela ne change rien à l'affaire. Ce livre doit exister, puisque le contrat a été signé. D'une manière ou d'une autre, il doit voir le jour.

L'homme souriait étrangement, les yeux brillant d'une fièvre étrange qui n'augurait rien de bon.

– J'ai peur de ne pas suivre le fil de votre pensée, monsieur Balmat, dis-je en reprenant le cahier.

Un long silence, puis cette question qui n'en était pas vraiment une :

– Que diriez-vous de l'écrire, ce livre ?

Je sursautai, comme aiguillonné par la pointe acérée d'une flèche assassine.

– Pardon ?

– C'est vous qui allez rédiger ce manuscrit.

Je faillis tomber de ma chaise.

– Vous êtes fou. J'en suis parfaitement incapable !

– Au contraire, je crois que vous l'êtes tout à fait. Tout comme votre père, je sais que vous possédez une belle plume.

Je restai inerte. L'éditeur, tel un torero dans l'arène, en profita pour planter dans mon flanc sa dernière banderille :

– Il y a quelques jours, j'ai retrouvé ceci dans mes archives.

Balmat posa son verre, se pencha, ouvrit un tiroir de son bureau et prit une enveloppe qu'il exhiba sous mes yeux ahuris. Elle portait mon écriture. À l'intérieur, il y avait une liasse d'une centaine de feuillets signés de ma main. Un premier texte que j'avais écrit plusieurs années auparavant et que j'avais eu la faiblesse d'envoyer aux éditions du Diable. Bien entendu, je n'avais pas été publié, et tout cela était resté lettre morte. Cet envoi resurgissait au plus mauvais moment.

– Misère ! Comme les cadavres, il fallait bien que ce manuscrit remonte un jour à la surface !

– Je l'ai relu, continua Balmat indifférent à mes plaintes, et je dois avouer que c'est très prometteur. Je l'avais gardé, je ne jette rien. Bien entendu, il y a là quelques maladresses de débutant, mais vous étiez si jeune ; je suis certain que, depuis, vous avez réussi à gommer tout cela.

– N'en pensez rien. Depuis, je n'ai pas réitéré l'expérience, conforté par le silence d'un éditeur qui jamais ne daigna me répondre.

– Balivernes que cela ! Vous vous doutiez que je ne pouvais avoir deux Thanner au sein d'une même maison. Votre père, mon cher, avait d'ailleurs été très clair.

– Mais, en admettant que vous ayez raison, pourquoi vous adresser à moi pour ce genre de travail plutôt qu'à un professionnel ?

Balmat se recroquevilla dans son fauteuil et s'agrippa aux accoudoirs, comme pour se lancer :

– Vous avez de qui tenir, et je vous rappelle que, selon les termes du contrat qui nous unit, vous êtes le seul à même de me remettre ce livre… De plus, je ne vous demande pas d'écrire un chef-d'œuvre de la littérature, mais simplement votre journal…

Je me rendis compte que j'étais englué dans une toile d'araignée dont il était l'architecte.

– Et si je n'y parviens pas ?

– Il vous reste toujours l'espoir de fouiller encore et toujours la demeure de votre père en espérant que ce manuscrit existe. Mais, d'une manière ou d'une autre, vous y arriverez, j'en suis certain. Hugo Thanner n'aurait jamais mentionné votre nom dans ce contrat s'il n'avait pas cru en vous, en votre talent. D'autant que je ne suis pas un ingrat. Je vous offre dix mille francs si vous l'écrivez. Dix mille francs pour vous si vous vous mettez au travail, dont la moitié dès aujourd'hui afin de vous donner suffisamment de courage.

Je regardai l'éditeur comme s'il tombait de la lune. J'étais tout la fois abasourdi et tenté par ce qu'il me proposait. Cet argent tombé du ciel arrivait à point nommé, mais l'idée me paraissait toujours aussi saugrenue.

– Donnez-moi une bonne raison d'accepter cela.

– Autre qu'une somme considérable dont vous auriez grandement besoin ? La maison est à ce prix. N'oubliez pas que, tant que la clause suspensive ne sera pas respectée, le Palais des Ombres ne vous appartiendra pas.

– Le Palais des Ombres, parlons-en ! Je suis plus à plaindre qu'à blâmer dans cette affaire. Cet héritage est un fardeau.

– Peut-être. Vous pouvez rester un modeste marionnettiste toute votre vie, si vous le désirez. Mais, si vous vous décidez à agir, vous pouvez aussi vous faire un nom, gagner une belle somme d'argent et devenir le propriétaire de la demeure qui recèle les secrets de votre famille. Pour ma part, comme vous le savez, je tiens plus que tout à publier ce manuscrit. Un règlement de comptes avec le passé. Vous voyez donc que nous avons tous deux à y gagner.

– Et, si d'aventure j'acceptais, ce que je n'ai pas encore fait, que devrais-je mettre dans ce livre ?

– La vérité. Tout simplement la vérité.

– À quel propos ?

– Au sujet de votre père, et de qui il était vraiment. À force d'arpenter en tous sens cette demeure, vous finirez forcément par le découvrir un jour ou l'autre…

– Mais je ne sais même pas par où commencer.

– Par le début. Le jour où vous avez reçu la lettre de votre père qui vous annonçait sa mort. Ce jour-là, votre vie a basculé, n'est-ce pas ?

– Oui, bien sûr…

– Dans ce cas, vous n'avez qu'à commencer par là. Le reste viendra tout seul. Vous verrez, devenir écrivain, ce n'est qu'une question de volonté, de travail et de transpiration. La première phrase vient et le reste suit dans l'ordre logique des choses.

– Et si elle ne venait pas, cette première phrase ?

– Alors vous ne connaîtriez jamais la fin de cette histoire. Or c'est ce qui vous préoccupe le plus aujourd'hui. Savoir ce que vous allez devenir. Savoir l'avenir. Pour mieux le maîtriser.

Je baissai les bras, vaincu. L'éditeur, retors, avait eu raison de moi.

– Je... Je vais y réfléchir, m'entendis-je murmurer.

– Voilà une excellente nouvelle !

Balmat se frotta les mains d'un air satisfait, comme pour signifier que j'avais déjà accepté et que nous faisions tous deux une bonne affaire, puis il reprit d'un ton ferme :

– Il me faut ce manuscrit pour dans six mois.

Je sursautai.

– Ce délai est un peu court.

– J'ai attendu ce livre assez longtemps, ne croyez-vous pas ? Près de dix années, en fait. C'est très long.

Comme je restai muet, l'éditeur reprit :

– Vous disposez d'un semestre, pas un jour de plus. Et pour vous donner de l'ardeur à vous mettre au travail le plus vite possible, voici comme promis une première avance.

L'éditeur me tendit un chèque qu'il avait déjà rempli et signé, correspondant à la moitié du nouveau contrat qu'il allait rédiger et me ferait parvenir dans les meilleurs délais. Cinq mille francs. Une forte somme pour un marchand de marionnettes. Nous nous regardâmes en chiens de faïence, conscients tous deux qu'il s'agissait là d'un coup de poker. Allais-je vraiment me lancer dans l'écriture de ce manuscrit, comme je venais de l'envisager, et le remettre dans six mois à l'éditeur ? Et Balmat allait-il garder le secret sur notre accord et publier ce livre ? Rien n'était moins sûr.

– Vous saviez que j'allais accepter, n'est-ce pas ? déclarai-je en saisissant le chèque comme malgré moi.

– Du moins, j'espérais que vous m'apporteriez le manuscrit. Mais en cas d'échec, j'avais prévu un plan B.

– Je vois. Vous ne lâchez jamais rien.

– Non. Ce n'est pas dans mes habitudes. Vous aimez les échecs ? Un bon joueur d'échecs est quelqu'un qui se pare à toute éventualité. Et, pour gagner à ce jeu, il faut toujours préparer le coup suivant.

– Je commence à comprendre quel genre de personnage vous êtes, monsieur Balmat. Un fin calculateur, doublé d'un redoutable homme d'affaires.

Balmat m'adressa un sourire machiavélique et ajouta :

– Et vous, un jeune homme avide de faire fortune et de se faire un nom pour tuer celui du père. C'est, du moins, l'opinion que j'ai de vous. Est-ce que je me trompe ?

Comme je ne répondais pas, l'éditeur tint cette affirmation pour acquise. Puis il reprit avec encore plus d'emphase :

– Maintenant que nous savons tous les deux quoi attendre de l'autre, je peux vous avouer qu'en fin de compte, je ne suis pas si mécontent du fait que ce manuscrit n'ait pas été retrouvé.

– Pourquoi cela ? Vous en sembliez fâché il y a encore quelques minutes.

Balmat but une dernière lampée, se pencha vers moi et me souffla au visage cette phrase qui devait longtemps résonner à mes oreilles :

– Désormais, je me pose la question de savoir si, en ne laissant derrière lui que quelques bribes de son journal et aucune trace du manuscrit du *Palais des Ombres*, votre père ne voulait pas que vous écriviez ce livre à sa place.

– 20 –

Une fois de retour chez moi, je réfléchis longuement à ce qui venait de se passer. Je restai ainsi quelques heures dans l'incertitude à ruminer, à me ronger les sangs, ne sachant quelle attitude adopter. Puis, sortant le chèque de Balmat, il me parut évident que l'occasion était trop belle. Je devais accepter les termes de ce nouveau marché, du moins essayer d'en respecter la clause principale : à savoir rédiger mon propre journal.

Après être passé à la banque déposer sur mon compte ce chèque tombé du ciel, je fis l'acquisition dans une boutique du quartier d'une machine à écrire Olivetti Lettera 22 d'occasion que le vendeur me céda contre un billet de cent francs. Puis je retournai chez moi, me préparai un litre de café, et commençai mon récit. Non par le commencement – à savoir l'arrivée de la lettre de mon père –, ainsi que le suggérait Balmat, mais par l'histoire de mes parents, en me fondant sur les bribes du journal de mon père. Je savais qu'un roman ne s'écrivait pas toujours de façon linéaire, et qu'on pouvait, tout comme pour un scénario, jouer avec la chronologie des scènes. Or, quoi de plus normal que de débuter par la genèse ? Des images remontaient progressivement à la surface de ma mémoire, m'aidant à tisser le fil de ma propre histoire. Et alors même que je doutais encore de ma capacité à écrire, les mots se succédèrent. Pris de la fièvre des écrivains, je fus incapable de m'arracher à ce travail.

J'aurais continué ainsi des heures durant si ma vue n'avait commencé à se brouiller et mes mains à s'ankyloser. Je regardai l'heure et vis qu'il était déjà 2 heures du matin. Épuisé, je laissai ma machine en plan, regagnai ma chambre et tombai sur mon lit comme une masse. Je dormis à poings fermés jusqu'au lendemain 9 heures.

À présent que j'avais accepté ce marché, encaissé le chèque et commencé la rédaction de ce livre, il me fallait aller jusqu'au bout. Je calculai qu'en travaillant chaque soir, et en ne relâchant jamais mon effort, je pourrais remettre le roman à l'éditeur à la fin des six mois impartis, c'est-à-dire au printemps de l'année suivante, probablement au début d'avril. Mais cela, il l'avait su avant moi. J'espérais simplement que le contenu lui conviendrait, et que je serais à la hauteur de la tâche. La qualité de ce livre dépendrait entièrement du temps que j'y consacrerais, et de mon ardeur au travail.

Les clients étaient peu nombreux, j'eus donc tout le loisir d'y réfléchir tout en confectionnant une nouvelle marionnette. Je savais qu'un véritable écrivain, même aux heures où il n'est pas assis derrière sa table de travail, construit la plus grande partie de son roman dans sa tête.

La marionnette que je tenais en main ressemblait à Hannah. Décidément, l'inconscient faisait bien les choses. Lorsque je l'eus terminée, je compris deux choses. La première, c'est que j'étais en train de devenir écrivain. La seconde, c'est que j'étais éperdument amoureux d'une violoniste aux cheveux noirs et au sourire ravageur.

*

* *

Le surlendemain, ce fut à moi d'entrer dans la vie d'Hannah en répondant à son appel. Le concert dans l'église de Saint-Louis-en-l'Île se tenait le soir même, et la violoniste m'avait cordialement invité à venir l'écouter jouer. Je passai l'essentiel de ma journée enfermé dans ma boutique à attendre avec impatience que sonne l'heure de la rejoindre.

Je me rendis à l'église peu avant 20 heures. Une foule attendait devant l'entrée. Sur la porte de l'édifice était placardée cette affiche :

Ce soir à 20 h 30
Le Requiem de Mozart
Par l'orchestre philharmonique du Marais

J'entrai dans le lieu saint, heureux de voir que les deux communautés, juive et catholique, pouvaient se réunir dans un édifice cultuel transformé en salle de concert. Installé au deuxième rang, j'attendis en silence le début de la représentation. Le chœur fit son entrée, bientôt suivi par l'orchestre. Hannah, son violon à la main, salua le public et s'assit derrière son pupitre. Le chef d'orchestre s'inclina à son tour et tourna le dos au public. Chaque musicien s'empara de son instrument, le regard suspendu au bras du chef d'orchestre.

C'était la première fois de ma vie que j'assistais à une représentation de musique classique, et je dois avouer que j'en ressentis un profond émoi. Je connaissais la dimension religieuse du chant et de la musique, comme si les hommes tentaient de se rapprocher de Dieu, mais je n'en avais jamais perçu la profondeur avec autant d'intensité. Ce fut un moment magique, et le temps passa à une allure folle. Je laissai ainsi vibrer en moi la corde de l'émotion jusqu'à ce que retentît la note finale. Une ovation célébra à trois reprises l'orchestre et le chœur. Bref, ce fut un triomphe.

À l'issue du concert, je rejoignis Hannah dans les coulisses et la félicitai chaudement.

– Alors, Nathan, ça t'a plu ? me demanda-t-elle tout en nettoyant son violon avec une peau de chamois.

– Énormément. Je savais que tu étais talentueuse pour t'avoir entendue répéter lorsque tu étais chez toi, mais je ne savais pas que tu étais une virtuose ! On aurait dit, au bas mot, une interprétation de Yehudi Menuhin.

Hannah ne put s'empêcher de rire lorsque je la comparai à l'un des meilleurs violonistes au monde et, vaincue par mes basses flatteries, m'embrassa sur la joue avec tendresse. Puis, toujours souriante, elle me pria de la laisser seule un instant. Je pris donc congé d'elle, le temps qu'elle salue tous les musiciens.

Nous nous retrouvâmes dans la rue Saint-Louis-en-l'Île.

– Je suis heureuse que tu sois venu, me confia-t-elle.

Elle tenait à la main l'étui de son violon, une boîte noire dont le cuir craquelé rappelait qu'il avait fait du chemin et que sa propriétaire n'en était pas à son coup d'essai.

– Je m'en serais voulu d'avoir manqué ce concert, dis-je en me rapprochant d'elle.

Je tendis la main vers l'étui renfermant le violon, lui proposant de la soulager de ce fardeau. Hannah accepta en me remerciant et, d'un signe de tête, m'invita à la suivre.

– C'est très léger, un violon, fis-je remarquer.

– Et très fragile aussi, alors ne le laisse pas tomber, s'il te plaît.

– C'est un stradivarius ?

Hannah ne put s'empêcher de rire de ma naïveté.

– Non, bien entendu que non. Mais c'est tout de même un instrument de qualité, et j'y tiens comme à la prunelle de mes yeux.

– Cela fait longtemps que tu en joues ?

– J'ai commencé à sept ans. Je le pratique chaque jour depuis une vingtaine d'années, si tu veux tout savoir. La réussite est à ce prix.

– Je comprends. On n'a rien sans rien.

– C'est sûrement vrai. Mais je n'ai jamais eu à réfléchir à ce que je devais faire. Je suis issue d'une famille où la musique est une sorte de religion.

Le père et la mère d'Hannah, respectivement pianiste et violoniste, l'avaient inscrite au conservatoire dès qu'elle avait été en âge de lire une partition. Le violon s'était imposé naturellement à elle car, en en jouant, il lui semblait entendre la voix des anges. J'étais plein d'admiration pour elle, enviant presque son talent. Puis je songeai que mon père était lui aussi, à sa manière, un musicien de renom, même s'il avait choisi les mots pour instrument.

– Au fait, me demanda Hannah, me voyant songeur, tu es retourné dans le Palais des Ombres ?

– Non, répondis-je, mais je me suis rendu chez l'éditeur.

Hannah me lança un regard interrogateur. Je lui expliquai en quelques mots le contenu de mon entretien avec Balmat, ainsi que la teneur du marché que j'avais passé avec lui. Contre toute attente, elle se rangea à son avis.

– Son idée n'est peut-être pas si mauvaise. Après tout, puisque le manuscrit est introuvable et qu'il te propose de l'argent contre ce travail…

– Je croyais que tu étais restée sur la possibilité de finir par le trouver quelque part dans la maison.

Hannah m'adressa un signe de tête affirmatif.

– L'un n'empêche pas l'autre, et je suis même persuadée qu'il existe, mais je ne suis pas certaine que nous finirons par mettre la main dessus. Tu as bien fait d'accepter la proposition de l'éditeur.

– Sans doute, mais je manque de pratique. Ce n'est pas mon métier. Moi, ce que je connais, ce sont les marionnettes.

– Justement. C'est presque la même chose. Les marionnettes sont les personnages du roman que tu es en train d'écrire. Il ne te reste plus qu'à agiter les fils pour leur donner vie.

Je fronçai les sourcils, incapable de déterminer si elle parlait sérieusement ou si elle se payait ma tête.

– Et puis, n'oublie pas que ton père était écrivain. Tu dois avoir ça dans tes gènes.

– Un peu comme une maladie, donc. Dans ce cas, je devrais me méfier de ce qui m'attend.

Hannah, habituée à mon pessimisme latent, ne releva pas. Elle se contenta de me demander :

– Tu me feras lire ?

– C'est très personnel et encore un peu confus. Une histoire labyrinthique.

– Et alors ? fit-elle remarquer dans un éclat de rire complice. La vie l'est également, confuse et labyrinthique. Pourquoi un livre ne pourrait-il l'être ?

– Tu as sans doute raison. C'est vrai que la vie est parfois étrange.

Hannah réfléchit un instant puis elle me demanda, comme une faveur :

– Nathan, si nous allions boire un verre ?

– Pourquoi pas ?

– Et ensuite, nous irons chez toi et tu me liras ce que tu as écrit. Je meurs d'envie de connaître l'histoire de ta famille.

Devant ses beaux yeux sombres, ma pudeur fondit comme neige au soleil.

– Si cela peut te faire plaisir, je me plierai à l'exercice bien volontiers.

Nous franchîmes le pont Marie jusqu'au premier café encore ouvert, rue des Nonnains-d'Hyères. Hannah commanda un thé aux épices et je me laissai tenter par un café double. Si je devais lui lire mon texte à haute voix, j'aurais besoin d'une bonne dose de caféine. Tandis que nous trinquions à son succès musical, je tentai une première approche :

– Hannah ?

– Oui ?

– Je ne sais pas comment te le dire…

J'avais envie de lui dire que j'étais tombé amoureux d'elle, et que cela me troublait énormément. Mais naturellement aucun son ne sortit de ma bouche. Malgré mon air stupide et ma phrase en suspens, Hannah m'adressa un sourire. Ses pommettes qui rosirent la rendirent plus charmante encore.

– Je t'écoute.

– Non, rien. Plus tard…

Mais c'était compter sans l'intuition dont Hannah était largement pourvue, un don qui lui permit de lire dans mes pensées, et de répondre, comme par magie :

– Moi aussi, je ne cesse de penser à toi depuis quelques jours.

Je m'arrêtai, comme pétrifié. La jeune femme, bien plus maligne que moi, se pencha vers mon visage et posa un baiser furtif sur mes lèvres.

Moins d'une heure plus tard, nous étions tous les deux dans la chaleur de mon appartement, assis côte à côte sur le canapé du salon, joue contre joue. Les premières pages de mon livre à la main, je lui faisais lecture du chapitre consacré à ma famille.

– 21 –

Je crois que la vie de mon père a été tout à la fois effroyable et miraculeuse. Comme si, dans le même temps, il était né sous une bonne étoile et portait le mauvais œil. À la première il devait l'amour, la richesse et la gloire, au second la perte de sa femme et la lente agonie qui le mena des rivages du succès à l'océan de l'oubli.

Après quelques années de bonheur, de transport amoureux et de célébrité, il devint cet être à part ruminant sa solitude dans cette vieille demeure peuplée de fantômes et de regrets qui se nomme le Palais des Ombres. En quelque sorte, qu'il le voulût ou non, Hugo Thanner avait été marqué dès sa naissance et par le doigt de Dieu et par le sceau du diable. S'il fallait comptabiliser le nombre de succès et de catastrophes qui lui tombèrent pêle-mêle sur la tête, on remplirait aisément un annuaire. Par un fait extraordinaire, imputable aux puissances divines ou au sempiternel hasard, il vécut un nombre incroyable de vies en une seule.

Tout commença lorsque mon grand-père, Henri Thanner, rencontra la femme qui allait faire chavirer son cœur, une fille de bonne famille de dix ans sa cadette, qui se nommait Rachel Seligman.

C'était au crépuscule du XIXe siècle, dans le Paris de la Belle Époque. Un temps où tout était encore à créer, à construire, à imaginer. Le Grand et le Petit Palais, la gare d'Orsay, celle des Invalides et celle de Lyon, ainsi que la Grande Roue étaient alors de vastes chantiers que des milliers d'ouvriers et des dizaines d'architectes réalisaient en vue de la grande Exposition universelle de 1900.

Un temps de genèse. Un interlude entre deux guerres. En 1899, la tour Eiffel n'avait guère plus de dix années, le cinéma moins de quatre ans. De nuit, les rues étaient illuminées par des armées de réverbères à gaz, dessinant dans leurs halos les façades des immeubles haussmanniens. Ceux qui en avaient les moyens se rendaient au café-concert ou au restaurant en prenant un fiacre tiré par des chevaux. Ceux qui vivaient chichement dans des galetas et trimaient chaque jour pour gagner leur pain à la sueur de leur front profitaient toutefois d'un décor somptueux en se promenant au cœur de la ville. Il n'y avait pas encore le flot incessant de voitures encombrant aujourd'hui la cité. Bref, Paris était alors une ville où il faisait bon vivre.

Henri Thanner, commissaire-priseur travaillant pour le compte du cabinet d'expertise Emeth, situé rue Rossini, non loin de l'hôtel Drouot, dans le IXe arrondissement, aimait Paris, et Paris le lui rendait bien. Il avait suivi des études d'histoire de l'art et nourrissait un faible pour l'architecture. Lorsqu'il ne passait pas ses journées à estimer des toiles de maîtres, des tableaux et des objets d'art de toutes sortes pour le compte de collectionneurs fortunés, il faisait de longues promenades dans la capitale afin de profiter de tous les trésors qu'elle renfermait dans son écrin de pierre, de verre et d'acier. Arpentant les rues, il découvrait parfois, au hasard de ses pérégrinations, des miracles de construction relevant tantôt du beau, tantôt du laid, souvent de l'insolite, mais qui toujours le touchaient profondément. Car, en dehors de la peinture, cet esthète fin et délicat n'avait qu'une passion, à savoir se fondre dans le décor de ce qu'il considérait comme le plus grand théâtre vivant au monde. Pour lui, Paris était une scène traversée par la Seine, et lui l'un de ses nombreux acteurs inventant une pièce qu'il ne jouerait qu'une fois, mais dont il se souviendrait à jamais. À la différence du commun des mortels, il avait conscience de jouer sa vie dans un tableau si gigantesque et si grandiose qu'aucun peintre, si génial fût-il, ne pourrait jamais réduire à la seule expression d'une toile tendue sur cadre.

La trentaine, portant beau, l'œil céruléen, la barbiche en pointe et le costume trois pièces taillé sur mesure, Henri Thanner possédait une intelligence vive, un regard aiguisé, et cette prestance qui ne sied qu'aux gentlemen. Rachel Seligman, quant à elle, était belle comme un cœur, et plutôt douce de caractère. Elle avait de grands yeux noisette, des cheveux châtains tombant en cascade sur ses épaules, une taille de guêpe, de longues jambes de danseuse et un buste altier. Issue de la haute bourgeoisie juive de la capitale, ses parents étaient des commerçants aisés, heureux propriétaires d'une petite boutique de parfums sise dans le quartier du Marais. Leur fille, née avec une cuillère en argent dans la bouche, passait l'essentiel de ses journées à jouer du piano, faire les boutiques, se rendre au théâtre le long des Grands Boulevards, assister à des courses de chevaux à Longchamp ou à des ventes diverses à l'hôtel Drouot. Elle possédait par ailleurs un penchant certain pour les toiles des impressionnistes qu'elle collectionnait plus par goût que par sens des affaires.

C'est ainsi, lors d'une exposition portant sur les œuvres d'un parfait inconnu, qu'ils se rencontrèrent pour la première fois. Rachel Seligman y fit l'acquisition d'un petit tableau au prix de trois mille francs, faisant sans le savoir la plus belle affaire de sa vie. Henri Thanner, qui n'avait exceptionnellement pas le nez creux, loua l'acheteuse et la félicita de soutenir un artiste qui, selon lui, n'avait aucune chance de voir sa cote monter dans l'avenir. Elle le remercia mais lui paria le contraire.

– Pari tenu, lui dit-il. Je peux vous assurer que ce Van Gogh, mort depuis déjà neuf ans dans l'anonymat le plus complet, ne sortira jamais de l'ombre.

– C'est ce qu'on verra. En attendant, que diriez-vous de venir avec moi ce soir au théâtre ?

La suite donna raison à Rachel Seligman qui revendit le tableau quelques années plus tard vingt fois le montant investi. Le soir même, les deux jeunes gens assistèrent à un vaudeville dans le quartier de l'Opéra, soupèrent chez Maxim's, se promenèrent main dans la main dans les jardins du Palais-Royal et échangèrent leur premier baiser à l'ombre des platanes du boulevard des Capucines.

Trois mois plus tard, il lui proposait de l'épouser, et deux mois après cette demande en mariage, Rachel Seligman devenait Mme Thanner.

Peu de temps après leur union, les jeunes mariés s'installèrent dans un vaste appartement donnant sur les Tuileries, rue de Rivoli. C'est là que naquit leur premier enfant, en janvier 1901, à l'orée du nouveau siècle. Cela ne pouvait commencer sous de meilleurs augures pour Hugo Thanner. Il était un enfant désiré, aimé, choyé. Ses parents n'étaient pas dans le besoin, sa mère était jeune et belle, son père en bonne santé et le siècle s'ouvrant à eux s'annonçait porteur de projets mirifiques. Rien ne semblait pouvoir l'atteindre ni la vie lui réserver un quelconque déboire.

C'est durant cette période faste que Rachel tomba à nouveau enceinte et mit au monde un second garçon qu'elle prénomma Hadrien. Les deux frères, qui avaient vu le jour à un an d'écart, se ressemblaient étrangement. Leurs premières années se déroulèrent à l'ombre des arcades de la rue de Rivoli et du jardin des Tuileries, le parc qu'ils apercevaient des fenêtres de leur appartement et qui constituait pour eux un immense terrain de jeu. Ainsi ils vécurent, tous les deux, une enfance heureuse.

Jusqu'au jour où tout bascula. Avec l'arrivée de la Première Guerre mondiale, la marche du monde ralentit, et leur vie changea du tout au tout. En 1917, Henri Thanner fut ruiné en raison de la répudiation des emprunts russes par le nouvel État bolchevique. Il y avait placé l'essentiel de sa fortune, dont il ne devait jamais revoir le moindre sou.

– Et dire que c'était l'affaire du siècle selon mon banquier ! Comme quoi, il est plus sage de ne jamais faire confiance qu'à soi-même, surtout quand il s'agit d'argent.

La même année, Henri Thanner, anéanti par cette ruine qu'il n'avait pas vue venir, tomba malade et ne s'en releva pas. Il mourut dans l'hiver d'une phtisie et laissa derrière lui, dans des conditions précaires, une veuve et deux orphelins.

Adolescents, les deux frères furent inséparables et très proches de leur mère. En ces temps difficiles, elle fit tout pour que sa progéniture n'ait pas à pâtir de leur nouvelle situation. Ses parents, ruinés eux aussi par les mirifiques emprunts russes que leur avait conseillés leur gendre, elle ne pouvait désormais compter que sur elle-même, et la charge de sa famille lui incomba. Au prix de nombreux sacrifices, elle parvint à conserver le prestigieux appartement des beaux quartiers de la capitale, aider ses parents et donner à chacun de ses fils une éducation soignée. Aucun des deux frères ne vit que leur mère dilapidait lentement mais sûrement les derniers biens familiaux à coups de bijoux vendus sous le manteau, ou de toiles de maîtres bradées chez des antiquaires un peu retors. Hugo et Hadrien, âgés respectivement de seize et quinze ans au moment du décès de leur père, grandissaient dans les ors somptueux de la grande bourgeoisie, sans s'apercevoir encore que le décor derrière eux partait en lambeaux et que les lis du papier peint dans le grand appartement de la rue de Rivoli se fanaient lentement.

Pas encore assez adultes pour se rendre compte de la situation dramatique dans laquelle le monde évoluait, les deux frères restaient soudés par les liens d'une indéfectible amitié, même si les premiers émois tendaient à les relâcher peu à peu. Hugo, plein de prestance, se révéla un charmeur invétéré. Hadrien, plus timide, n'osait parler aux jeunes filles. Dès qu'il en abordait une, son visage s'empourprait et il lui était impossible de formuler une phrase en sa présence sans bafouiller. Son frère aîné, lui, ne semblait avoir peur de rien, encore moins d'aborder une inconnue dans la rue, ce dont il ne se privait pas. À l'inverse de son cadet, il semblait indifférent aux sentiments, ou tout du moins les cachait-il aisément.

Quand sonna l'heure pour eux de faire des études supérieures, comme on pouvait s'y attendre, leurs caractères, déjà esquissés, n'eurent de cesse de s'affirmer. S'ils choisirent chacun une voie semblable, ils s'y attelèrent d'une manière différente.

Hadrien, plus appliqué que son frère, entreprit des études de lettres et d'histoire de l'art à la Sorbonne, études qui devaient le mener à suivre les traces de feu son père. Quant à Hugo, il s'inscrivit aux mêmes cours dans la même université, mais les suivit de loin en loin, et finit par les abandonner, préférant arpenter les bibliothèques et les cafés du quartier Saint-Michel où il devint peu à peu connu comme le loup blanc. Au fil du temps, son comportement se modifia et, tandis que son frère avait d'excellents résultats dans toutes les matières et faisait preuve d'une assiduité aux cours forçant le respect, Hugo montra des signes de rébellion qui inquiétèrent sa mère au plus haut point.

– Si tu continues comme cela, tu finiras sur la paille ! le tança-t-elle, un jour qu'elle parvint à le coincer entre quatre yeux.

Hugo, qui avait eu vent de la situation financière de sa mère, se moquait de cette façade de bourgeoise honnête qu'elle tenait à présenter à la bonne société et rétorqua, venimeux :

– C'est déjà fait. Les Thanner ne peuvent pas tomber plus bas qu'aujourd'hui.

En cela, il se trompait, car les chemins de la déchéance, une fois empruntés, ne connaissent pas de limites. Mais il était encore trop tôt pour qu'il le devinât.

Bientôt, Hugo versa dans une vie de bohème. Pour cela, Paris était la ville parfaite. Il s'installa dans une chambre de bonne du quartier des Halles et se consacra à sa passion première qui était l'écriture. Il rédigeait déjà quelques articles pour des revues estudiantines lorsque survint la rencontre qui allait marquer sa vie.

Rebecca Zyzek exerçait le métier de danseuse dans les cabarets de Montmartre. Brune, piquante, gracieuse, malicieuse, elle ressemblait à un bijou précieux enchâssé dans un écrin de jade. Elle possédait à la fois le port impérieux des danseuses et les formes généreuses d'une Vénus callipyge. Elle avait de longs cheveux noirs qu'elle faisait délicieusement onduler au moindre de ses mouvements. Lorsqu'il l'aperçut pour la première fois à l'occasion d'une soirée chez des amis communs, Hugo Thanner tomba aussitôt sous le charme de la jeune femme. Il se dit fort justement que cette créature méritait qu'on perdît la raison pour elle, ce qui finirait par lui arriver bien plus tôt qu'il ne l'imaginait.

Rebecca, il faut bien l'avouer, était d'une beauté rare, de celles qui d'ordinaire sont réservées aux statues antiques, aux princesses babyloniennes ou aux déesses gréco-romaines. Un peintre ou un sculpteur s'en seraient aussitôt emparés pour en tirer le plus beau portrait ou la plus élégante statue de marbre. La délicatesse des traits de son visage semblait irréelle. Le menton rond mais affirmé, les pommettes légèrement saillantes, les yeux en amande, la bouche voluptueuse, le nez droit d'une finesse inégalable, une pureté de lignes inscrite sur un visage d'un ovale parfait qui ne pouvait être que la signature des dieux.

La belle, au début, ne prêta guère d'attention au fougueux jeune homme qui se prétendait écrivain, mais n'avait pas encore eu le bon goût de publier un seul ouvrage. Elle se laissa cependant inviter à danser et, très vite, comprit qu'elle n'était pas aussi insensible à cet Hugo Thanner qu'elle voulait bien le laisser paraître.

Les semaines suivantes, il lui fit une cour assidue, et finit par avoir gain de cause : la belle accepta enfin de partager sa couche. Le lendemain, ivre de bonheur, Hugo la fit venir chez lui, rue de Rivoli, où sa mère la reçut froidement. Rachel Thanner voyait d'un mauvais œil la relation de son fils aîné avec une artiste de cabaret, si belle fût-elle, et ne cacha rien de ses opinions à son fils aîné. Alors que Rebecca se repoudrait dans la salle de bains, elle en profita pour lui asséner :

– Tu ferais mieux de prendre exemple sur ton frère. Lui se tue au travail au lieu de perdre son temps à courir la prétentaine.

Hugo, avec son fichu caractère, rétorqua à sa mère qu'il aimait cette femme et que rien ne pourrait lui faire changer d'avis, même si elle le déshéritait. D'ailleurs, il savait que l'héritage futur serait réduit à la portion congrue puisque, au fil du temps, les dettes s'accumulaient et que Rachel Thanner ne se résoudrait jamais à mettre en vente l'appartement familial pour y remédier.

Hugo épousa Rebecca en justes noces un jour de juin 1928, sans l'accord de sa mère qui, bien qu'elle consentît à la dernière minute à assister au mariage, n'approuva jamais cette union qu'elle jugeait contre nature.

Cette dernière ne devait pas jouer longtemps les trouble-fête car elle mourut à la fin de la même année et fut enterrée au Père-Lachaise, à côté de son défunt mari.

Dès lors, les deux frères constatèrent l'ampleur du désastre et, pour pouvoir survivre l'un et l'autre, ils cédèrent à bon prix l'appartement au premier venu afin de pouvoir solder le passif de la succession. Avec le reliquat dont ils héritèrent, chacun s'installa de son côté, Hugo et Rebecca dans un petit appartement près du boulevard des Italiens, et Hadrien, seul dans une chambre de bonne obscure, cité de Trévise.

Hugo obtint bientôt un emploi en tant que reporter pour un quotidien, et Hadrien fut embauché comme commis chez un marchand d'art ami de la famille Thanner, fonction qu'il occupa jusqu'à la guerre. Comme son frère, il avait le projet d'écrire et passait toutes ses nuits à gratter du papier dans sa mansarde aux murs rongés par l'humidité, qui dégageaient dans l'air déjà saturé de tabac des miasmes délétères. Il y contracta une pneumonie dont il parvint à se relever, il en garderait des séquelles sa vie durant. L'état de santé précaire d'Hadrien ne laissait d'inquiéter sur son sort.

Pendant toutes ces années où Hugo vivait avec Rebecca, les deux frères se virent fréquemment, chacun caressant des ambitions littéraires similaires. Hadrien, semble-t-il, appréciait beaucoup la compagnie de Rebecca, et allait lui rendre visite chaque après-midi. Son frère, ayant fort à faire au journal qui l'employait, délaissait trop sa femme.

Lorsque, à l'âge de trente ans, Hugo obtint une place de rédacteur en chef, tout changea. Il commença à croire en ses chances et offrit à sa dulcinée une vie plus confortable. Hadrien, quant à lui, n'avait toujours rien publié, et semblait même avoir renoncé à trouver un éditeur.

S'ensuivirent quelques années de quiétude pour Hugo et Rebecca, ponctuées par la naissance de leur unique enfant, moi, Nathan, en 1929, et par l'achat d'une gigantesque maison près du cimetière du Père-Lachaise en 1932. Mais tout ce bonheur fut bientôt balayé par un souffle démoniaque qui survint avec la mort de Rebecca.

Un jour de juin 1932, alors que je n'avais que trois ans, mes parents partirent en week-end au bord de la mer, dans la station balnéaire de Deauville. Ma mère avait toujours aimé la Normandie, qu'elle trouvait beaucoup plus chic que la Côte d'Azur, et qui avait surtout l'avantage de se trouver plus près de Paris. Mon père, jeune rédacteur en chef, aurait sans doute préféré passer ses deux jours de congé dans une guinguette en bord de Marne, ou à la rigueur sur un champ de courses, mais le temps étant splendide, il acquiesça à la requête de sa femme, lui réservant même une surprise de taille : une chambre dans un palace de la côte avec vue sur la Manche. Il avait également prévu de passer le samedi soir dans un restaurant de l'arrière-pays où l'on servait, pour deux fois moins cher qu'à Paris, des homards, du poisson frais et un sancerre à l'arôme si délicat qu'une seule gorgée suffisait à vous faire oublier toutes les misères du monde.

Ce matin-là, Hugo Thanner arborait un large sourire au volant de sa Delahaye. Il portait un costume clair, une cravate de soie et une paire de lunettes noires. Ma mère, quant à elle, resplendissait dans sa robe de coton blanc. Ils venaient de faire l'acquisition du Palais des Ombres où ils n'avaient vécu que quelques mois, juste le temps de faire des travaux et de s'installer un cocon douillet. Ayant déménagé en mars, ils n'y avaient passé encore aucun hiver, et la maison, quoique austère, leur avait paru sous le frais soleil printanier tout à fait agréable à vivre.

Sous les beaux atours de l'été ou dans la rudesse de l'hiver, ma mère ne devait plus jamais revoir la maison du 4, rue de Lesseps. À hauteur des Andelys, pour une raison qu'il ne put jamais expliquer, mon père loupa un virage et la voiture fit une embardée sur les graviers bordant la chaussée avant de finir sa course contre un platane. Le choc fut terrible. L'avant de la voiture fut littéralement broyé par la violence de l'impact. Les pompiers surgirent quelques minutes plus tard sur le lieu de l'accident, prévenus par un voisin qui avait assisté à la scène. Au vu de l'épave, aucun des occupants du véhicule n'avait pu en réchapper. Pourtant, contre toute attente, Hugo Thanner était encore en vie. Après de longues heures d'effort pour le désincarcérer de l'amas de tôle, mon père ressortit de ce terrible accident avec pour toutes séquelles un éclatement de la rate, un nez cassé et quelques côtes fêlées. Il avait eu beaucoup de chance, lui confirma le médecin qui l'examina plus tard à l'hôpital où il avait été transporté d'urgence. Ma mère, elle, en avait eu beaucoup moins. Elle avait été tuée sur le coup.

Elle venait d'avoir trente et un ans.

En raison de mon jeune âge, je ne faisais pas partie du voyage ce qui, selon toute apparence, me sauva la vie.

Les obsèques de ma mère furent pour Hugo Thanner le jour le plus douloureux de son existence.

Je fus confié à la garde de mes grands-parents Zyzek qui occupaient un appartement rue du Bourg-Tibourg dans le quartier du Marais, et disposaient également d'une propriété à la montagne du côté de Chambéry.

Suite à ce dramatique accident dont mon père ne se releva jamais, un autre malheur se dessina sur la toile de l'horizon déjà entachée de sang : les prémices de la guerre à venir se firent sentir dès le milieu des années trente avec la montée en puissance du nazisme outre-Rhin. Bientôt, même à Paris, on sentit un climat d'insécurité naître pour la communauté juive.

Hugo Thanner, déjà mortifié par la perte de sa femme, s'éloignant de plus en plus de son frère et du monde extérieur, se vit contraint d'abandonner progressivement son métier de journaliste en raison de pressions internes. Las, abandonné de tous, y compris de lui-même, il passa la plus grande partie des dix années suivantes terré dans sa maison à rédiger des articles que personne ne lirait jamais.

Lorsque la guerre éclata et que la chasse aux juifs commença, mon père, dont le métier l'avait longtemps exposé, s'attendait à tout moment à être déporté. Disposant d'une filière par un ami, il caressa un moment l'idée de fuir en zone libre, en Suisse ou en Angleterre, comme beaucoup d'autres le faisaient au péril de leur vie. Puis, au dernier moment, il renonça. C'était trop risqué, et d'ailleurs pourquoi aurait-il fui ? Il n'avait plus personne à qui se raccrocher, donc plus rien à perdre. Il s'assura que son fils et les grands-parents Zyzek se trouvaient à l'abri dans leur villégiature savoyarde, puis se retrancha dans son bunker. Par chance, il ne lui arriva rien de fâcheux, si ce n'est qu'il perdit le goût de vivre, et sombra peu à peu dans une profonde mélancolie.

Pour parachever le malheur qui s'était abattu sur les Thanner, son frère cadet Hadrien qui, comme lui, avait refusé de fuir, fut arrêté en plein Paris par la Milice française, un jour de 1943. Le prétexte à son arrestation était le défaut de port de l'étoile jaune. Hadrien eut beau protester, tenter de soudoyer les miliciens par de l'argent frais, rien n'y fit. Il fut immédiatement remis aux autorités compétentes par les citoyens soldats au service de l'occupant allemand. Après deux jours et deux nuits d'un interrogatoire serré à la Kommandantur dans le IXe arrondissement, il fut transféré à Drancy. De là, avec toute une foule de juifs, hommes, femmes et enfants, on le déporta quelques semaines plus tard au camp de Auschwitz d'où il ne donna plus jamais signe de vie.

D'après mon père, Hadrien mourut moins d'un an après son transfert dans le camp de la mort, au premier semestre 1944. En raison de sa santé déjà chancelante, il n'avait guère de chance de revenir de l'enfer concentrationnaire mis au point par les nazis.

Dès lors, Hugo Thanner, qui n'était plus que l'ombre de lui-même, resta seul dans sa demeure à se morfondre sur le passé et à sombrer dans la dépression mélancolique la plus profonde. Seul répit, au sortir de la guerre, il entrevit une lueur d'espoir et écrivit l'un après l'autre six romans très sombres mais poignants, romans qui furent publiés de 1946 à 1951, à raison d'un par an. Puis sa voix retomba dans le silence, et mon père, songeant avec amertume au bonheur qu'il avait humé à pleins poumons les premières années de sa vie, et qui avait fini par s'évaporer comme un parfum, se laissa enterrer vivant dans le cercueil du Palais des Ombres.

– 22 –

Je me tus enfin. Hannah était assise à côté de moi, et elle pleurait doucement. Un peu de rimmel coulait de ses paupières, lui donnant un regard plus sombre encore que d'ordinaire.

– Pourquoi te mettre dans un tel état ? lui demandai-je en reposant les pages sur la table, juste à côté de ma machine à écrire. Après tout, tu n'es pas concernée par la destinée de mes parents.

– Erreur. Je le suis maintenant que j'ai visité la maison de ton père. Et puis c'est ta manière de raconter. J'avais l'impression de vivre cette histoire. Tu es un véritable écrivain.

Je souris. Rien ne pouvait me faire plus plaisir.

– C'est très gentil à toi, mais il me reste encore du chemin à faire avant d'être reconnu en tant qu'auteur. Beaucoup de chemin.

– Continue de la sorte, et je suis certaine que tu y parviendras.

Je m'approchai d'elle et, tendant la main vers son visage, lui caressai la joue pour effacer le fard qui avait laissé des traces sur son visage. Elle ne me repoussa pas. Mieux encore, elle ferma les yeux et se laissa faire, s'abandonnant peu à peu au plaisir que la douceur de mon geste lui procurait. Lorsque je posai mes doigts sur ses lèvres, je sus que cette soirée serait particulière. Pour la première fois, nous allions tout apprendre l'un de l'autre.

– Viens, lui soufflai-je à l'oreille.

Je pris sa main dans la mienne et la conduisis dans ma chambre où le lit l'accueillit. Là, dans la pénombre, je me collai contre elle, puis commençai à la déshabiller délicatement. Bientôt Hannah fut entièrement nue, je sentis alors mon cœur battre à toute allure.

Tendrement enlacés, peau contre peau, je la caressai lentement, puis explorai chaque parcelle de son corps jusqu'à connaître par cœur sa géographie intime. Hannah prit confiance en elle, me renversa sur le lit et me chevaucha. Lorsque j'entrai en elle il m'apparut soudain combien les richesses du monde entier n'étaient rien à côté de ce que pouvait offrir l'union de deux êtres que tout rapproche.

Ce soir-là, Hannah s'endormit à mes côtés pour la première fois et je l'écoutai respirer. Son souffle régulier et apaisé me rassura.

Je ne fermai pratiquement pas l'œil de la nuit, me contentant de la dévisager à la lumière des réverbères de la rue se reflétant sur le mur de la chambre. Malgré la fatigue, je ne m'endormis qu'aux premières lueurs de l'aube. Je fis un rêve dans lequel je me voyais entrer dans une maison baignée de lumière, tenant Hannah par la main, et où nous attendaient deux enfants rieurs assis sur le canapé du salon. Le portrait idéal d'une famille aimante et réunie. Une chose que la réalité avait, semble-t-il, effacée à jamais.

Au matin, lorsque je me réveillai en sursaut, Hannah était encore là, assoupie près de moi, sa chevelure brune étalée sur l'oreiller comme un pan de nuit sur un lit de neige. Son corps exhalait un doux parfum d'algues et de chèvrefeuille. Je posai un baiser sur son épaule et me dirigeai vers la salle de bains avant de sortir de l'appartement sans faire de bruit.

Lorsque je revins avec une bouteille de lait, du pain frais et deux croissants, Hannah s'éveillait enfin. Je posai le tout sur la table de la cuisine et préparai le petit déjeuner, puis elle me rejoignit bientôt. Après nous être longuement embrassés, nous décidâmes de quitter un temps notre cocon protecteur pour nous replonger dans la réalité.

– J'ai réfléchi, me confia Hannah quand elle eut avalé son café et son croissant et se sentit un peu plus à même d'entamer une conversation matinale.

– À propos de quoi ?
– À propos de l'histoire de ta famille. Elle ressemble étrangement à la mienne.

Au récit de sa propre histoire, je réalisai que nos trajectoires de vie étaient bien plus similaires que je n'aurais pu le croire, toutes ces révélations nous rendant d'autant plus proches.

Tout comme mon oncle, une partie de la famille d'Hannah avait été déportée dans les camps de concentration de l'Allemagne nazie. Ses parents, qui avaient eu plus de chance qu'eux, avaient perdu des frères, des sœurs, des cousins, et même un enfant. Le frère d'Hannah, né en 1927, avait été arrêté en juillet 1942, à l'âge de quinze ans, déporté à Auschwitz avec deux de ses cousins, et aucun n'en était jamais revenu. Hannah, alors âgée de neuf ans, avait eu le temps de fuir avec ses parents pour la Suisse.

C'est dans ce parcours douloureux, toile de vie tissée de tragédie, qu'elle puisait sa force, son courage et sa gravité.

– Mon frère s'appelait Jonathan, me confia-t-elle. Et toi Nathan. Le plus incroyable, c'est que vous vous ressemblez beaucoup. Les mêmes yeux sombres, les mêmes cheveux châtains, le même sourire.

Tout cela était on ne peut plus troublant.

Son récit terminé, je la serrai fortement contre moi. Le silence reprit ses droits. Lorsque nous fûmes l'un et l'autre réconfortés, Hannah sembla sortir de sa léthargie. Elle me souffla à l'oreille cette phrase délicieuse que j'avais tant espérée en rêve :

– Je suis si bien avec toi.

Je me penchai sur son visage et la couvris de baisers, conscient que pour nous deux, une nouvelle vie commençait.

– 23 –

Hiver 1960-1961

Cet hiver-là, nous nous rendîmes à plusieurs reprises dans le labyrinthe du Palais des Ombres. Nous n'y apprîmes rien de plus que ce que nous savions déjà. J'essayai la clé ancienne dans toutes les serrures de la maison, sans succès. Lassé, je finis par abandonner. Cette demeure baignée d'une humidité glacée qui nous envahissait les narines et nous perforait la poitrine à chaque inspiration, nous ôta bientôt toute envie d'y retourner avant l'arrivée des beaux jours. Peut-être qu'une fois la morte-saison passée, elle nous apparaîtrait sous des atours plus bienveillants et qu'alors nous finirions par en percer les mystères.

En attendant, je me consacrai à l'écriture du roman commandé par Balmat. Des semaines entières, coupé du monde extérieur, je fouillai dans ma mémoire les vestiges du passé, tentant de faire resurgir sur le papier la trame de la vie de mes parents, deux vies inextricablement mêlées, auxquelles j'ajoutai des pans entiers de la mienne. Je tentai ainsi de percer le secret de mon père dont m'avait parlé l'éditeur. Pour m'aider dans cette tâche solitaire, j'écoutai en boucle les *Variations Goldberg* et les *Toccatas* de Bach, ainsi que le *Requiem* de Mozart et le *Dixit Dominus* de Haendel. Ces génies me procuraient l'inspiration dont j'avais cruellement besoin. Je crois qu'au fond tout travail d'écriture est une plongée dans les abysses de l'âme, et la musique est un excellent bathyscaphe pour atteindre de telles profondeurs. Voilà pourquoi, tout le temps que dura l'écriture de ce livre, je n'eus d'autres compagnons que ces grands compositeurs qui m'escortèrent durant ce long voyage intérieur. Cela me préservait des trois plus grands dangers qui guettent un écrivain : solitude, effondrement central de l'âme, et folie.

Le jour dans ma boutique et le soir assis devant ma machine à écrire, l'hiver déroula sa pelote sans que je m'en aperçoive. Avec Hannah, nous nous retrouvions dès que l'occasion nous en était donnée, souvent deux ou trois soirs par semaine. Chaque rendez-vous était une bouffée d'air frais qui m'incitait à mener ce travail à son terme. Elle me racontait ses journées et, parfois, je lui lisais à haute voix les nouveaux feuillets que j'avais tapés. Elle me donnait son avis, me forçait à corriger certains passages, à en supprimer d'autres ou bien à développer davantage. Hannah était à la fois muse et correctrice, et je lui savais gré de l'aide qu'elle m'apportait. Lorsque nous en avions assez de disserter, nous faisions l'amour avec intensité, puis, toujours enlacés l'un à l'autre, nous sombrions dans un épais sommeil entrecoupé de rêves. Insomniaque, je me levais avant Hannah qui dormait souvent jusqu'en fin de matinée. Cet automne et cet hiver-là, tel un marin menant son trimaran pour une course en solitaire autour du monde, je ne dormis jamais plus de quelques heures d'affilée.

Les fêtes de fin d'année, puis janvier glissèrent sur nous comme les gouttes de pluie sur une vitre encore brûlante du soleil de l'automne indien. Mes rêves et mon monde intérieur me protégeaient des affres de l'hiver.

Février survint. J'avais déjà rédigé près de deux cents pages que je corrigeai pendant des semaines avant de poursuivre le fil de mon récit. Je songeais à la difficulté d'écrire, à ce que mon père avait dû endurer sa vie durant. Le métier d'écrivain me faisant immanquablement penser à celui de funambule. Un équilibriste avançant sur un fil tendu entre deux points, duquel il pouvait tomber à tout moment. Par bonheur, Hannah me servait de balancier et de garde-fou.

Un mois plus tard, le printemps pointa le bout de son nez. Lorsque le travail à la boutique m'en laissait le loisir, je profitais de cette période propice aux longues promenades dans Paris, quand tout commence à éclore, les bourgeons sur les arbres comme les décolletés des femmes. J'arpentais ses rues sous un soleil encore pâle mais déjà revigorant.

Le livre arrivait lentement à son terme. Grâce aux bribes du journal que je déchiffrais petit à petit, j'en étais pratiquement à trois cents pages. J'avais effectué la majeure partie du travail. Ne me restait plus qu'à découvrir la vérité pour pouvoir rédiger les derniers chapitres. Une vérité qui se dérobait toujours à moi et dont, pourtant, je sentais que je me rapprochais peu à peu.

*
* *

C'est alors que je reçus une nouvelle fois la visite de l'inconnu dans ma boutique. Un matin de mars, sous une pluie diluvienne. Après une semaine ensoleillée, la météo avait soudainement connu une baisse de régime. J'étais occupé à confectionner une nouvelle marionnette lorsque l'homme, toujours vêtu de son complet veston à carreaux, poussa la porte du Bal des marionnettes et se planta face à moi. Je le reconnus d'emblée, Son regard un peu fuyant laissait paraître son mal-être. Son visage était aussi pâle que celui d'un mort.

– Bonjour, Nathan.

Je sursautai. Était-il possible que l'homme que je recherchais partout depuis si longtemps, qui hantait mes nuits, qui s'enfuyait en courant lorsque je le croisais dans la rue, vînt lui-même se jeter dans la gueule du loup ? Conscient qu'il ne fallait plus le laisser repartir sans connaître son identité, je choisis de ne pas l'effrayer.

– Bonjour, monsieur Dario. Que voulez-vous ?

L'homme ne parut pas surpris que je l'appelle ainsi. Il hésita, prit entre ses mains une marionnette, la contempla de longues secondes, et répondit sans me regarder :

– Rien. Je venais prendre de vos nouvelles. Voir si tout allait bien pour vous.

Cette fois, je dévisageai l'inconnu, bien décidé à le percer à jour :

– Oscar Dario est bien le nom que vous utilisez, n'est-ce pas ?

L'homme eut un léger rictus et déclara, un peu gêné :

– Oui, pourquoi ?

– Est-ce votre véritable patronyme ou un nom d'emprunt ? J'aimerais aussi savoir quelle relation vous entreteniez avec mon père…

L'inconnu sembla plonger dans une profonde réflexion.

– Si je vous disais que je n'ai plus de nom depuis longtemps, me croiriez-vous ?

– Tout le monde a un nom. Et cet Oscar Dario que vous prétendez être est mort depuis belle lurette. Il s'est tiré une balle dans la tempe peu avant que mon père ne s'installe dans le Palais des Ombres. En septembre 1925, pour être précis. Moi aussi, je sais des choses… Alors qui êtes-vous ?

L'inconnu éluda :

– Vous oubliez que Dario était magicien. Peut-être que tout cela n'était qu'une mise en scène et qu'il est encore vivant.

– Je n'y crois pas. Qui êtes-vous ? répétai-je encore.

L'homme trembla, mais refusa de livrer la vérité.

– Je… Je ne peux rien dire… Pas encore… Vous saurez bientôt.

Je décidai de le retenir par tous les moyens.

– Très bien. Restez muet, si cela vous chante. Mais au moins, monsieur Dario ou qui que vous soyez, pouvez-vous me dire ce que vous faites ici ?

L'homme reprit quelque peu contenance et finit par me confier :

– Je suis là pour vous aider à y voir plus clair dans cette histoire.

Comment savoir si cet homme disait la vérité ? Tout se bousculait dans ma tête mais, peu importait, il fallait que je sache. D'autant que ce qu'il me demanda ensuite me stupéfia :

– Alors, votre livre avance ?

Je le regardai, stupéfait.

– Comment savez-vous que j'écris un livre ? Qui vous l'a dit ?

L'homme émit un petit rire sec et désabusé qui me glaça d'effroi.

– Personne. Mais il ne faut pas être un grand prophète pour savoir que vous devez essayer de reconstituer l'histoire de votre famille. Cela se lit dans vos yeux.

Cet inconnu, sous des airs d'aliéné, cachait habilement son jeu.

– Lorsque la vérité deviendra indispensable pour finir ce livre, je serai là pour vous aider.

– De quelle vérité voulez-vous parler ?

– De la seule qui vaille la peine d'être racontée. Du secret qu'Hugo Thanner a emporté avec lui dans sa tombe. Mais chaque chose en son temps, mon cher Nathan. Elle viendra bien plus tôt que vous ne pouvez l'imaginer. Elle vous brûlera les yeux, comme elle me les a brûlés. Le Palais des Ombres en est la clé.

L'inconnu fit volte-face et quitta précipitamment la boutique.

– Attendez ! m'écriai-je

Je me ruai au-dehors, résolu à l'empêcher de se dérober une nouvelle fois. Mais je constatai, amer et étonné, que la rue était déserte. Encore. L'homme, une fois de plus, s'était volatilisé.

*
* *

Le récit de cette rencontre insolite intéressa beaucoup Hannah.

– Je savais qu'il reviendrait. Et il reviendra encore.

– Peut-être, mais je ne sais toujours pas de qui il s'agit.

– Tu aurais peut-être dû le coincer… Je veux dire, physiquement, puisque la psychologie n'a aucune prise sur lui.

– Impossible. Avant que je puisse esquisser le moindre geste, il avait déjà fui. C'est comme s'il n'était qu'une ombre insaisissable…

– Sans doute, mais tu sauras bientôt qui est cet homme étrange. Il te l'a dit lui-même.

– Peut-on faire confiance à un esprit dérangé ?

– Je ne crois pas qu'il le soit. D'après ce que je comprends, il joue plutôt au chat et à la souris.

– Certes. Mais pourquoi fait-il tout cela ?

– Je pense qu'il s'agit d'un collectionneur.

Je regardai Hannah, sans comprendre.

– Un collectionneur ? Dans ce cas, que collectionne-t-il ?

La jeune femme fronça son petit nez et m'avoua comme une boutade :

– Les images du passé.

– 24 –

Je suis, à ma manière, un collectionneur d'un genre particulier. Mais à défaut de contrats, de manuscrits ou d'objets du passé, je privilégie les marionnettes, les rêves tronqués et les désillusions les plus amères.

Les révélations de l'inconnu me persuadèrent de retourner une nouvelle fois dans le Palais des Ombres. Je devais découvrir ce qui s'y cachait, quitte à renverser tous les meubles et soulever les lames du plancher une à une. Mais au préalable, je voulais savoir si Hannah désirait m'accompagner.

Je l'attendais dans la cuisine où j'avais fait du café.

– Ça te dit de venir avec moi ce soir au 4, rue de Lesseps ?

Hannah but son café en me dévisageant. J'avais l'impression de contrecarrer ses plans.

– Je ne peux pas, je suis désolée, me répondit-elle la mine ennuyée. Je dois réviser un morceau de Bach, et j'ai aussi une tonne de choses à faire. Je crois que, pour une fois, il va falloir que tu y ailles seul.

– Très bien, dis-je, on se voit demain soir ?

Hannah fit la moue, retroussant son petit nez. Une habitude chez elle, qui à chaque fois m'attendrissait.

– Oui, à demain soir. Bonne chance à toi.

– Merci. Je vais en avoir besoin.

Elle termina son café, m'embrassa puis, après avoir rassemblé ses affaires, elle quitta mon appartement, m'abandonnant à mes pensées. Je pouvais très bien continuer l'enquête sans elle, même si dès qu'Hannah s'éloignait de moi, je me sentais amputé d'une partie de moi-même.

Je passai la journée dans ma boutique, avant de me rendre dans la maison. Un contretemps m'empêcha pourtant d'honorer cette visite. Peu avant midi, je reçus un petit mot auquel je ne m'attendais guère. Judith Weintraub me demandait de la rejoindre le soir même au café rue de Bagnolet, où nous nous étions retrouvés juste après l'enterrement. Elle précisait simplement qu'elle avait quelque chose de très important à me dire. Si je ne venais pas, elle m'attendrait tous les soirs à la même heure dans le même lieu. Je décidai de ne pas la faire languir et reportai donc ma visite de vingt-quatre heures.

*
* *

À la tombée de la nuit, j'entrai dans le café. Cette fois, j'étais le premier sur place. Je choisis la même table que lors de notre précédente entrevue, et commandai une pression en attendant. Peu après mon arrivée, une voix haut perchée résonna dans mon dos.

– Bonjour, Nathan. Je suis heureuse de vous revoir, dit Judith en venant à ma rencontre.

Je ne l'avais pas entendue approcher. Je souris, moins tétanisé que la première fois devant cette femme à la beauté rayonnante. Avant que je puisse ouvrir la bouche, elle s'était déjà assise face à moi et déboutonnait son manteau tout en hélant le garçon derrière le comptoir afin de passer sa commande. Un thé au citron. Elle se retourna vers moi et m'adressa un sourire, quelque peu forcé :

– Vous m'avez l'air en pleine forme.

Je savais que je ressemblais de plus en plus à un cadavre. À vivre enfermé dans la boutique, cloîtré dans mon appartement penché sur mes feuillets ou à arpenter les murs gorgés d'humidité du Palais des Ombres, je prenais peu à peu la teinte livide d'un macchabée sortant d'une fosse commune.

– Ne vous moquez pas de moi. Depuis que j'ai accepté cet héritage, un moine reclus dans un monastère a plus de loisirs que moi.

Je préférai occulter ma rencontre avec Hannah, seule source de joie de ma nouvelle existence, et non des moindres ! Mais Judith persista à me trouver bonne mine.

– Vous êtes certes un peu pâle, mais qui ne l'est pas au sortir de l'hiver ? En revanche, vous avez perdu votre embonpoint et je vous trouve très bien comme ça.

Je souris à cette remarque. À force de nuits blanches, j'avais bien perdu un peu de poids, mais je persistais à penser que j'avais une mine de déterré.

– Vous aussi, vous êtes rayonnante.

Judith esquissa un léger sourire et confirma :

– Je me suis peu à peu remise de la mort d'Hugo. Au début, ça n'a pas été facile, puis j'ai fini par reprendre le dessus.

Un temps, puis cet aveu :

– J'ai même décidé de continuer ma thèse que j'avais laissée de côté pendant toutes ces années.

– Félicitations ! Et quel en est le sujet d'étude ?

Le regard bleu de Judith se mit à briller d'un feu étincelant.

– Les livres de votre père, bien entendu, conclut-elle comme une évidence.

J'opinai.

– Je vois que, vous aussi, vous n'avez pas pour habitude de baisser les bras devant la première difficulté.

– Non. On verra bien ce que cela va donner. Je dois passer la soutenance en juin.

J'adressai à Judith un regard rempli d'admiration. Cette femme avait quelque chose de troublant dans la façon de se comporter. Elle n'avait rien d'une veuve éplorée, mais plutôt tout d'une femme libre. Être enfin dégagée de l'emprise délétère de mon père était peut-être la meilleure chose qui lui fût arrivée depuis cinq ans.

La commande finit par nous parvenir et, tasse de thé contre chope de bière, nous trinquâmes au succès futur de Judith à ses examens.

– À propos, Nathan. Où en êtes-vous de vos recherches ? Avez-vous pris possession de la maison de votre père ?

Je baissai les yeux et adoptai un air contrit :

– Je crois qu'elle ne se laisse pas apprivoiser comme cela. Elle livre ce qu'elle veut bien montrer.

Judith acquiesça d'un signe de tête compréhensif et écouta avec attention mon odyssée dans le Palais des Ombres, ainsi que mes découvertes, toujours soldées par un échec ou une frayeur.

– Alors vous n'avez toujours rien trouvé, hormis ce journal brûlé ?

– Non. Pour cette raison et bien d'autres, j'ai accepté de rédiger ce manuscrit à la place de mon père pour le compte de son ancien éditeur.

Impressionnée par mon choix, Judith alla même jusqu'à me féliciter. Je ne savais s'il fallait prendre ces éloges pour une marque d'estime, ou pour la preuve que je devenais fou à mon tour. Comme nous avions épuisé le sujet de ma conversion à l'écriture, je décidai d'en venir à l'objet de notre rendez-vous :

– Qu'aviez-vous à me révéler de si capital pour me demander de venir vous voir ce soir ?

Judith se pencha vers moi et murmura, comme pour me révéler un lourd secret :

– J'ai découvert dernièrement quelque chose qui pourrait peut-être vous aider à mettre la main sur ce manuscrit.

– Je suis tout ouïe.

Judith sortit de son sac à main un morceau de papier à peine plus grand qu'une carte de visite qu'elle agita dans les airs.

– Je viens de trouver un bristol sur lequel Hugo a laissé un message qui pourrait vous concerner.

J'avais la gorge de plus en plus nouée.

– Que raconte-t-il ? m'étranglai-je.

– Tenez. Lisez vous-même

Je m'emparai du papier, fébrile, et lus ces mots :

– « Pour plus de sûreté, j'ai laissé un exemplaire de ce que tu sais dans le caveau du cimetière du Père-Lachaise. Signé H. Thanner. »

– Intéressant.

– N'est-ce pas ?

– Et vous ne me le montrez que maintenant ?

– Je suis désolée. Je l'ai retrouvé il y a peu, par le plus grand des hasards. Le papier, servant de signet, était inséré entre les pages d'un exemplaire d'un roman de votre père que j'avais emprunté dans sa bibliothèque. En voulant relire *Le Manuscrit du Diable*, je suis tombée dessus. Je ne sais pas si cela peut vous aider dans votre recherche, mais je pense que cela vaut la peine d'aller vérifier.

Se pouvait-il que cette indication portât sur le manuscrit recherché ? Mais alors, à qui était adressé ce bristol ? À Judith ? À moi ? Ou à quelqu'un d'autre ?

– Très bien, dis-je, en lui rendant le morceau de papier. Je vais m'empresser d'aller faire un tour du côté du Père-Lachaise et du caveau des Thanner.

Après avoir remercié Judith pour cette précieuse information, je vidai mon verre de bière d'un trait en songeant que je tenais peut-être là une nouvelle piste.

Je payai l'addition et nous sortîmes du café. Nous nous quittâmes sur le trottoir, sans autre effusion qu'une poignée de main et un sourire. D'un geste délicat, Judith releva le col de son manteau : le froid était de plus en plus vif.

– Tenez-moi au courant de vos recherches, insista-t-elle.

– Je n'y manquerai pas.

– Quoi que vous trouviez dans ce cimetière ou dans cette maison, je vous souhaite le meilleur pour l'avenir, Nathan.

– Moi aussi, Judith. Soyez heureuse. Vous le méritez.

Un dernier regard échangé, et la femme qui avait été la dernière compagne de mon père disparut dans la nuit glacée de Paris.

– 25 –

Je ne savais que penser de ce mot découvert par Judith, ni même si cette nouvelle piste était l'assurance de retrouver le manuscrit. Mais je n'avais d'autre choix que de vérifier sur place, même si l'idée de retourner au caveau des Thanner suffisait à me donner la chair de poule.

Je décidai donc de m'y rendre le soir même. Comme je jugeais plus prudent de ne pas y aller seul, j'allai demander à Hannah si elle désirait m'accompagner. Au comble de l'excitation, je courus jusqu'au 7, rue des Barres, gravis en hâte l'escalier conduisant au premier étage et sonnai à sa porte. Fort heureusement, elle était là et avait terminé de réviser son morceau de Bach.

– Quel bon vent t'amène ? me demanda-t-elle en me découvrant tout essoufflé. Je croyais qu'on ne devait se voir que demain… Tu as trouvé quelque chose dans la maison ?

– Non… Pas eu le temps de m'y rendre… En revanche, une visite nocturne dans un cimetière, ça te dirait ? lui proposai-je, encore haletant.

Hannah fit la moue et répondit avec l'ironie qui la caractérisait :

– En voilà une promesse alléchante ! Tu as décidément l'art de te comporter en prince charmant ! Et pourquoi pas les catacombes ?

Je pris le temps de reprendre mon souffle avant d'arguer :

– Parce que le cimetière du Père-Lachaise est plus intéressant. On y trouve, par exemple, le caveau des Thanner. Et, tout comme l'indique un nouvel élément, la trace d'un manuscrit.

Face à sa mine incrédule, je finis par lui expliquer la raison de mon soudain revirement :

– Hannah, je viens de voir Judith Weintraub, la dernière compagne de mon père. Je crois qu'elle a fait une découverte sensationnelle. Si le message qu'il a laissé sur un vulgaire bout de papier dit vrai, si ce n'est pas l'une de ses facéties, le manuscrit se trouve quelque part dans la tombe !

– Mais le cimetière est fermé à cette heure-ci.

– Oui. Mais je connais une entrée secrète. Je m'y suis déjà rendu de nombreuses fois pour des promenades sous la lune… Mon côté romantique, peut-être… Alors, tu viens avec moi ?

Contrairement à ce à quoi j'aurais pu m'attendre, elle ne me claqua pas la porte au nez et, après un temps d'hésitation, se résolut à me laisser entrer.

– Très bien. Je dois être folle d'accepter ta proposition, mais j'avoue que je m'en voudrais de ne pas être là, si réellement le manuscrit s'y trouvait. Donne-moi un quart d'heure, le temps que je me prépare, et je suis à toi.

Pendant qu'elle s'habillait, je me munis de deux lampes de poche, puis je fis infuser deux tasses de thé car je mourais de soif après cette course effrénée. J'en tendis une à Hannah aussitôt qu'elle réapparut. Elle but le breuvage à petites gorgées, tout en tentant d'amadouer sa chevelure récalcitrante à l'aide d'un foulard de soie rouge.

– C'est bon. Je suis prête pour cette charmante petite promenade.

– Tu verras. On va s'amuser comme des fous.

– Je n'en doute pas, rétorqua-t-elle en posant sur moi un regard assassin.

*
* *

Lorsque nous sortîmes du métro Bagnolet, nous longeâmes le boulevard de Charonne et empruntâmes la rue du Repos. Le cimetière dormait sous la lune. Nous entrâmes par une porte dérobée que je savais ouverte de jour comme de nuit, noyée dans un mur recouvert de lierre. J'en poussai l'huis de fer, en franchis le seuil et me trouvai aussitôt dans une allée cerclée de tombeaux. Hannah m'emboîta le pas, refermant la porte derrière nous. Elle paraissait tout à la fois émue et intriguée d'arpenter un cimetière si vaste à une heure aussi indue.

– N'aie pas peur, lui soufflai-je à l'oreille en allumant ma lampe. À cette heure-ci, on ne peut croiser que des morts.

– Très drôle, fit-elle d'un ton narquois, en se collant à moi.

Nous marchâmes encore quelques minutes avant d'atteindre le carré juif. Bientôt, le caveau des Thanner fut devant nos yeux. J'en poussai la porte et tombai aussitôt sur une plaque de marbre sur laquelle étaient inscrits plusieurs noms. Dans le faisceau de lumière de ma lampe de poche, je découvris ceux de mes parents :

Rebecca Thanner, née Zyzek
1901-1932

Hugo Thanner
1901-1960

Un peu plus bas étaient mentionnés, comme pour un cénotaphe, ces quelques mots :

Le Palais des Ombres

À la mémoire d'Hadrien Thanner
1902-1944
Mort en déportation à Auschwitz

Juste en dessous se trouvait la tombe où reposaient les dépouilles. Hannah émit ce commentaire en la découvrant pour la première fois :

– Elle est sobre. Presque nue.

Tout ce qui restait de mes proches, hormis la maison et les livres de mon père, se trouvait là, sous nos yeux. Quelques mots gravés et de la poussière. Ce caveau, outre cette multitude de cadavres, recelait-il un trésor caché ?

Hannah et moi munis de nos lampes cherchâmes dans tous les recoins de cet endroit lugubre, mais nous ne trouvâmes rien. Alors que je m'apprêtais à renoncer, je songeai à prendre un peu de recul. Sortant du caveau, je fis quelques pas afin de considérer ma quête sous un autre angle. Mon œil fut alors attiré par un mince regard sous la porte d'entrée du caveau, par lequel s'écoulaient les eaux de pluie. Je m'approchai et, en me penchant un peu, je parvins à en desceller la plaque et à la soulever. Dans le regard de béton, je repérai une anfractuosité située sur le passage du conduit d'écoulement, cinquante centimètres sous terre. À côté de la goulotte, une tache sombre m'intrigua.

– Attends, Hannah ! Je viens d'apercevoir quelque chose !

– Où ça ? dit-elle en se précipitant au-dehors.

– Là, dans le regard.

Allongé sur le sol de gravier, je tendis la main et palpai un objet. Malgré l'appréhension, je parvins à m'en saisir et à le retirer de sa cachette. Une fois à l'air libre, j'exhibai à la lumière de la lune une sacoche de couleur verdâtre. Hannah s'en empara aussitôt.

– Quelle puanteur ! ne put-elle s'empêcher de s'écrier. Tu es certain qu'elle n'a pas été rongée par les rats ?

– Rien n'est moins sûr, dis-je en l'inspectant à mon tour.

Le cuir, délavé et recouvert de taches de moisissure, avait été dévoré par l'humidité, ses coutures étaient déchirées. La sacoche devait se trouver dans cette cachette depuis pas mal de temps pour être dans un tel état.

– Ouvre-la donc, dit Hannah avec ferveur.

Je m'exécutai aussitôt. Et le Graal apparut. À l'intérieur de la sacoche, il y avait bel et bien un manuscrit. Un manuscrit qui portait un titre que je connaissais bien pour l'avoir cherché depuis si longtemps :

LE PALAIS DES OMBRES

Cette fois, n'y tenant plus, j'exultai. Et j'aurais sans doute hurlé si je ne m'étais souvenu *in extremis* du lieu sacré où nous nous trouvions : un cimetière par une nuit baignée de lune.

– Alors ? demanda Hannah, aiguisée par la curiosité, c'est le bon ?

– Oui, je crois ! fis-je, aux anges.

Dieu devait rire de nous en cet instant précis, car lorsque j'ouvris le manuscrit et tentai d'en déchiffrer le contenu, je découvris avec stupeur que chaque page, rongée par l'humidité, était devenue illisible. À la place du roman de mon père, je n'avais entre les mains qu'un flot de taches bleutées formant une mer d'encre dans laquelle je sombrais peu à peu. Hannah me regarda avec stupeur.

– Rien à faire, dis-je, amer. Cette fois, ce n'est pas le feu, mais l'eau qui a tout détruit…

– 26 –

Notre désillusion fut grande. Désormais, nous possédions un journal brûlé et un manuscrit inexploitable, rongé par l'humidité. Sur le chemin du retour, nous n'échangeâmes pas un mot.

J'étais découragé, et je sentais qu'Hannah n'y croyait plus vraiment non plus.

– C'est fini, dis-je d'un air contrit. Tout cela ne mène à rien. Nos plans ont échoué.

Pour toute réponse, Hannah m'embrassa tendrement et rentra chez elle. Pour une fois, elle aussi, semblait exténuée.

Les jours suivants, un soleil froid ne parvint pas à réchauffer l'atmosphère glaciale que cette dernière déconvenue avait apportée dans ma vie. Je songeais sans cesse au manuscrit que je savais désormais perdu à jamais. Le travail à la boutique ne parvenait pas à me changer les idées. Je n'avais même plus le goût d'écrire, de terminer enfin mon journal, et de continuer l'enquête. J'étais à bout de nerfs. Hannah, quant à elle, voyant mon humeur maussade, me laissa ruminer mes idées noires en prenant un peu de recul et se concentra sur l'étude de son violon. Ce furent des jours sombres. Les derniers jours de l'hiver.

*
* *

La vérité, celle que j'espérais depuis plusieurs mois déjà, et que me promettait bientôt l'inconnu se faisant appeler Oscar Dario, jaillit pourtant peu après.

Un après-midi de la fin mars, alors que le ciel s'était de nouveau obscurci, une Delahaye gris anthracite se gara devant ma boutique. En sortit Benjamin Tatz, vêtu d'un élégant costume trois pièces, de souliers noirs cirés en miroir et d'un couvre-chef lui donnant un air de gentleman-farmer. Le marchand d'art poussa la porte du Bal des marionnettes peu avant l'heure de la fermeture. À sa mine préoccupée, je devinai aussitôt qu'il avait des confidences à me faire.

– Monsieur Tatz, que me vaut l'honneur de votre visite ?

Je m'empressai de sortir de derrière mon comptoir pour l'accueillir.

Le marchand d'art refusa ma poignée de main non par manque de civilité, mais prétextant un rhume carabiné qui le forçait à prendre quelques précautions sanitaires. Comme pour mieux illustrer son propos, il sortit un mouchoir de sa poche, éternua et se moucha bruyamment.

– Mon cher Nathan, je suis sorti malgré ce froid qui me raidit la nuque et le fait que je sois un peu souffrant car j'ai deux choses à te confier, dit-il d'une voix congestionnée.

– Au sujet du Palais des Ombres ?

– Plutôt à propos de ton père.

L'homme plia son mouchoir en quatre et le rangea dans sa poche avant de poursuivre :

– En préambule, j'aurais besoin d'un bon fortifiant. Aurais-tu une boisson chaude à me proposer ?

Je m'empressai de lui servir dans un gobelet un thé bouillant que je gardais dans une Thermos, breuvage que j'avalais à longueur de journée pour me tenir tant bien que mal éveillé. L'homme en but quelques gorgées pour s'éclaircir la voix, puis s'assit sur une chaise près du comptoir.

– Deux choses me tracassent depuis plusieurs jours.

– Je vous écoute, monsieur Tatz.

Le marchand d'art plongea son regard sombre dans le mien et me révéla cette chose étonnante :

– La première concerne l'écrivain. Ton père a publié plusieurs livres en peu de temps, si je ne m'abuse.

– C'est bien ça.

– Cela demande du travail. Beaucoup de travail. Des heures et des heures d'écriture quotidienne, je suppose.

– Oui, c'est logique. Une vie de forçat, en quelque sorte. Je m'y emploie moi-même depuis un certain temps et je ne parviens toujours pas à finir le roman commencé il y a plusieurs mois. Et ce n'est pas faute de me mettre à l'ouvrage, mais l'écriture est une question de temps.

Le marchand d'art acquiesça et annonça d'une voix nasillarde :

– Je veux bien te croire. Eh bien sache qu'en trente ans d'amitié, je n'ai jamais vu ton père écrire une seule ligne.

Je fronçai les sourcils, étonné.

– Bien sûr, poursuivit-il, depuis une quinzaine d'années, il n'avait plus rien publié… Mais tout de même… Il y a là comme un mystère.

– N'écrivait-il pas la nuit ? repris-je.

– Sans doute. Après tout, c'était une sorte d'oiseau nocturne qui ne se couchait jamais avant l'aube. Mais avoue que c'est quand même étrange. Trente années d'amitié, et pas une seule fois je ne l'ai vu au travail… Autre chose m'est revenu en mémoire.

– Dites-moi.

– Je crois me souvenir à quoi servait cette vieille clé en fer forgé que tu m'as montrée lorsque tu es venu chez moi.

Fébrile, j'ouvris mes oreilles comme des écoutilles.

– Cette clé doit être celle de la seconde tourelle. Celle qui se situe côté ouest.

– Je suis désolé de vous contredire, mais vous devez faire erreur. La seconde tourelle semble inaccessible. Sans doute s'agit-il de combles ne possédant aucun accès de l'intérieur du Palais des Ombres.

– Tu fais erreur. Il y a bel et bien un passage qui y conduit. Je me souviens que ton père m'y avait emmené, une fois, pour me montrer ce qu'il voulait en faire. Il avait le projet de l'aménager en studio indépendant pour y loger ses amis. Mais il n'en avait guère et, de toute manière, personne, pas même moi, n'aurait accepté de passer une nuit dans cette demeure lugubre, le projet a fini par tomber à l'eau…

– Où se trouve-t-il, ce diable d'accès ? demandai-je alors, au comble de l'excitation.

– Tu te souviens du salon de magie ?

– Oui, bien sûr.

– Eh bien, c'est là que je crois me souvenir…

Comme s'il craignait que quelqu'un d'autre surprît ses paroles, Benjamin Tatz me souffla la solution à l'oreille.

Une tornade n'aurait pas produit plus d'effet sur moi. Comment n'avais-je deviné avant ? Comment n'avais-je pu voir ce qui se trouvait sous mes yeux ? Le salon de magie abritait donc un passage secret.

Sans même remercier Benjamin Tatz pour ces précieuses informations, je fermai la caisse du magasin, me jetai sur le portemanteau et enfilai mon blouson, prêt à sortir.

– Que t'arrive-t-il, Nathan ?

– Vite, il n'y a pas un instant à perdre. Il faut aller là-bas. Je suis certain désormais que le manuscrit du *Palais des Ombres*, s'il en existe un double, se trouve dans ce second grenier. Voulez-vous m'accompagner, monsieur Tatz ?

L'homme parut un peu contrarié par ma demande.

– Je voudrais bien, Nathan, mais mon rhume m'ôte toute faculté de discernement, et me procure une grande fatigue. Ce sera pour une autre fois.

Je compris que, tout comme Judith, il ne voulait pas remettre les pieds dans cette maison maudite. Il termina son thé et se décida à partir en voyant mon impatience.

– Cela n'est rien. Allez donc vous reposer. Je peux très bien y aller tout seul.

Benjamin Tatz me salua, puis il quitta la boutique. Je le vis remonter dans sa Delahaye et s'engager dans la rue avant de disparaître comme il était venu, tel un ange salvateur envoyé par les puissances divines.

Après le départ du marchand d'art, je fermai aussitôt boutique et me précipitai chez Hannah. Par malchance, elle était occupée à donner un cours de violon à l'une de ses élèves.

– Hannah ! m'écriai-je, exalté. Je sais à quoi sert la clé ! C'est Benjamin Tatz qui vient de me le révéler : à ouvrir un passage secret dans le salon de magie. Vite, il faut y aller tout de suite !

– Je suis désolée, Nathan, mais je ne peux me libérer avant ce soir. Vas-y seul si tu veux, je te rejoindrai dès que j'aurai fini ma leçon.

Hannah, déjà échaudée par nos dernières tentatives, ne se montrait pas aussi enthousiaste que moi. Je la laissai donc à sa leçon. Quitte à mourir de frayeur, j'étais prêt à affronter une dernière fois les affres du Palais des Ombres.

– 27 –

Devant la maison, mon malaise fut tel que je faillis faire machine arrière. La lumière du rez-de-chaussée était allumée et je crus même apercevoir une silhouette derrière la fenêtre du salon. L'ombre disparut aussitôt que je poussai la grille. Il fallait donc que j'en aie le cœur net.

Je traversai l'allée de gravier d'un pas peu assuré et gravis les marches du perron. La porte était entrouverte.

En franchissant le seuil, un courant d'air glacé me frôla la nuque. Cette fois, je savais que quelqu'un m'attendait.

Je traversai le vestibule et passai à côté de l'armoire où était juché le hibou, sentinelle intermittente de cette sombre demeure. Puis je longeai le couloir et entrai dans le salon de magie. Là, je retrouvai les sept automates. Ils avaient une nouvelle fois changé de place, à l'exception du septième. Je m'approchai de l'enfant au clavecin et, posant délicatement ma main sur son visage, je glissai mes doigts jusqu'à sa gorge, puis sa nuque. Je sentis alors un petit trou béant de quelques centimètres, juste au-dessus du cou. Me penchant pour mieux la distinguer, je découvris une serrure. Je me saisis de la clé qui pendait autour de mon cou, la glissai à l'intérieur, et la fis pivoter d'un quart de tour sur la droite. Un léger déclic se fit entendre. L'automate se mit aussitôt à jouer *Aquarium* de Saint-Saëns. Mais le spectacle ne faisait que commencer.

À côté de moi, sur le mur derrière l'estrade, venait de s'ouvrir une porte dérobée dont les angles se confondaient avec les moulures faisant office de décoration. C'était une ouverture d'à peine cinquante centimètres de largeur, et haute de deux mètres environ. Elle était si invisible à l'œil nu que j'aurais très bien pu passer des centaines de fois devant elle sans l'apercevoir. Une fois entrebâillée, elle n'offrait rien d'autre qu'un rectangle d'obscurité aussi sombre que l'intérieur d'une tombe.

J'ouvris la porte en tremblant et découvris qu'elle donnait sur un escalier s'élevant dans la pénombre. Je ne trouvai pas d'interrupteur, aussi décidai-je d'allumer ma lampe de poche. J'inspectai la cage d'escalier avant d'oser m'aventurer dans cette spirale inquiétante jonchée de toiles d'araignées. Les murs arrondis étaient recouverts de suie et une épaisse couche de poussière garnissait les premières marches où je distinguai des empreintes de pas.

– Il y a quelqu'un ? demandai-je, comme pour me donner une contenance.

Seul le silence me fit écho. J'avais envie de prendre mes jambes à mon cou et de m'enfuir. Mais j'avais, pour la première fois, l'intime conviction que la vérité m'attendait tout au bout de cet escalier. De manière inexplicable, j'étais certain que ma vie en dépendait. Il n'était plus temps de reculer. Une goutte de sueur perla à mon front. Je gravis les premières marches en retenant mon souffle. Où diable me menait cet escalier en colimaçon ? À chaque pas, mon cœur battait un peu plus fort dans ma poitrine. Je comptai une vingtaine de marches identiques jusqu'à un premier palier où je marquai une halte. Sur un côté du mur se dessinait une tache sombre de forme rectangulaire, de la hauteur d'une porte. Visiblement, il s'agissait là d'un passage menant au premier étage de la maison. Je balayai le rectangle avec le faisceau de ma lampe : les joints, que j'avais d'abord crus enduits et qui rendaient ce passage impossible, étaient recouverts d'un simple caoutchouc. En appuyant fortement avec la paume de ma main, je sentis la cloison bouger quelque peu. J'excentrai ma pression sur la gauche : une partie du mur finit par pivoter, délivrant une entrée secrète.

Il s'agissait d'une bibliothèque tournant sur son axe, qui menait à la chambre fermée à clé, celle où j'avais aperçu le pendu se balançant au bout d'une corde lors de ma première visite. On pouvait donc y pénétrer autrement que par le couloir du premier étage. Je venais d'élucider là un nouveau mystère. La chambre des illusions était accessible par le passage secret.

Je repris mon souffle et quittai la pièce en prenant soin de refermer derrière moi le pan de la bibliothèque. Puis je m'engageai dans la seconde partie de l'escalier, une volée de marches irrégulières dont la hauteur allait en s'amenuisant. Je sentais que j'approchais du but.

Une fois parvenu au niveau du grenier, je me trouvai face à une porte de bois ancienne dotée d'une poignée ronde couleur cuivre. Je venais de découvrir l'endroit que je cherchais depuis le premier jour où j'avais forcé l'entrée du Palais des Ombres. La pièce interdite qui recelait le manuscrit tant recherché.

Je tournai la poignée, poussai la porte et entrai.

*
* *

Cela dépassait l'entendement. Cette porte ne débouchait nullement sur des combles abandonnés, mais sur une large pièce mansardée, éclairée par une faible ampoule. Chaque pan de mur était recouvert de livres. Dans un recoin, un bureau, sur lequel étaient posées une machine à écrire, une rame de papier et une lampe de couleur verte.

Le lieu, de toute évidence, était habité. J'en eus la chair de poule et mon cœur se mit à battre tellement fort dans ma poitrine que je crus mes veines sur le point d'exploser. Lorsque mes yeux se furent habitués à la semi-pénombre, je découvris avec stupeur, assis devant la machine à écrire et me tournant le dos, la présence d'un homme.

– Entre, Nathan. Je t'attendais. En vérité, pendant toutes ces années, je n'ai cessé de t'attendre.

J'étais liquéfié. Trempé de sueur glacée. Je voulais parler, lui demander qui il était et ce qu'il faisait là, depuis combien d'années il se terrait ainsi dans ce grenier, mais les mots restèrent coincés en travers de ma gorge. L'homme, devinant mon malaise, fit pivoter lentement sa chaise dans un grincement insupportable et s'offrit à ma vue. Je faillis m'évanouir. Il me présenta un visage blafard, tavelé, comme mangé par la vérole. Un visage qui ne me disait rien, mais qui pourtant ne m'était pas totalement inconnu. Il ressemblait à un cadavre fraîchement exhumé d'une tombe, un fantôme surgi du passé.

– Tu me reconnais, maintenant ? demanda-t-il en braquant le faisceau de la lampe sur lui.

Toujours aussi effrayé, je regardai l'étrange apparition et reconnus, à visage découvert, l'inconnu de la boutique. Mais cette fois à nu, sans déguisement et sans fard.

– Oscar Dario ? Que faites-vous ici ?

L'homme eut un rictus affreux qui déforma sa face, la rendant plus laide encore, et ricana. Un rire affreux et inquiétant. Puis, il saisit entre ses doigts blanchâtres et squelettiques une cigarette, qu'il alluma à l'aide d'un briquet en forme de tête de mort.

– Tu ne croyais quand même pas que j'étais Oscar Dario, n'est-ce pas ?

Un long silence, puis il continua :

– D'ailleurs, Oscar Dario est mort depuis des années, tu devrais le savoir, Nathan.

Prenant sur moi, je m'approchai de lui et le dévisageai avec intensité, découvrant que, sous le déguisement du magicien, il y avait un autre homme, un visage qui me rappelait mon père mais qui n'était pas lui.

– C'est pourtant vous qui étiez à l'enterrement, vous qui êtes venu me voir à la boutique et m'avez épié tout au long de mon enquête. Et c'est vous également qui avez fait réparer les automates auprès de M. Georges.

– C'est bien moi, Nathan, qui ai fait tout cela. Mais, comme tu dois t'en douter, je n'ai révélé à personne ma véritable identité… Non, personne… Pendant toutes ces années, je suis resté aussi discret qu'un mort…

– Qui êtes-vous, alors ? le suppliai-je.

L'homme se mit à rire à nouveau et ajouta sur un ton perfide :

– Cherche encore. Cherche mieux. Mon visage ne te dit vraiment rien ?

Je me penchai vers lui. Progressivement, mes yeux s'habituèrent à l'obscurité à peine troublée par le faible rai de lumière que diffusait l'ampoule au-dessus de la machine à écrire. Je savais où j'avais vu cet homme. C'était lui, alors plus jeune d'une vingtaine d'années, qui posait debout aux côtés d'Hugo Thanner devant le Palais des Ombres. L'homme sur la photographie retrouvée dans un tiroir du cabinet de curiosités du salon de magie. Quelqu'un que je n'avais jamais vu, et qui pourtant possédait comme un air de famille. Il me sembla que mon père avait surgi de son cercueil et se tenait planté là devant moi.

– Non, vraiment, je ne vois pas qui vous êtes, finis-je par murmurer d'un air gêné. Vous ressemblez étrangement à Hugo, vous possédez ses traits, mais je suis certain que vous n'êtes pas lui.

L'homme approuva de la tête. Se rapprochant encore du faisceau de lumière inondant son visage rongé par la maladie, il me souffla en pleine figure :

– Es-tu seulement prêt à entendre la vérité ?

Les paroles de l'homme qui ressemblait à une ombre venue du passé allaient changer le cours de ma vie.

*
* *

– Mon nom est Hadrien Thanner ! avoua-t-il d'une voix d'outre-tombe.

Je sursautai, incrédule.

– C'est impossible. Hadrien est mort et enterré depuis longtemps. Depuis 1944, exactement. Il n'est jamais revenu de Auschwitz, où il a été déporté pendant la guerre.

– Tu fais erreur, Nathan.

Il eut un petit rire cruel.

– Tout cela n'était qu'une vaste mise en scène organisée par mon propre frère, une immense supercherie. Bien qu'à demi mort, je suis encore un être vivant. La preuve, regarde ce tatouage. Un cadeau des nazis.

Il me tendit son bras et je découvris, incrustée dans la peau, une succession de chiffres.

Je le regardai bouche bée, sans comprendre.

– Hadrien… Vous êtes donc vivant ?

Il secoua la tête de haut en bas et eut un faible sourire.

– Je ne peux pas mourir, Nathan, du moins pas encore. Je ne peux pas mourir parce que c'est moi le véritable écrivain de la famille.

Cette fois, je bondis, sidéré :

– Vous mentez. Je ne peux pas croire à une chose pareille !

L'homme ouvrit la malle qui se trouvait dans un coin de la pièce et en extirpa les brouillons de tous les manuscrits qu'un certain H. Thanner avait signés de son nom. *Le Manuscrit du Diable*, *La Main rouge* et tous les autres titres. Je compulsai les manuscrits, abasourdi, et relevai la tête en tremblant. J'avais devant moi l'homme qui avait écrit tous ces livres, sans doute dans l'enfer de ce grenier dénué de lumière.

– Je ne peux pas le croire. Ainsi, vous seriez le véritable auteur… Mais alors pourquoi n'en avoir rien dit ?

Hadrien Thanner haussa les épaules et répondit avec acrimonie :

– Mon frère m'a volé ma vie. Et je n'ai pas eu la force ni le courage de la lui reprendre.

Tétanisé par cette révélation, je m'effondrai sur une chaise en tentant de recouvrer mes esprits. Après un silence de mort, je lui demandai :

– Comment tout cela est-il arrivé ?

L'homme qui prétendait être Hadrien Thanner se massa longuement le visage et m'annonça :

– Je vais te lire quelque chose et alors tu comprendras. Mais je vais d'abord exiger de toi une promesse : ne m'interromps surtout pas, quoi qu'il en coûte…

Et, plongeant sa main dans la malle, il en extirpa une dernière chemise contenant quelques feuillets recouverts de sa fine écriture. Elle portait pour légende : *Le Palais des Ombres*.

– 28 –

Il faut toujours se méfier des apparences, mon cher Nathan, car le monde visible n'est qu'une illusion à laquelle les esprits faibles se contentent de croire. La vérité, beaucoup plus cruelle, se niche dans les ombres du passé. Peu nombreux sont ceux qui osent la chercher car sa lumière est telle qu'elle leur brûle d'un feu ardent les yeux et l'âme. La vérité fait mal. Très mal. La seule véritable histoire des Thanner, la voici délivrée dans ces lignes, même s'il me semble que chacune d'elles fut écrite en remplaçant l'encre de la mystification par l'acide sulfurique de la réalité.

Hugo et moi étions très différents, cela, je le sus dès l'enfance. Lui était fait pour vivre en pleine lumière, et moi dans l'ombre. Et pourtant nous nous ressemblions étrangement, comme si nous étions les deux facettes d'un même personnage à la complexité étonnante. Hugo le solaire et Hadrien le lunaire.

À nous deux, nous formions une sorte de Janus. Voilà sans doute pourquoi nos deux vies furent intimement liées.

Lorsque Hugo devint journaliste, j'étais encore un modeste employé chez un marchand d'art de la rue Drouot, travaillant dans l'obscurité et l'anonymat le plus total, même si je caressais en secret l'espoir de vivre de mon écriture. Car j'écrivais chaque nuit, dans l'ombre de mon alcôve, apprenant mon futur métier en même temps que la solitude et l'angoisse qui vont de pair. Pendant cette période, je fréquentais à peine mes collègues avec qui je ne partageais rien d'intime. Peut-être me trouvaient-ils fade comme un jour de pluie. Je ne connus que très peu de femmes, compagnes éphémères de mon exil volontaire, créatures d'un soir ou de quelques semaines qui, très vite, me délaissaient pour d'autres hommes moins tourmentés que moi. Hugo, lui, avait plus de succès avec la gent féminine. Son caractère affirmé, sa prestance, son aplomb naturel faisaient mouche bien souvent. Et son métier de journaliste lui donnait l'occasion de rencontrer beaucoup de monde. Ainsi enchaîna-t-il les conquêtes et moi les désillusions.

Même si la mort de notre père et la ruine annoncée de la famille nous avaient séparés quelque peu, nous nous voyions régulièrement. En ces temps de déchéance, notre mère restait notre lien le plus charnel.

Puis Hugo rencontra Rebecca Zyzek et, un soir, il me la présenta. Je sus alors que j'étais perdu à jamais. Au premier regard qu'elle posa sur moi, mon cœur fut enflammé comme il ne l'avait jamais été auparavant. Je tombai amoureux d'elle et n'eus de cesse de désirer la posséder.

Bien entendu, je n'avouai rien à Hugo de mes tourments, lui qui semblait également très épris de Rebecca. Je passai les premiers mois en leur compagnie à me ronger les sangs, incapable de me soustraire à mon inclination coupable pour cette femme. Je voyais bien que je ne pourrais cacher très longtemps mes sentiments à son égard. Hugo, aveuglé par son ego démesuré, n'y vit que du feu. Rebecca, elle, en excellente séductrice, devina très vite les passions qu'elle suscitait en moi.

Un soir, alors que nous étions tous deux dans son appartement et que mon frère était retenu par ses obligations professionnelles – dans je ne sais quelle obscure salle de rédaction du journal qui l'employait –, Rebecca se fit plus pressante. J'étais assis dans le fauteuil du salon, un verre de porto à la main, et elle de dos, en train de se mirer dans la glace de l'entrée, après l'essayage d'une robe qui lui allait à ravir. Je l'observais à la dérobée en déglutissant, oubliant qu'elle pouvait me voir dans son miroir. Elle remarqua que je la contemplais, ajusta sa robe et, sans se retourner, me demanda :

– Vous me trouvez séduisante, n'est-ce pas Hadrien ?

Comme je restais de marbre, elle ajouta avec malice tout en portant à ses lobes des boucles d'oreilles qui brillaient de l'éclat de mille diamants :

– Ne niez pas, cela se lit sur votre visage comme dans un livre ouvert.

Je parvins difficilement à articuler d'une voix la plus assurée possible cet aveu :

– C'est pire que cela. Je me consume de passion pour vous.

Rebecca se figea. Elle finit de se mirer. Puis elle fit volte-face. Sa beauté m'éclatait en plein visage.

– La beauté est un leurre. Et la passion est éphémère.

– Mais l'amour est éternel.

– Alors c'est bien ce que je craignais depuis le début. Vous êtes amoureux de moi.

Je fis signe que oui.

Elle s'approcha de moi et me caressa la joue.

– Hadrien, je ne parviens pas à savoir qui vous êtes vraiment, mais je dois avouer que vous non plus ne m'êtes pas indifférent. Votre jardin secret doit être d'une grande richesse, et j'ai bien envie d'y faire un tour afin de découvrir les trésors qu'il renferme.

C'était donc cela. En un seul regard, cette femme intelligente et sensible avait tout deviné de ma personne. Mieux encore, elle avait eu le courage de briser la glace que ma froideur avait installée entre nous. Alors, sans que je tente de l'en empêcher, elle se pencha sur moi et posa un baiser sur mes lèvres. Je crus m'évanouir de bonheur et, n'y tenant plus, je l'enlaçai et prolongeai ce baiser magique pendant de longues minutes d'une fougueuse passion.

Ensuite, nous fîmes l'amour avec une telle intensité que j'en garde aujourd'hui encore le souvenir marqué au fer rouge. Ces quelques heures de passion amoureuse furent sans doute les plus brûlantes de mon existence.

Dès lors, nous connûmes une relation secrète, partageant nos corps dès que l'occasion nous en était donnée, devenant chaque jour plus amoureux l'un de l'autre, tiraillés entre la culpabilité et le désir fou. Même un être tourmenté comme je l'étais pouvait lentement s'ouvrir au bonheur : il suffisait pour cela de trouver la bonne personne. Le malheur, c'est qu'elle était la compagne de mon propre frère.

Je ne savais ce qu'elle me trouvait, mais je crois que mon côté mystérieux l'intriguait. Ne sachant que faire, et incapable de mettre un terme à cette union sulfureuse, transformé par cet amour implacable auquel je ne croyais plus depuis mes lamentables échecs passés, je sombrai lentement dans le déni, me refusant à voir la réalité en face. Un esprit plus raisonnable aurait proposé à la belle soit d'y mettre un terme, soit de quitter Hugo et d'officialiser notre union. Mais je ne parvenais pas à m'y résoudre, d'autant que l'objet de ma passion se plaisait à cette duplicité qui, semblait-il, donnait du piquant à sa vie devenue un peu triste depuis qu'elle avait quitté ses habits de danseuse. Cette créature hors du commun connaissait son pouvoir de séduction et, telle la jolie fleur qu'elle représentait à mes yeux, elle avait besoin de vivre dangereusement, et d'envoûter les hommes de son subtil parfum de femme.

Toute cette comédie aurait pu durer longtemps si, un jour, Rebecca n'était tombée enceinte. Un enfant ne peut avoir deux pères, surtout si le vrai n'est pas celui qu'on croit. Vu la fréquence de nos relations, et l'absence de plus en plus marquée d'Hugo au sein de son couple, je ne me faisais aucune illusion sur l'origine de cette paternité. L'enfant qui allait naître était le mien.

L'année suivante, en mars 1929, Rebecca accoucha d'un garçon qui me ressemblait étrangement. À ta naissance, Nathan, je dois dire que tu étais mon portrait craché. J'en conçus une certaine fierté, mais je compris aussitôt que cette ressemblance était aussi la signature de mon forfait.

Dès qu'Hugo posa son regard sur toi, la vérité lui sauta au visage et le foudroya. Il sut dès les premières heures de ta vie que tu n'étais pas de lui et que sa femme l'avait trompé avec son propre frère. Double trahison. Les deux êtres auxquels il tenait le plus s'étaient joué de lui pendant des mois et lui avaient arraché le cœur.

Ivre de colère, il fit une scène à Rebecca qui, stoïque, ne flancha pas. Elle lui soutint *mordicus* qu'il avait perdu la tête, qu'il était possible qu'un enfant ressemblât étrangement à son oncle, et qu'il se leurrait. Mais Hugo, habitué au talent de comédienne de sa femme, ne se laissa pas berner aussi facilement.

– Très bien. Puisque tu ne veux rien me dire, je sais ce qu'il me reste à faire.

Laissant derrière lui Rebecca en pleurs, il quitta la chambre d'hôpital où le nourrisson dormait à poings fermés.

Dans la foulée, il vint me rendre visite et, menaçant de me tuer si je ne disais la vérité, me força à avouer. Je ne fus pas long à lui résister, d'autant que ce secret me pesait lourdement. Oui, j'aimais Rebecca, peut-être davantage qu'il ne l'avait jamais aimée, elle m'aimait aussi et nous avions eu une aventure qui durait encore et durerait jusqu'à la nuit des temps.

Hugo tenant son aveu, restait pour lui à fomenter sa vengeance. À son regard noir, je crus ma dernière heure arrivée. Il leva la main, prêt à me frapper. Mais quelque chose le retint de commettre un tel geste et, au dernier moment, il renonça. Ma franchise le consternait autant qu'elle le dégoûtait. Amer, il me cracha au visage. La bête venait de m'inoculer son venin.

Il sortit en claquant la porte, hurlant comme un damné, non sans avoir auparavant juré de me faire payer cette trahison au centuple.

De longs mois de silence passèrent, période pendant laquelle il me fut impossible de revoir Rebecca ni d'approcher l'enfant. J'avais beau demander de vos nouvelles à quelques amis communs, je n'en eus jamais. Il semblait qu'Hugo vous avait murés dans une tombe. Je vous avais perdus tous les deux et j'en devins fou de douleur. Mais que pouvais-je faire, sinon souffrir en silence ? Je restai donc prostré sans pouvoir réagir. Ce silence dura trois ans.

Trois ans durant lesquels j'imaginai le pire. Qu'Hugo s'était vengé sur sa femme et sur cet enfant qui n'était pas le sien. En vérité, même si l'amour qu'il lui portait s'était changé en haine, mon frère ne souhaitait pas la mort de sa femme. Rebecca, elle, était partagée entre la honte et le désespoir, et ne pouvait rien faire d'autre que continuer à vivre avec lui et l'enfant. Elle avait trop peur, en le quittant, de te perdre à jamais. Hugo l'avait menacée le cas échéant de la dénoncer à la police et de demander la garde du garçonnet, qu'il aurait obtenue facilement. Au fond de lui, il était rongé par l'inquiétude, se demandant sans cesse si sa femme l'avait simplement trahi par faiblesse de la chair, ou si elle ne l'avait jamais vraiment aimé, me préférant à lui. Bref, il était partagé entre la décision de la répudier ou de lui pardonner. Finalement, il la tint sous sa coupe et le temps cicatrisa peu à peu les plaies.

Pendant ces trois années, je ne croisai Rebecca qu'une seule fois, par hasard, alors qu'elle se promenait dans la rue. Elle me reconnut aussitôt mais baissa les yeux et poursuivit son chemin comme si je n'existais pas. Pour la protéger, je résistai à la tentation de courir vers elle et de la retenir, de lui demander si elle désirait encore me voir. Sa silhouette disparut bientôt au milieu de la foule. C'est la dernière fois que je la revis.

Elle mourut quelques mois plus tard dans un terrible accident. J'ai longtemps soupçonné mon frère d'avoir foncé dans cet arbre de manière intentionnelle, bien qu'il ne s'agît que d'un dramatique concours de circonstances. Mon cœur en fut à jamais torturé, même si j'y voyais un châtiment de Dieu en réponse à nos actes. Je pleurai longtemps, d'autant que je ne pus assister à l'enterrement de Rebecca où j'étais *persona non grata.* Aux yeux d'Hugo, la pécheresse avait expié son crime. Je supposai ensuite qu'il ne lui restait plus qu'à me faire expier à mon tour pour que la boucle fût bouclée et que fût à jamais lavée l'abominable faute qui avait entaché les Thanner.

C'est ce qu'il fit en te confiant à ses beaux-parents après la mort de Rebecca, sans oublier de les mettre en garde contre moi. Il m'était interdit de te revoir et de m'approcher à moins de cinq cents mètres de leur domicile, rue du Bourg-Tibourg, dans le Marais. Lorsque j'eus connaissance de ceci, je repris contact avec mon frère et tentai de le dissuader d'une telle folie. Mais Hugo resta campé sur ses positions. À jamais rayé de la famille, je n'avais pas le droit de revoir mon fils sous peine d'être arrêté par la police. Cela ne choqua personne. Officiellement c'était lui le père, et moi rien qu'une ombre sur laquelle on avait jeté le voile de l'opprobre.

Lorsque la guerre fut déclarée, Hugo trouva l'occasion rêvée de se venger de moi une bonne fois pour toutes. Contre la promesse de sa propre liberté, il me vendit aux Allemands. Contre la promesse de vivre, il m'envoya dans un camp de la mort. Sa haine envers moi facilita son choix. Tout cela se fit sur simple dénonciation de sa part. Je le sus par l'officier à l'origine de cette odieuse machination qui, par pur sadisme, me révéla les dessous de l'histoire au moment de mon arrestation.

À Auschwitz, où je fus transféré à l'été 1943, ce fut l'enfer. Un enfer dont tu ne peux avoir idée, et qu'à force de temps j'ai peu à peu tenté d'effacer de ma mémoire, même s'il est impossible d'oublier certaines plaies béantes qui laissent des marques à vie. J'ai connu l'horreur, l'humanité dans tout ce qu'elle a de plus vil. J'ai vu la mort rôder autour de moi pendant ces mois d'enfermement. Il n'y eut pas un jour où l'un de mes compagnons de peine ne passât de vie à trépas.

Les mots me manquent pour décrire ce que l'humain est capable d'inventer dans l'ignominie. Là-bas, je perdis toute humanité. Je ne te raconterai pas ce que j'ai subi. Pour cela, tu peux relire mon premier roman et constater que je n'ai rien inventé.

Hugo pensait que je n'en reviendrais jamais, et moi-même je n'avais aucun espoir de sortir de là. Tout était calculé pour que personne ne restât plus d'un an en vie. J'étais persuadé que je ne verrais pas la fin de la guerre. Je n'avais qu'une seule solution : mourir. C'était la seule délivrance possible. Rebecca morte, et Hugo devenu un monstre qui me soustrayait mon propre fils, je n'avais plus d'autre échappatoire.

Et pourtant, c'est au moment de ma fin programmée, onze mois après mon arrivée à Auschwitz, que le miracle survint. Alors que je n'étais plus qu'un être décharné, j'appris que j'allais être fusillé au bord d'une fosse commune avec mes compagnons. J'étais tellement épuisé par le régime de privations et de labeur acharné imposé par mes tortionnaires que je reçus cette nouvelle presque comme un soulagement. Sous une pluie battante d'été, je fus conduit à quelques encablures du camp, là où l'on entassait les cadavres. La fosse était remplie de morts. On nous fit nous aligner et j'entendis le bruit des armes qu'on chargeait. Je n'avais jamais été si proche de la fin. Je priai pour le repos de mon âme et fermai les yeux.

Au moment où les balles se mirent à siffler autour de nous, je sentis qu'un projectile me perforait l'épaule droite. Touché, je me laissai tomber à terre et glissai lentement dans la fosse. Les dépouilles de mes compagnons d'infortune s'amoncelaient au-dessus de moi. Une vision d'horreur. Et pourtant, j'étais vivant. Miraculeusement vivant. Je décidai de profiter de cette chance ultime en faisant le mort. Lorsque les SS s'approchèrent du charnier, je n'avais qu'une crainte, qu'ils m'achevassent d'une dernière rafale. Mais ils se contentèrent d'y jeter de la chaux vive, puis s'en allèrent sans prendre la précaution de décharger une nouvelle fois leur Mauser, pressés de se mettre au sec.

Je restai ainsi prostré jusqu'à la nuit tombée. J'étais trempé, terrifié, mais j'étais en vie. Par chance, c'était l'été et je n'avais pas à craindre de finir gelé. La nuit venue, je trouvai la force de sortir de ce charnier. La blessure à l'épaule était douloureuse, mais qu'était la souffrance après tout ce que j'avais enduré jusque-là ? Je rampai jusqu'à la forêt avoisinante et parvins ainsi à m'enfuir.

Je trouvai un abri de fortune dans un tronc d'arbre et restai en ces lieux durant deux jours, à tenter de reprendre des forces, me nourrissant de glands, de feuilles et de rosée. Puis, la troisième nuit, à la faveur de la lune, je repris la route, bien décidé à m'éloigner autant que possible de mes bourreaux. Mais ma blessure s'infectait. Je ne pouvais aller plus loin sans risquer la septicémie.

Arrivé à une ferme, épuisé, je frappai à la porte, résolu à quémander quelques soins et un peu de nourriture, quitte à être repris par les surveillants. La femme qui m'ouvrit était blonde, grande et forte. Lorsqu'elle me vit, elle comprit immédiatement d'où je sortais. Elle ne me posa aucune question. Je lui expliquai avec les quelques mots d'allemand appris au camp que je mourais de faim et étais blessé. Elle tâta ma plaie, je hurlai. À bout de forces, je m'évanouis dans ses bras. La femme me transporta sur un lit et me prépara un bol de bouillon qu'elle me fit boire jusqu'à ce que, n'en pouvant plus, je m'endormisse du sommeil du juste.

Je dormis deux jours et deux nuits. Après quoi, je me réveillai enfin, résolu à l'idée de retourner au camp. Mon épaule avait été bandée et déjà j'allais un peu mieux, mais j'étais certain que mon hôtesse avait signalé ma présence aux forces de l'ordre. Pourtant la femme, qui vivait seule dans cette ferme, n'avait prévenu personne de mon évasion. Mieux encore, elle me fit comprendre que je pouvais rester là le temps que je désirais. C'était une sainte et, par bonheur, j'avais frappé à sa porte.

Je demeurai un an en ces lieux. Jusqu'à la fin de la guerre. Bien sûr, il n'était pas question pour moi de sortir au grand jour, ni même de manger à ma faim. La femme ne disposait que d'un ticket de rationnement pour nous deux et, comme je ne devais en aucun cas signaler ma présence, ni même la priver de la maigre nourriture qu'on lui octroyait en ces temps de disette, je restais la plupart du temps enfermé à la cave. Mon hôtesse m'apportait chaque soir un bol de soupe et un quignon de pain noir. Mais à côté de l'enfer de Auschwitz, cette prison me parut un doux supplice.

Je survécus ainsi à la guerre jusqu'à ce que le nazisme meure. À la fin du mois de janvier 1945, le camp de Auschwitz fut déserté et les nazis mis en déroute par l'offensive des Alliés. Tout devenait alors possible. Sans vraiment comprendre ce qu'il m'arrivait, je quittai ma bienfaitrice après l'avoir longuement remerciée. Grâce à elle, j'avais un peu repris figure humaine et, surtout, espoir. Il existait encore à cette époque honnie des Allemands qui avaient un cœur. La femme me fit promettre de lui écrire une fois que je serais rentré chez moi. Et je tins ma promesse. Il ne s'est pas passé une seule année, depuis, sans que je lui aie donné de mes nouvelles, même si nous ne nous sommes jamais revus.

Puis je me retrouvai comme d'autres déportés ou travailleurs forcés dans un train en partance pour Paris. Je ne ressemblais plus vraiment à un homme, je te l'ai dit. Malgré ce régime salvateur pendant la dernière année de guerre, une année entière passée à Auschwitz avait fait de moi un être famélique. Je pesais quarante kilos tout au plus, j'avais perdu mes cheveux, une partie de mes dents, je puais la mort à plein nez, la mort qui s'était incrustée dans chaque pore de ma peau et me donnait l'apparence d'un cadavre. Éreinté, courbé tel un vieillard de quatre-vingt-dix ans quand je parvenais à me lever. Mes yeux, enfoncés dans leurs orbites, avaient perdu tout éclat. Je n'étais plus qu'un animal aux abois. D'homme, j'avais été ravalé au rang de bête.

La première chose que je fis en arrivant dans cette ville que je ne reconnaissais plus, c'est de me rendre dans le Palais des Ombres, cette maison qui était celle de mon frère, un frère devenu mon pire ennemi. Sans doute le pire choix possible, mais je ne savais où aller. Et, après ce que j'avais subi là-bas, dans les camps et dans cette cave sans lumière, j'étais prêt à tout endurer, même mourir sous ses coups. En comparaison à Auschwitz, la haine qu'il me portait me semblait un doux tourment.

Je sonnai à la porte et Hugo m'ouvrit. Il ne me reconnut pas. Il est vrai qu'il me croyait mort depuis longtemps et que je l'étais déjà à moitié. Je ressemblais à un fantôme sorti tout droit du cimetière avoisinant, un pauvre hère, une sorte de zombie. Du bout des lèvres, je prononçai mon nom. Contre toute attente, il ne m'acheva pas, ni même ne porta la main sur moi. Il m'ouvrit sa porte et m'invita à m'installer dans la maison. J'étais revenu d'un royaume d'ombres et il voulait me voir dans cet état de déchéance qui, je crois, le réconfortait. Enfin, j'avais souffert davantage que lui et il pouvait le lire aisément sur mon corps meurtri.

Il me fallut des mois entiers pour retrouver un semblant d'humanité. Au début, Hugo me paraissait presque aimable. Il se contenta d'écouter mon histoire et de m'aider à recouvrer des forces, à me refaire une santé si cela était encore possible au vu de ma silhouette famélique. Il me forçait à avaler des potages et des laitages que je régurgitais une fois sur deux. Les premiers temps, je crus au pardon et à la rédemption de mon frère. Quand je fus moins faible, je pus sortir de ma chambre et arpenter le jardin afin de prendre l'air. Je me cantonnai à l'enceinte de la maison. L'extérieur étant devenu pour moi un horrible champ de bataille, le jardin du Palais des Ombres fut pendant longtemps ma seule conquête. Alors, comme les journées étaient longues et les nuits cauchemardesques, pour apprivoiser le temps, je me mis à écrire.

J'ai toujours préféré le fantasme à la réalité. Voilà pourquoi je me suis coupé du monde et me suis peu à peu enfermé dans cette tourelle. Cela servait ma cause, ma recherche effrénée. Non pas la quête du bonheur, qui m'était désormais inaccessible, mais d'un certain équilibre qui ne pouvait résulter que d'un cheminement intérieur. C'était cela ma victoire. Tenter de redevenir humain.

C'est alors qu'est né mon premier livre, *Le Manuscrit du Diable*. L'histoire d'un homme ne devant sa survie dans les camps de la mort qu'à la seule présence d'un manuscrit découvert par hasard sous sa paillasse, témoignage d'un ancien déporté de l'enfer nazi qu'il va connaître à son tour. Un récit d'une telle intensité que, lorsqu'il le lut, Hugo se mit à pleurer. Il y avait là, me confia-t-il, tous les ingrédients d'une bonne histoire : du drame, du vécu, de l'émotion, Mais il ajouta, perfide, qu'il ne voyait pas qui cela pourrait intéresser. En cela, bien entendu, il me mentait, mais je n'y vis que du feu et je finis par me ranger à son avis. Sans me fournir la moindre explication, il s'empara du manuscrit dont l'encre n'avait pas encore eu le temps de sécher, et le rangea dans le coffre de son bureau. Quelques semaines plus tard, il me confia simplement :

– Continue à écrire. Le pouvoir thérapeutique de l'écriture est le meilleur médicament de l'âme.

Hugo, sans me demander mon avis, s'était empressé d'envoyer le manuscrit chez un grand éditeur parisien qui avait aussitôt, fait extraordinaire, accepté de le publier. Cet éditeur, c'était Justin Balmat. La seule chose qu'Hugo n'avait pas mentionnée dans la lettre accompagnant l'envoi du manuscrit, c'est qu'il n'en était pas l'auteur.

Le livre sortit à l'été 1946, avec le nom d'Hugo Thanner en couverture. Il connut un succès inespéré dont je ne sus jamais rien – à cette époque, je n'écoutais pas la radio, ne lisais jamais les journaux. Je continuai à être une ombre parmi les ombres. J'avais trop peur des hommes pour oser sortir.

L'attitude d'Hugo à mon égard se mit à changer dans les mois qui suivirent. Il devint plus prévenant, plus amical, plus frère en somme, même s'il n'aimait pas beaucoup que je lui pose des questions. D'ailleurs, je ne lui en posais guère. Habitué à vivre seul, j'avais presque perdu l'usage de la parole.

Hugo s'assurait que je continuais à écrire, et gardait un œil constant sur mon état de santé. Non pour me guérir, mais pour préserver cet état végétatif qui m'ôtait toute faculté de discernement. Entre deux séances d'écriture que je considérais alors comme un traitement médical approprié à la maladie mentale qui m'affectait et me contraignait à un renfermement total sur moi-même, je sortis pour la première fois de la demeure. Je n'allais pas très loin. Je me contentais de balades dans le cimetière du Père-Lachaise, à déambuler parmi les tombes. Je m'y sentais bien, au milieu des miens. Je tentai d'inventer des vies aux noms que je découvrais sur les stèles. Je regardais une photographie, un visage, un patronyme, les dates de naissance et de décès, et j'imaginais le reste. J'ai toujours été doué pour cela. Inventer la vie des morts. Je vivais alors dans une bulle remplie de rêves couleur de deuil.

Hugo n'appréciait guère ces escapades, mais comme elles ne dépassaient pas le cadre du Père-Lachaise, il finit par s'y habituer.

Les années passèrent ainsi, et je continuais à écrire dans l'ombre sans savoir que mes livres étaient lus, ni même qu'ils connaissaient un certain succès. J'opérais peu à peu ma propre psychanalyse, même si je savais pertinemment que je resterais à jamais un homme solitaire. En somme, j'écrivais pour moi. Et pourtant, du fond de ma retraite, je ne cessais de songer à toi, mon fils.

En 1951, j'observai une lente métamorphose, tel un papillon sortant de sa chrysalide, je quittai enfin ma prison de pierre et commençai à m'intéresser au monde extérieur. Les années d'écriture avaient fini par porter leurs fruits. Je m'interrogeai enfin sur les autres. C'est ainsi qu'Hugo accepta de me révéler que tu étais devenu un marionnettiste de talent, jouant avec les fils de créatures de bois et de tissu, et que les parents de Rebecca qui t'avaient élevé étaient morts à leur tour, peu après la fin de la guerre. Mais il n'en dit pas plus, et je n'osai le questionner davantage. Sans doute craignait-il que j'aille te rendre visite et que j'apprenne la vérité sur son odieuse mystification littéraire.

Voilà sans doute pourquoi il accepta la commande que je fis sur un coup de tête à un dinandier de la rue Beautreillis, après être tombé sur un prospectus vantant la qualité de son travail. Je trouvai cette idée délicieuse : les automates que j'avais découverts au grenier, et qui selon toute vraisemblance avaient appartenu à Oscar Dario, avaient besoin d'une bonne réparation et d'un bon entretien pour se remettre à vivre. Ainsi j'aurais enfin, pour peupler ma solitude, des compagnons de vie autres que mon frère et qui me ressemblaient, de véritables marionnettes dont on pouvait remonter le mécanisme, puis voir retourner au silence. Hugo jugeait cette dépense inutile, mais il était moins dangereux pour lui que je m'entoure de marionnettes que d'êtres vivants. Face à mon insistance, Hugo finit par céder et me laisser faire la démarche moi-même. Après tout, c'était mon idée, une balade dans Paris me ferait le plus grand bien et, puisque je n'existais plus officiellement, Hugo ne prenait pas un grand risque en me lâchant un peu la bride. Pour plus de sécurité, il trouva astucieux que je me fasse passer pour Oscar Dario. J'endossai donc les habits de ce magicien disparu, effets retrouvés dans le grenier et, rassemblant mon courage, me rendis rue Beautreillis.

Les automates, qui furent livrés quelques semaines plus tard, changèrent ma vie. À chaque fois que je les mettais en marche, il me semblait retrouver un peu du monde perdu de l'avant-guerre, de ce temps, non de bonheur et de quiétude mais d'insouciance, que les camps de la mort m'avaient volée. J'aimais entendre cette musique, voir ces pantins de métal gesticuler dans le désert du Palais des Ombres. Cela était incontestablement plus réel que ma misérable vie d'écrivain solitaire dépouillé de ses œuvres.

Hugo eut l'idée de relier l'automate à l'entrée secrète menant au grenier de la tourelle. Grâce à un ingénieux mécanisme qu'il fit installer par un électricien, il pouvait, à sa guise, m'enfermer dans mon antre, ou m'y rejoindre à toute heure du jour ou de la nuit. Inutile de préciser que la fameuse clé ne quitta jamais son cou.

Malgré toutes ses précautions, c'est pourtant cette année-là que j'appris la vérité. Sans doute ma visite au dinandier y était pour quelque chose car j'osais enfin m'aventurer en dehors du cimetière. Au hasard d'une promenade, je découvris mon dernier ouvrage dans la devanture d'une librairie de la rue de Bagnolet. Le monde avait soudain surgi, la vérité éclatait sous mes yeux.

C'était *La Main rouge* d'un certain Hugo Thanner. Je restai statufié de longues minutes, sans savoir que faire, avec l'impression d'avoir reçu un uppercut en plein visage. Prenant mon courage à deux mains, j'entrai dans la librairie et découvris, stupéfié, qu'Hugo Thanner avait publié en tout six volumes depuis 1946. Tous écrits de ma main. Mon frère, pendant toutes ces années, m'avait volé mon âme.

Lorsque, de retour à la maison, je lui avouai la vérité, Hugo entra d'abord dans une colère proverbiale. Il essaya de nier, prétendit que j'avais perdu la tête, que rien de tout cela n'avait existé, que j'étais en proie au délire. Puis, comme je ne cédais pas, comprenant que j'avais découvert le pot aux roses et que, bien que malade, je n'étais pas aussi fou qu'il le pensait, il changea de ton et tenta de m'amadouer. Il me soutint *mordicus* qu'il avait fait cela pour mon bien, parce que ma santé physique et mentale ne m'aurait jamais permis d'endosser ce rôle d'homme public qu'il avait joué à ma place. L'argent, me jura-t-il, n'était rien en comparaison de ce qu'il avait fait pour moi alors que je l'avais trahi avec Rebecca. D'ailleurs, j'en avais largement profité puisqu'il m'entretenait depuis mon retour des camps. Il est vrai que, du fond de ma torpeur, je ne m'étais jamais intéressé à l'état de ses finances. Comment aurais-je pu deviner qu'il était si calamiteux ? Je n'avais plus de notion de rien.

Passé ce premier succès d'estime, les ventes des cinq livres suivants n'avaient fait que péricliter. L'éditeur réclamait un roman aussi intense que le premier, chose que je me refusais à faire, ne produisant depuis que de petits fascicules sans grand intérêt. Je lui rétorquai qu'il m'aurait fallu sortir des camps de la mort une seconde fois pour réitérer une telle prouesse, qu'on n'écrivait pas un livre aussi fort que *Le Manuscrit du Diable* sur commande, et que j'étais épuisé de tout ce travail dans l'ombre qui m'avait replié davantage sur moi-même. J'étais, ajoutai-je encore, un homme perdu depuis longtemps dans un palais d'ombres et désormais, je voulais ma place au soleil.

Mais Hugo ne plia pas. Pis, il me nargua. Comme je le menaçais d'aller rendre visite à l'éditeur afin de tout lui dévoiler, il me rit au nez.

– Vas-y, dit-il. Ne te prive pas de te ridiculiser en public. Franchement, dans ton état, qui te croira ? Qui croira que l'auteur du *Manuscrit du Diable* n'est pas Hugo Thanner, un homme d'une prestance telle qu'il en impose à tout le monde, mais son frère Hadrien, un être famélique, incapable d'articuler trois mots de suite et de soutenir un regard sans baisser la tête ? Fais cela et je te ferai passer pour un tel menteur que tu te retrouveras bientôt à l'asile psychiatrique sans espoir d'en sortir un jour !

Hugo avait raison. Même si je fournissais la preuve de ce que j'avançais, personne ne me croirait, car j'étais dans l'incapacité de m'expliquer. À force de vivre seul, j'avais presque perdu l'usage des relations sociales. D'autant que, je l'appris plus tard, Hugo s'était chargé de me faire officiellement passer pour mort dans les camps auprès de l'administration française. Pour tous, je n'existais plus.

Au lieu d'établir la vérité, Hugo m'incita à écrire enfin ce grand roman que j'avais sur le cœur et qui, il en était certain, ne demandait qu'à sortir. C'était pour moi, jugeait-il, le meilleur moyen de m'échapper enfin de ce cercueil où je m'étais enfermé à double tour. Je ne promis rien, simplement d'essayer mais plus tard, beaucoup plus tard, car je n'avais plus le courage d'écrire. Hugo comprit que les rôles étaient désormais inversés. J'étais seul maître de mon destin et lui n'était plus maître du sien.

Au bout d'un mois, à force de persuasion, il réussit à me convaincre de reprendre l'écriture. Il m'avoua même qu'il avait changé d'avis, qu'il était désormais prêt à inscrire mon nom sur la couverture, à rétablir la vérité aux yeux de l'éditeur et du public. Cela constituerait, selon lui, un excellent moyen de propagande pour relancer les ventes. À condition, bien entendu, que ce fût lui qui révélât toute l'affaire. Bien sûr, je n'en crus rien. Mon frère était bien trop imbu de sa personne pour tenir une telle promesse, et après tout ce qu'il m'avait fait je ne pouvais accorder aucun crédit à sa parole. Cela aurait constitué pour lui un tel désaveu qu'il ne me l'aurait jamais pardonné. J'étais certain qu'il rêvait encore de gloire, de revivre ce moment si vite passé où il s'était senti l'homme le plus puissant du monde : celui qui contrôlait les gens gravitant autour de lui, à la manière d'un écrivain avec les personnages de son roman. Hugo s'était toujours rêvé en architecte de l'univers, en Dieu omnipotent, même si cet univers ne dépassait pas le cadre de trois cents feuillets d'une écriture fine et serrée dont il n'avait pas rédigé une ligne. Hugo Thanner avait besoin d'être tout-puissant et de tout contrôler. Même ce qui ne lui appartenait pas.

Un jour d'octobre 1951, il revint à la maison euphorique, me confiant qu'il avait signé un nouveau contrat avec l'éditeur à propos d'un roman intitulé *Le Palais des Ombres*. Hugo avait inventé une histoire abracadabrante et fantastique en s'inspirant quelque peu du vécu de la maison qui était la sienne. Hugo avait inventé de toutes pièces l'histoire d'une maison maléfique, qui portait malheur à ses propriétaires car elle avait été construite sur un ancien cimetière et achetée par un magicien diabolique, Oscar Dario, son prédécesseur en ces lieux. Justin Balmat avait paru beaucoup s'y intéresser. Mieux, il attendait ce livre avec impatience et avait même proposé un à-valoir conséquent. Balmat, qui se savait déjà conduit à la banqueroute, voulait en cela s'assurer les services de mon frère, certain qu'un jour prochain il réitérerait son succès du *Manuscrit du Diable*.

Hugo m'expliqua que je ne pouvais me défiler plus longtemps. Soit je rédigeais ce livre au plus vite, soit je quittais la maison à jamais. En agissant ainsi, il savait qu'il me tenait à sa merci. Je n'avais aucun endroit où aller. Je n'étais nullement en état de me prendre en main. Je ne pouvais donc décliner cette offre.

– Et que dois-je écrire dans ce livre ? demandai-je, un peu décontenancé.

– Ce que tu veux. Du moment que ça parle d'une maison maléfique habitée par un magicien, et que ça sonne vrai.

En disant cela, Hugo eut un sourire d'ogre.

Ce jour-là, je me rendis dans son bureau, pris un exemplaire de *La Main rouge* et y inscrivis cette dédicace meurtrière que tu as fini par trouver lors de ta première visite dans la demeure. Je le sais car j'ai remarqué des traces de doigt sur la couverture du livre après ton départ.

Alors, contraint et forcé, je me mis au travail. Et je commençai à écrire au début de l'année 1952 ce fameux *Palais des Ombres*. Le cadre était tout trouvé, puisqu'il s'agissait d'évoquer la demeure dans laquelle je vivais. Mais, à défaut d'inventer une histoire sur cet Oscar Dario dont je ne savais rien d'autre que ce qu'en disait un article d'un numéro de *L'Illustration* dont j'avais pris connaissance, je choisis de révéler une autre vérité. Toute la vérité sur cette odieuse machination littéraire patiemment orchestrée par mon frère pour se venger de moi, moi qui lui avais volé l'amour de Rebecca et les livres qu'il rêvait d'écrire. En cela, je fomentais ma propre vengeance. Hugo était définitivement pris à son propre piège. Puisqu'il m'avait privé de ma voix, privé de mon fils, volé ma vie, il ne me restait plus qu'à l'écrire.

Saisi d'une fièvre soudaine, je rédigeai trois cents feuillets racontant l'histoire de ma vie – le manuscrit que je te lis aujourd'hui n'en est qu'un résumé rédigé à ton intention. Je n'occultai aucune de ses ombres. Il ne s'agissait guère d'un roman, mais d'un récit fidèle à la vérité que je déguisai sous des formes littéraires pour lui donner encore plus de force.

Lorsqu'il en lut la première mouture, six mois plus tard, Hugo comprit aussitôt que j'étais résolu à le démasquer. Or cela, il ne pouvait l'accepter. La preuve flagrante qu'il n'était pas l'auteur des romans publiés sous son nom, qu'il était un dénonciateur, un usurpateur, un être machiavélique et cruel, un monstre qui avait vendu son frère aux Allemands contre sa propre liberté, un juif devenu lui-même un complice des nazis, tout cela était inscrit en filigrane dans ces pages.

Sa réaction fut à l'aune de mes révélations. Il devint fou de colère et, dans un accès de rage, déchira le manuscrit avec une violence inouïe avant d'en éparpiller des bribes dans toute la pièce. Une pluie de confettis se mit à voler dans les airs. Je regardai mon frère, pantois. Puis, lorsqu'il recouvrit son sang-froid, il s'approcha de moi, les joues en feu, et me menaça. D'un ton sans appel, il m'exhorta à reprendre mon texte à zéro. Il m'obligeait à camoufler la vérité, à me cantonner à l'histoire du magicien. Si je ne la terminais pas avant la fin de l'année, je pouvais m'apprêter à compter mes abattis. Bien sûr, je ne cédai pas à la menace. D'ailleurs, je ne craignais rien. On ne peut tuer un homme une seconde fois.

Je passai donc les jours suivants à tenter de reconstituer le gigantesque puzzle qu'Hugo venait de m'offrir en déchirant mon manuscrit. Morceau par morceau, je rassemblai les pages déchirées, tentant de reformer le livre dans son entier. Un travail de fourmi, mais j'avais tout mon temps. Le sol du grenier était jonché de bouts de papier. Comme il était impossible de tout recomposer à l'identique, Hugo pouvant surgir à tout moment, j'en rassemblai l'essentiel et, pour plus de sécurité, décidai d'en produire un double que je dissimulai dans une sacoche de cuir trouvée dans le grenier. Une sacoche ayant appartenu à Oscar Dario. Puis, un soir, je me rendis dans le cimetière avoisinant et cachai la précieuse sacoche dans le regard sous la porte du caveau des Thanner. Je savais que ce geste me servirait un jour.

De retour à la maison, je jetai le premier manuscrit déchiré à la poubelle et inscrivis un message sur un bristol que je glissai dans un exemplaire du *Manuscrit du diable*. Enfin, je rangeai le livre dans la bibliothèque de mon frère. Une fois effacées les traces de ma trahison, je commençai à rédiger sur ma machine à écrire un nouveau roman à l'intrigue insipide, faisant ainsi croire à Hugo que j'avais fini par céder à sa requête.

Chaque fin de semaine, je lui rendais mon travail, que je savais exécrable. Mon frère, bien qu'écrivain de peu d'expérience, n'en fut pas dupe pour autant. Ce nouveau roman était bien plus médiocre que les précédents, et s'il ne pouvait donner à Justin Balmat la première mouture du *Palais des Ombres*, la seconde s'avérait impubliable.

Les mois passèrent et l'année 1952 s'écoula sans qu'un nouveau livre signé Hugo Thanner ne parût aux éditions du Diable. Une première depuis 1946. Hugo, voyant que la menace était un procédé qui ne fonctionnait pas, changea de tactique. Se souvenant qu'il avait lui aussi voulu devenir écrivain au temps de sa jeunesse, et qu'il avait été un éminent journaliste jusqu'à la mort de Rebecca, il décida de se mettre au travail. S'enfermant dans son bureau, il se résolut à écrire lui-même ce livre que je lui refusais.

Pendant des mois, il se changea en ermite et, pris de la fièvre de l'accoucheur, rédigea plusieurs centaines de pages de son journal. Mais on ne devient pas romancier du jour au lendemain. Cela nécessite un long apprentissage, des années entières vouées à l'échec avant de pouvoir écrire une seule page qui tienne debout. Je le savais par expérience. Pas mon frère.

À la fin de l'année 1954, Hugo l'apprit à ses dépens lorsqu'il relut son livre une fois qu'il l'eut terminé. Le roman, qui lui avait pourtant demandé deux ans de travail, était un désastre. Un gigantesque chantier où aucun corps de métier n'avait réussi à terminer sa tâche. Cela n'avait ni queue ni tête, et nul besoin d'être grand mage pour deviner que cet ouvrage, quoique fort bien écrit, ne serait jamais accepté à la publication sans un travail de restructuration digne des travaux d'Hercule. Travail qu'Hugo était incapable de fournir. À défaut de véritable talent, mon frère possédait au moins une once de lucidité. Comprenant qu'il ne produirait jamais rien de bon, que la partie était perdue, il abandonna le manuscrit aux flammes et, amer, le regarda se consumer dans la cheminée. Je parvins cependant, une fois qu'il eut quitté la pièce, à l'extirper du feu et à cacher ce qui en restait dans le grenier situé au-dessus de son bureau. Un cahier, même aux trois quarts brûlé, ne serait jamais mieux dissimulé que parmi d'autres vieux papiers.

Ne restait à Hugo qu'une chose à sauvegarder : le fragile édifice du mensonge qu'il avait patiemment contribué à édifier autour de sa personne et qui, par miracle, tenait encore debout. Il ne serait peut-être jamais un vrai écrivain, mais il était résolu à ce que personne ne sache jamais rien de toute cette supercherie qu'il avait mise en place, et qui lui servait de carte de visite aux yeux du monde.

Lentement, il se mura à son tour dans le Palais des Ombres. Notre tombeau à tous les deux. Nous nous renfermâmes l'un et l'autre sur notre malheur. Cette agonie dura cinq ans.

La seule échappatoire qu'Hugo connut pendant toute cette période fut sa liaison avec Judith Weintraub, une femme qui s'était entichée de lui après avoir lu mes livres. Encore une fois un leurre. Mais Judith ne se douta de rien et, fascinée par le personnage, établit avec lui une relation autant spirituelle que charnelle. Elle vint lui rendre visite à intervalles réguliers, sans toutefois s'établir dans cette maison qui lui faisait horreur. Je ne la rencontrai jamais. À chaque fois que je la savais en ces murs, je veillai à ne pas quitter ma tourelle et à demeurer aussi invisible qu'un fantôme. Ainsi cette lectrice dévouée ne connut jamais le véritable auteur des livres qui faisaient vibrer son cœur.

Pendant tout ce temps, Balmat attendait en vain un manuscrit qui ne viendrait jamais. Les finances d'Hugo fondirent comme neige au soleil et, sans l'aide avisée de son ami Benjamin Tatz qui le conseilla dans l'achat et la revente de tableaux, nul doute qu'il n'aurait jamais tenu aussi longtemps. L'éditeur comprit qu'il ne récupérerait jamais son argent, mais ne lâcha pas l'affaire pour autant… Il avait flairé le bon coup et était résolu, par tous les moyens, à publier ce livre. Quitte à se servir, pour cela, de son titre usurpé de patron des éditions du Diable. Flair d'éditeur de talent. S'il ne savait encore rien de la mystification littéraire, se doutait-il que quelque chose clochait depuis le début ? Pour mieux le rassurer, Hugo, de plus en plus victime de sa folie, lui proposa un marché faustien. Un avenant au contrat rédigé avec du sang qui permettait à Balmat de récupérer le manuscrit à son seul profit. Aux yeux d'Hugo, il s'agissait d'un engagement au-delà de la mort. Aux miens, il servait à lui faire gagner du temps.

Rien ne se produisit d'extraordinaire les deux années suivantes, jusqu'au jour où je commis l'irréparable aux yeux d'Hugo. J'envoyai un premier courrier à Balmat afin de lui expliquer la supercherie de mon frère, lui révélant que le manuscrit avait bel et bien été écrit, mais qu'Hugo l'avait détruit. Je stipulai que j'en possédais encore une version cachée quelque part sans lui indiquer le lieu. Je n'avais pas tout à fait confiance en lui. Je voulais voir ce manuscrit publié, mais non sous le nom d'Hugo Thanner. Et comme je n'avais jamais rencontré cet homme dont mon frère m'avait dit tout à la fois tant de bien et tant de mal, je préférais rester prudent...

J'informai Hugo de cet envoi. Ce fut pour lui un véritable cataclysme. Pour la première fois de sa vie, il perdit son charisme légendaire. L'armure cédait enfin sous l'assaut de la vérité. Il ne se mit pas en colère, mais s'effondra comme un château de cartes.

Il parut si meurtri de ma trahison que je crus qu'il allait s'évanouir de douleur. Comprenant que tout était perdu et que je ne céderais plus à son chantage, il rendit les armes. Lorsque je lui appris de surcroît que le manuscrit qu'il croyait détruit possédait un double placé en lieu sûr, et que, tôt ou tard, la vérité éclaterait sur toute cette affaire, il comprit qu'il ne lui restait d'autre issue que le suicide.

Hugo resta longtemps à me regarder, abasourdi, les yeux injectés de sang. Puis, sans un mot, il se retira dans son bureau et y resta de longues heures enfermé.

Je ne le revis que le soir, lorsqu'il vint me rendre visite dans ma tourelle et me fit part de sa résolution. Je me souviens très bien de son regard. Des yeux où ne brillait plus que la flamme de la douleur. Il prit une chaise, s'assit face à moi et m'annonça d'une voix éteinte qu'il allait se donner la mort la nuit même. Il allait rejoindre Rebecca et me laisserait seul dans cette maison maudite. Il était inutile, ajouta-t-il, de tenter de l'en empêcher car il ne reviendrait plus sur sa décision. Acculé de toutes parts, incapable de faire face au scandale, il était résolu à aller jusqu'à cette extrémité. Je compris que pour moi l'heure de la rédemption avait sonné. Désormais, le mort, c'était lui.

Après m'avoir dit adieu, il quitta mon antre et se retira dans sa chambre, au premier étage. Là, il s'étendit sur son lit et, avant de fermer les yeux, avala une gorgée de poison. Un poison difficilement détectable qu'il s'était procuré Dieu sait comment. Je sus plus tard qu'il s'agissait de stramoine.

La nuit même, alors que je dormais à poings fermés dans le grenier de la tourelle ouest, indifférent à ses souffrances, Hugo Thanner, agonisant, rejoignit peu à peu les rivages de la mort.

Au matin, je me risquai jusqu'à sa chambre et trouvai son corps déjà froid, les yeux fixés au plafond. Mon frère avait souffert jusqu'à la dernière seconde. Il avait enfin payé ses crimes.

D'un geste assuré, je fermai ses paupières et m'emparai de la clé qu'il avait autour du cou.

C'est alors que j'eus l'idée de cette diabolique mise en scène. Maintenant que j'avais recouvré ma liberté et le champ libre pour agir, je pouvais agiter les ficelles à ma guise et prendre la place de mon frère. Me jouer de lui comme il s'était joué de moi. La mort d'Hugo n'étant pour l'heure connue de personne, je disposais d'assez de temps pour tisser ma toile.

Je rédigeai donc quatre courriers en imitant sa signature. Le premier était adressé au médecin d'Hugo afin qu'il vînt constater le décès. Le deuxième au notaire en vue de préciser les deux clauses suspensives à l'héritage – en cela, je voulais tout à la fois te donner une bonne raison de chercher le manuscrit et t'empêcher de vendre la maison. Le troisième à Judith avec la clé et un petit mot explicatif pour qu'elle te la remît en mains propres – j'aurais pu te l'envoyer directement, mais je jugeai préférable que tu rencontres la seule personne avec qui Hugo s'était lié ces dernières années, subodorant qu'elle te serait un pion utile dans ce labyrinthe. Et le dernier, dont l'éditeur reçut une copie, te fut destiné. Puis je postai le tout le matin même, à l'exception du pli destiné au médecin que je jugeai plus judicieux de glisser dans sa boîte aux lettres afin de ne pas perdre un temps précieux. Il habitait à deux pas, ce fut chose aisée. Sur le chemin du retour, j'entrai dans une agence de pompes funèbres et planifiai les obsèques de mon frère à la date annoncée dans mes courriers. Pour cela, j'utilisai le chéquier d'Hugo que j'avais découvert dans un tiroir de son bureau.

Le jeu de pistes était désormais lancé. Je ne peux t'expliquer quelle joie profonde il me procura. Enfin je disposais de ma vie, même si c'était, une fois de plus, sous une identité usurpée. Je riais sous cape de ce coup de génie.

Désireux de rester caché le temps que tous ces rouages machiavéliques se mettent en place, je laissai la porte d'entrée ouverte et rejoignis en toute hâte ma cachette pour n'en plus ressortir. J'avais suffisamment de provisions pour tenir un siège. Depuis mon retour des camps, j'avais pris l'habitude de me contenter de peu, ne me nourrissant que de potages, de thé, de biscottes et de fruits secs.

Le médecin fut le premier à intervenir, l'après-midi même. De l'escalier secret, je pouvais entendre le remue-ménage qui s'opérait au premier étage sans que personne ne décelât ma présence. Le praticien fit intervenir les pompiers et le corps d'Hugo fut transféré à la morgue. Puis le Palais des Ombres retourna au silence.

Ce trépas sonna pour moi le retour à la vie. Libéré d'un poids immense, je sortis de la demeure quelques jours plus tard, lorsque je fus certain que la voie était libre. Grisé par ce vent de liberté, je décidai d'aller à ta rencontre dans la boutique. Affublé des effets d'Oscar Dario, le prince de l'illusion, je me sentais un autre homme. J'étais prêt à endosser le rôle de l'ancien propriétaire du Palais des Ombres pour revenir à la vie.

Tu ne peux pas imaginer combien je fus heureux de te voir enfin, même si cette comédie que je jouais me coûtait énormément. Mais qu'aurais-je pu faire d'autre ? La vérité aurait été trop brutale pour nous deux.

Toute cette mise en scène, je la concevais malgré mon agoraphobie tant il me tardait de te connaître, toi mon fils unique, mon enfant adoré, la chair de ma chair que je n'avais eu la chance de voir grandir. Maintenant que la bête était morte, plus rien ne pouvait entraver mon chemin vers le soleil.

Bien sûr, il me restait à tout te révéler, à tout te dire. Mais la parole se refusait à moi, et certainement n'aurais-tu pas accepté la vérité si je te l'avais livrée en bloc. Suite à mon premier courrier adressé à Balmat, resté sans suite, je ne sus jamais si l'éditeur m'avait ou non pris au sérieux, même si ébruiter l'affaire était dans son intérêt. Une garantie pour lui de vendre à nouveaux des milliers d'exemplaires. Aussi je n'avais plus que toi à qui me confier. Pour ce faire, j'avais besoin d'agir prudemment. C'est pour cette raison que je t'ai fait languir. La vérité mettrait du temps à surgir, beaucoup de temps, et c'était à toi de venir à moi et non le contraire.

Oscar Dario n'avait pas seulement laissé quelques habits et automates, il y avait aussi ce disque vinyle de bruitages de magie dont je me servis pour t'effrayer lors de ta visite. Étais-tu vraiment digne d'apprendre la vérité ? Pour le savoir, je t'ai mis à l'épreuve, face à la peur dans ce qu'elle a de plus cruel et de plus vrai.

Mais j'espérais que, d'une manière ou d'une autre, seul ou avec une aide extérieure, tu finirais par trouver le passage secret qui menait jusqu'à ton père. Tu viendrais tôt ou tard et je te lirais ces lignes qui te délivreraient la vérité. J'avais tout mon temps.

Je voulais devenir ton père. C'est chose faite. Maintenant que tu connais le mystère du Palais des Ombres et que le manuscrit caché dans le caveau de la famille Thanner est retrouvé, il ne te reste plus qu'à accepter de devenir mon fils.

– 29 –

Une fois sa lecture terminée, l'homme releva la tête, hagard, et planta ses yeux dans les miens. Rien ne serait plus comme avant. Maintenant que je m'étais brûlé les yeux à la flamme de la vérité, que j'avais ressenti la morsure du soleil, j'avais envie de pleurer.

J'avais devant moi Hadrien Thanner, que je croyais mort à Auschwitz en 1944, et qui était mon véritable père. Cet homme que je n'avais jamais connu avait vécu dans l'ombre de ce grenier toutes ces années de souffrance. L'homme qui avait écrit tous les livres dont s'était emparé Hugo Thanner, cet usurpateur sans cœur, un être vil dont l'égoïsme avait détruit quatre vies, y compris la sienne.

Hadrien me fixa longuement et parvint à articuler entre deux spasmes :

– Pardonne-moi, Nathan, d'avoir été un si mauvais père.

Je tendis le bras vers lui et pris sa main que je serrai très fort. Puis, après avoir dégluti, j'osai enfin lui demander :

– Mais pourquoi ne pas être venu me voir plus tôt chez mes grands-parents, de retour des camps ? Nous aurions pu apprendre à nous connaître.

L'homme émit un petit rire qui me glaça.

– Tu imagines un pauvre hère se précipiter chez des étrangers, dire qu'il arrive tout droit de Auschwitz et réclame son fils qu'il n'a jamais connu ? Allons, on m'aurait ri au nez ou pris pour un fou. C'était inutile, je ne pouvais rien faire. Je... Je ne ressemblais plus à un homme. Et puis, toi aussi tu m'aurais rejeté, et sans doute n'aurai-je pas pu le supporter.

L'homme se défit de mon étreinte, se massa longuement le visage comme pour mieux se souvenir, puis reprit :

– Non, je ne pouvais rien faire, à part attendre des jours meilleurs, et écrire cette histoire. Mon histoire. C'est ce que j'ai fait dans ces pages, révélant ce qu'Hugo voulait voir enterré à jamais. Ce manuscrit, que tu as trouvé dans le caveau des Thanner, t'est destiné.

Peiné, je lui avouai :

– Hélas ! Il n'en reste rien. Le papier a été rongé par l'humidité. Hormis les pages que vous venez de me lire, il ne subsiste plus rien du *Palais des Ombres*...

Hadrien parut assommé par cette révélation.

– Il n'en reste rien ?

– Non. L'eau en a délavé jusqu'au dernier mot... Je... Je suis désolé...

Il se prit la tête à deux mains et dit d'une voix blanche :

– De toute manière, cela n'a plus guère d'importance. La boucle est bouclée puisque tous mes livres sont tombés dans le domaine de l'oubli et que ma vie touche à sa fin. Ce qui n'était qu'une supercherie littéraire est retournée au néant, d'où elle n'aurait d'ailleurs jamais dû sortir. Personne n'en saura jamais rien, et c'est peut-être mieux ainsi.

– Non, vous vous trompez. Maintenant que je sais, il faut que la vérité éclate au grand jour. Je suis en train d'écrire mon journal. Je n'ai plus qu'à le terminer en y introduisant ce que vous venez de m'apprendre...

Hadrien, vidé de toute substance, ne semblait pas partager mon enthousiasme.

– C'est trop tard. Cela ne servirait plus à rien. Je suis un homme mort, je te dis. Maintenant que je t'ai vu, je peux enfin mourir en paix.

Alors, sans que je pusse rien faire pour l'en empêcher, il se saisit du revolver posé sur la table de nuit et le porta à sa tempe. Il me jeta un regard désespéré et s'apprêta à appuyer sur la détente.

– Ne faites pas ça !

Je m'élançai et parvins à détourner le canon de sa cible au dernier moment. Le coup de feu claqua et le corps d'Hadrien Thanner fut projeté en arrière par le recul de l'arme, mais la balle ne l'atteignit pas. Elle siffla au-dessus de son crâne avant d'aller se loger dans le plafond dont quelques éclats de plâtre tombèrent sur nos têtes.

Je m'emparai du revolver et le jetai à l'autre bout de la pièce.

Je soupirai. Mon père était sauvé.

Hadrien Thanner sembla réveillé d'un long sommeil par ce coup de feu. Il se leva et tomba dans mes bras en sanglotant.

Pour la première fois de ma vie, j'avais un père. Mon père.

– 30 –

Lorsque nous sortîmes de l'enceinte de la maison, il faisait jour. Le soleil coulait sa chaleur orangée sur la rue de Bagnolet illuminant un à un les immeubles alentour. Le printemps s'installait peu à peu dans Paris, et il flottait un air de renouveau, des fragrances légères, un parfum de vie que je croyais avoir oublié depuis le début de cette histoire.

Dans une main je tenais les quelques pages de ce qui demeurait du manuscrit du *Palais des Ombres.* Et dans l'autre je serrais la main de mon père qui, étonné, s'ouvrait lentement à la vie.

Je me retournai et contemplai une dernière fois cette demeure inquiétante où j'étais certain alors de ne plus revenir la peur au ventre. Le passé était le passé, et seul restait le présent à vivre, ainsi que l'avenir à construire. J'étais enfin débarrassé de mes vieux démons.

Hannah avait tenu parole. Elle surgit au coin de la rue, vêtue de son manteau rouge, au moment où nous sortions de la propriété. Comme une promesse à venir, elle me souriait tout en marchant à ma rencontre. Elle était belle, plus belle que jamais. Elle ne savait pas encore qui était l'homme à mes côtés, ni même que j'avais laissé dans les profondeurs de cette inquiétante bâtisse mes derniers lambeaux d'enfance. Mais j'avais désormais tout le temps de lui expliquer le dénouement de cette histoire.

Je ne savais rien du futur, mais j'étais persuadé d'une chose : j'allais profiter pleinement de l'existence sans me soucier de tout ce passé dont le poids m'avait empêché d'avancer pendant si longtemps.

Désormais, c'était moi qui contrôlais ma marionnette.

J'étais devenu un homme sorti à jamais du Palais des Ombres.

Post-scriptum

Bien des années ont passé depuis ces événements. Au terme des dix ans qui me liaient à elle, je ne me suis jamais résolu à vendre la demeure familiale. Cela m'aurait été trop douloureux. À force, je m'étais attaché à elle. Elle était une partie de moi-même, un être vivant à part entière. J'ai fait ce que j'aurais dû entreprendre depuis le premier jour, si je n'avais été tétanisé par la peur : j'emménageai dans le Palais des Ombres dès l'été 1961, avec armes et bagages. Je ne l'ai plus jamais quitté.

Mon père, s'il s'ouvre peu à peu sur le monde extérieur, n'a jamais désiré habiter ailleurs que dans le grenier de la tourelle. C'est là le seul endroit où il se sent protégé des atteintes des hommes. Aujourd'hui, même si sa santé reste chancelante, il est un écrivain reconnu, à qui l'on a rendu les hommages qui lui revenaient. Tout cela, il le doit en grande partie à la publication de mon journal, ce qui n'est que justice. Il le méritait amplement.

Grâce à cela, il a retrouvé son honneur et redevient chaque jour un peu plus humain. C'est là l'essentiel à mes yeux.

Nous avons fini par tisser des relations que je n'avais jamais connues auparavant. Des relations père-fils. Hadrien et moi passons de longues soirées à parler du passé et à apprendre à nous découvrir. C'est un homme fascinant. Les épreuves qu'il a traversées l'ont brisé et il ne s'en remettra jamais complètement, telle une marionnette à qui l'on aurait ôté ses fils. Pourtant, malgré ce manque et ces fêlures, il demeure le lien le plus tangible qui me rattache à l'histoire de ma famille. Pour le remercier de sa présence, tous les dimanches après-midi, je l'emmène faire un tour dans les rues de Paris, cette ville fascinante qui nous dévoile un peu plus chaque jour de ses charmes mystérieux. Parfois, nous allons au cimetière du Père-Lachaise, ou alors nous déambulons au hasard des quartiers, indifférents à suivre un itinéraire précis. Nous savons tous deux qu'il est agréable de se perdre dans un labyrinthe quand on sait où se trouve la sortie. Souvent, nous faisons une halte à la terrasse d'un café et jouons à notre jeu préféré, à savoir regarder les gens qui passent et imaginer leurs vies. Ou alors nous flânons parmi les rayonnages d'une librairie à la recherche d'un coup de cœur qui saura nous réconcilier avec la littérature.

C'est dans l'une de ces librairies dont Paris est généreusement dotée qu'un jour de 1964 nous avons croisé Judith Weintraub. J'ai enfin pu lui présenter son auteur préféré. La jeune femme n'en revenait pas. Elle semblait si heureuse. Depuis, je crois qu'ils se sont revus, et un peu rapprochés, même si Hadrien reste sur ce sujet d'un mutisme légendaire. Après tout, je n'ai rien à lui reprocher. Mon père aussi a droit à son jardin secret.

Justin Balmat avait fini par trouver un éditeur de renom pour publier mon journal en 1962, ce qui lui avait permis de rétablir la vérité sur la mystification littéraire la plus passionnante de sa longue carrière et de connaître un beau succès de librairie. Je ne savais pas trop à quoi m'attendre en acceptant ce contrat, mais certainement pas à voir ma vie basculer aussi vertigineusement. Lui aussi, grâce à ce coup littéraire, avait pu revivre les heures passées de sa jeunesse, au temps où il était l'un des éditeurs les plus en vue de Paris. Cela, je pense, a constitué la plus formidable cure de jouvence dont il bénéficie aujourd'hui. Il a désormais quatre-vingt-dix ans, une mine de jeune homme, et ne semble toujours pas prêt à raccrocher. Je crois pouvoir affirmer sans mentir qu'il finira centenaire.

Quant à moi, si je continue à agiter les ficelles de mes personnages, fussent-ils d'encre et de papier, j'ai gardé ma boutique de marionnettes pour m'aider à prendre du recul sur ce virage que m'a fait prendre l'existence. C'est ce qui me divertit le plus et m'empêche de vieillir trop vite.

D'autant que je ne me sens plus seul. Hannah et moi ne nous sommes jamais quittés depuis notre première rencontre, et elle a même accepté de laisser son appartement de la rue des Barres pour me rejoindre dans la demeure de la rue de Lesseps. Grâce à elle, un véritable vent de fraîcheur souffle depuis sur le Palais des Ombres. Elle a fait entreprendre des travaux de rénovation dans toute la maison, à l'exception du grenier de la tourelle, chasse gardée de mon père, et n'a conservé de son passé que les automates, les statues et certains objets anciens, ce qui lui confère un charme indéniable mais ne la rend plus aussi effrayante que lorsque nous l'avons découverte.

Quoique nous ne l'ayons jamais officialisée, notre union est plus forte que jamais. Je crois que ce que nous avons traversé ensemble nous a rendus inséparables.

La meilleure preuve en est notre fils, Sacha, qui a aujourd'hui sept ans. Lui aussi est fasciné par cette maison et par tous les trésors qu'elle renferme. Lui aussi aime remonter, à l'aide de la petite clé que je porte toujours autour du cou, et dont je lui ferai don un jour, le mécanisme des automates. Il a les mêmes cheveux que le musicien penché sur son clavecin.

Ce journal touche à sa fin. Je ne sais pas quand Sacha le lira, ni même s'il le fera, d'ailleurs j'ai appris qu'il ne faut rien demander à ses enfants, si ce n'est de choisir eux-mêmes leur destinée. Mais lorsque je le questionne sur ce qu'il veut faire plus tard, sa réponse va au-delà de toutes mes espérances.

Il n'aspire pas à devenir violoniste ou marionnettiste, encore moins écrivain.

Il veut devenir magicien.

Composition PCA-CMB
44400 Rezé

Imprimé en Espagne

Dépôt légal : octobre 2014
N° d'impression : 1742
ISBN : 978-2-7499-2221-8
LAF 1898